Dal dy Dir

*I f'annwyl ŵr, John Fraser,
ac i Mabon Elidir*

Dal dy Dir

Siân Bod

y olfa

Argraffiad cyntaf: 2025
© Hawlfraint Siân Williams a'r Lolfa Cyf., 2025

Mae hawlfraint ar gynnwys y llyfr hwn ac mae'n anghyfreithlon llungopïo neu atgynhyrchu unrhyw ran ohono trwy unrhyw ddull ac at unrhyw bwrpas (ar wahân i adolygu) heb gytundeb ysgrifenedig y cyhoeddwyr ymlaen llaw

Cynllun y clawr: Sion Ilar
Llun y clawr: Maria Petrishina

Rhif Llyfr Rhyngwladol: 978 1 80099 687 8

Dymuna'r cyhoeddwyr gydnabod cymorth ariannol
Cyngor Llyfrau Cymru

Cyhoeddwyd ac argraffwyd yng Nghymru
ar bapur o goedwigoedd cynaliadwy gan
Y Lolfa Cyf., Talybont, Ceredigion SY24 5HE
e-bost ylolfa@ylolfa.com
gwefan www.ylolfa.com
ffôn 01970 832 304

Pennod 1

CWTA FLWYDDYN SYDD bellach ers i Cerys Ifans gychwyn yn ei swydd newydd, yn ohebydd efo'r *Herald*, eto i gyd roedd yn dal i deimlo gwefr wrth gerdded i mewn drwy ddrws y swyddfa. Plentyn bach iawn oedd hi pan gamodd hi trwy'r union ddrws am y tro cyntaf, a hynny yn gafael yn llaw ei mam. Roedd cath Cerys wedi bod ar goll ers bron i wythnos. Yn wir, roedd hi wedi torri ei chalon a byddai'n crio ei hun i gysgu gan nad oedd y gath yn gorwedd ar waelod ei gwely. Felly, dyma ei mam yn penderfynu y byddai'n talu i roi llun Huddyg yn y papur a chynnig gwobr ariannol i unrhyw un fyddai'n llwyddo i ddod o hyd i'r gath.

Ddaeth Huddyg erioed i'r fei ac wrth i'w blynyddoedd cynnar garlamu heibio, mi fyddai Cerys yn meddwl llai am ddiflaniad y gath a mwy am yr ystafell newyddion a welodd, yn llawn mwg sigaréts, chwerthin a rhegi. Erbyn iddi droi yn ddeg oed, byddai Cerys yn darllen bron bob gair o'r *Herald*, *Y Drych Dyddiol* a'r papur bro *Môr a Mynydd*. Doedd ganddi ddim math o ddiddordeb mewn comics plant na chylchgronau merched.

Bryd hynny, fel heddiw, roedd swyddfa'r *Herald* yn hawlio ei lle ynghanol stryd fawr Aberwylan. Roedd dydd Mercher yn ddiwrnod marchnad a phan oedd Cerys yn blentyn bach, credai y byddai holl drigolion Penrhynsiriol yn dod i'r dref ar y diwrnod hwnnw. Byddai ei mam yn ei siarsio i beidio â gollwng ei llaw, rhag ofn iddi fynd ar goll ynghanol y dorf.

Wrth i arferion siopa newid, crebachu wnaeth nifer y stondinau ym marchnad awyr agored Aberwylan a bellach, prin fod hanner y stondinwyr yno. Yn ystod oerni'r gaeaf, ychydig o fasnachwyr fyddai'n mentro allan.

Gwelodd swyddfa'r *Herald* hefyd lawer o newidiadau dros y blynyddoedd. Erbyn hyn, ni châi'r gohebwyr smocio wrth eu desg a doedd y papur newydd wythnosol ddim ar gael mewn print bellach. Ar-lein roedd yr holl gynnwys, a hwnnw yn Saesneg yn unig.

Mynd a dod a wnaeth nifer y golygyddion a'r gohebwyr dros y ddau ddegawd diwethaf a newid dwylo sawl gwaith wnaeth perchnogaeth y cwmni hefyd. Cwmni o America o'r enw *Madoc Atlantic* oedd wrth y llyw ers rhyw bum mlynedd ac yr oedd gwahaniaeth barn go bendant ymhlith y gweithwyr am y manteision a'r anfanteision o weithio i gwmni rhyngwladol.

"Bore da! Gafoch chi benwsnos go lew?" holodd Cerys, gan ddal llygaid y golygydd yn troi'n fwriadol i gyfeiriad y cloc a hwnnw'n dangos ei bod wedi troi naw o'r gloch. Rhyfedd, meddai wrthi hi ei hun, na welodd hi erioed mohono'n edrych i gyfeiriad y cloc pan fyddai wrth ei desg ymhell cyn iddo fo gyrraedd. Fydda fo chwaith ddim yn cydnabod ei gwaith caled pan fyddai Cerys yn dechrau ysgrifennu ei stori am bump o'r gloch y prynhawn wrth iddo fo, Robin Llwyd, ei gwadnu hi am Y Llew Gwyn.

Un digon blêr yr olwg oedd Robin. Byddai'n ymfalchïo ei fod yn dilladu ei hun o siopau elusen y dref – ond mae'n amlwg na wnaeth o erioed fuddsoddi mewn crys na thei yno chwaith.

Hollol wahanol yn hynny o beth oedd Gerallt, y gohebydd chwaraeon ac is-olygydd yr *Herald*. Byddai bob amser yn gwisgo'n smart ac yn arogli'n dda. Ar ddydd Gwener, pan fyddai'r cwmni yn rhoi rhwydd hynt i'r gweithwyr wisgo fel y mynnent, deuai i'w waith mewn pâr o jîns a chrys siec. Roedd yn ddyn golygus, yn ei bedwar degau cynnar, ac roedd yn dal i ddenu sylw merched a dynion pan gerddai i lawr y stryd.

Rhoddodd Cerys ei bag wrth ymyl ei desg a throi i wynebu Gerallt oedd yn gweithio ar y ddesg nesaf ati.

"Wel, gest ti benwsnos go lew ta be?" gofynnodd wrth Gerallt drachefn.

"Fysa fo wedi gallu bod yn well. Mi gafon ni ddiawl o gweir gan y Bala, yn waeth nag oeddan ni wedi'i ofni," atebodd yn bwdlyd.

"Hidia befo. Sut mae Alys a'r plant?"

"Mae hi'n dda iawn diolch, ond mae ei mam yn bygwth dod draw i aros dros hanner tymor os na fydda i'n llwyddo i gael amser i ffwrdd. Bydd Wil wrth ei fodd gan fod y ddau yn agos iawn. Ond mae Nel a'i ffrindia wedi penderfynu lliwio eu gwalltiau'n binc dros y gwyliau, felly dydi hi ddim isio clywed Nain yn deud y drefn am hynny."

Gwenodd Cerys, "Dim byd o'i le efo gwallt pinc. Mae gan ein haelod o Senedd Cymru wallt pinc weithia ac mae bron pawb 'di gwirioni efo hi."

"Dyna lle gafodd hi'r syniad dw i'n meddwl," meddai Gerallt. "Buodd Lisa draw yn sgwrsio efo'r chweched dosbarth ac yn ôl Nel, mi 'nath y rhan fwya ohonyn nhw ymuno efo Plaid y Bobol Ifanc y diwrnod hwnnw."

"Blydi hel, o'n i 'di anghofio bod Nel wedi cychwyn yn y chweched eleni."

"Ydi ac mae Wil bron yn saith oed rŵan ac angen sylw ei dad. Mae Alys yn deud 'mod i'n rhy hen i chwarae rygbi ac ar ôl dydd Sadwrn, dwi'n dechra cytuno efo hi. Dwi'n brifo drosta,

7

Cerys. Sôn am wallt – wyt ti 'di gneud rwbath gwahanol i dy un di, ta fi sy'n drysu?"

"Dim ond 'di rhoi 'chydig o gyrls ynddo fo. Dw i angen 'i dorri – mae o'n rhy hir. Mae'r ffrog yma'n newydd hefyd. Mae 'na sêl yn Siop Mirsi, cofia ddeud wrth Alys."

Roedd Gerallt wedi sylwi bod ei ffrog yn fwy cwta nag arfer. Roedd o hefyd wedi sylwi ar y botymau bach a oedd yn mynd lawr ei chefn, gan fod Cerys wedi clymu'r rhan fwyaf o'i gwallt tywyll ar dop ei phen y diwrnod hwnnw. Ac eithrio ambell i gudyn cyrliog afreolus a ddisgynnai yma ac acw. Prin fod Cerys wedi cael cyfle i droi ei chyfrifiadur ymlaen cyn i'r golygydd ddod a sefyll wrth ei desg.

"Be sy gen ti'n stori i mi?" holodd, cyn ychwanegu'n goeglyd, "Os nad ydw i'n tarfu gormod ar eich sgwrs fach breifat chi?"

"Dim o gwbl, Robin. Dw i 'di cael gwybodaeth bod 'na hyrddod wedi eu dwyn o Dyddyn Wisgi. Mae'n amlwg bod y lladron 'di bod yn brysur, gan fod dau feic cwad yn perthyn i Mabon a Sera Felin Isa hefyd ar goll."

"Ers pa bryd?"

"Rhyw dro rhwng nos Wenar a bora dydd Sul, yn ôl Buddug Tyddyn Wisgi. Roedd y ddau deulu wedi mynd â charafán i'r Sioe Sir, felly wnaethon nhw ddim sylwi nes daethon nhw adra ddoe. Mae Buddug a Sera yn fodlon siarad – maen nhw 'di cael llond bol ac yn deud nad ydi'r heddlu yn plismona cefn gwlad fel y dylan nhw. Mi 'na i ffonio'r cops rŵan, er mwyn cael eu safbwynt nhw."

Ochneidiodd Robin Llwyd yn uchel gan edrych tua'r nenfwd.

"Mae pawb a'i frawd yn gw'bod mai teulu Pen Bryn sydd wrthi a bod gan y cops eu hofn nhw."

"Ddrwg gen i, Robin?"

"Y petha Pen Bryn 'na sydd wrthi, neu rywun o'r un tylwyth. Lladron pen ffordd yr oes fodern. Efo cymaint o eisteddfodwyr yn byw ym Mhenrhynsiriol, dwi'n rhyfeddu nad ydi Tomi Lee a'i deulu estynedig 'di dechra dwyn carafannau hefyd."

Wrth i Robin Llwyd longyfarch ei hun yn ddistaw bach am ragweld y bygythiad i garafannau teithiol yr ardal, ffieiddio at y cyhuddiad di-sail wnaeth Cerys.

"Robin, rydach chi'n dangos rhagfarn amlwg tuag at Sipsiwn, Roma a Theithwyr."

Crychodd y golygydd ei drwyn a gwelodd Cerys y casineb yn ei lygaid.

"O Cerys, mae isio i chdi gofio – mi oeddwn i'n ohebydd pan oeddat ti'n dy glytiau. Gair o gyngor bach i chdi, gan mai hon ydi dy swydd gyntaf – mae gen ti lawer i'w ddysgu, creda di fi. Mae coleg yn grêt fel lle i gael hwyl a phrofiad byw oddi cartref ond ar lawr gwlad ac mewn swyddfa fel yr un yma rwyt ti'n dysgu am y byd go iawn. Rhagfarn yn erbyn Sipsiwn, Roma a Theithwyr, wir," meddai gan chwerthin o waelod ei fol.

Gwenodd yn ddirmygus arni gan ysgwyd ei ben yn ôl a blaen ond doedd Robin ddim wedi gorffen ceryddu.

"Paid â mynd ar grwsâd dros sothach fel teulu Pen Bryn, Cerys. Does gan Tomi Lee a'i debyg ddim parch at gyfraith a threfn. Dydyn nhw ddim fatha chdi a fi, cofia hynny."

"Oes gynnoch chi dystiolaeth mai teulu Pen Bryn sy'n dwyn o ffermydd?"

Daeth golwg filain dros wyneb y golygydd. "Dw i'n trio dy roi ar ben ffordd ond dwyt ti'n helpu dim arna chdi dy hun wrth feddwl dy fod yn gw'bod y blydi lot."

"O'n i'n meddwl mai cwestiynu ydi'n gwaith ni, Robin? Hynny a glynu at y ffeithiau – lle mae eich tystiolaeth chi mai teulu Pen Bryn sy'n dwyn o ffermydd? Rhaid i bob newyddiadurwr gwerth ei halen gael tystiolaeth."

Doedd hi ddim wedi bwriadu codi ei llais a chafodd syndod o weld yr effaith a gafodd hynny arno. Edrychodd i gyfeiriad Gerallt, oedd yn gegrwth. Nodiodd yntau ei ben mewn cytundeb llwyr â Cerys.

"Pwy ddiawl wyt ti'n feddwl wyt ti i siarad fel yna efo fi, dy fos?" gwaeddodd wrth blygu dros ei desg yn fygythiol, mor agos nes y gallai Cerys arogli'r garlleg a'r baco ar ei anadl. Roedd wedi gwylltio'n gacwn.

"Wel, wel – dw i'n nabod ambell un o deulu Pen Bryn ac yn fy mhrofiad i…"

Fel gordd, daeth llaw Robin Llwyd i lawr ar ddesg Cerys gan achosi i'w chyfrifiadur neidio.

"Os mai dyma be mae gradd mewn newyddiaduraeth wedi'i ddysgu i chdi, mi fydda i'n siŵr o gyflogi rhywun sydd efo mwy o synnwyr cyffredin y tro nesa."

Er ei bod wedi dychryn efo'r awgrym niwlog o fygythiad i'w swydd, doedd Cerys ddim yn barod i ildio. Safodd ar ei thraed yn araf gan roi cledr ei dwy law i bwyso ar ei desg. Gallai deimlo ei phen-glin yn dechrau crynu.

"Lle mae eich tystiolaeth chi?" holodd drwy ei dannedd unwaith eto.

Sythodd Robin Llwyd ac edrych i fyw ei llygaid, "Ti 'di mynd yn rhy bell, Cerys. Ac mae Gerallt yn dyst," meddai efo gwên foddhaus o hyll ar ei wyneb.

Cododd Gerallt ar ei draed, gan osgoi estyn cefnogaeth i'w olygydd. "Pwyllwch, 'newch chi? Be am i mi fynd i neud panad i bawb?" cynigiodd.

Ond doedd Robin Llwyd ddim am adael i neb gymryd y gwynt o'i hwyliau.

"Mwy o waith a llai o yfed te sydd isio yn y lle 'ma. Cerys, mi fydda i'n cysidro trafod dy ymddygiad heddiw efo'r adran bersonél. Dwi'n disgw'l ymddiheuriad gen ti cyn diwadd y dydd. Mewn e-bost, fel bod gen i gofnod ohono fo."

"Mi 'na inna gysylltu â'n hundeb i holi be ydi eu barn nhw ar y mater," atebodd Cerys yr un mor herfeiddiol.

Eisteddodd gan gymryd arni ei bod yn chwilio drwy ei llyfr cysylltiadau. Doedd hi ddim am i neb weld y dagrau oedd yn cronni yn ei llygaid. Ar ben hynny roedd ganddi lwmp anferth yn ei gwddf. Gwyddai nad oedd ganddi achos cryf. Roedd yn rhaid bod mewn swydd am ddwy flynedd cyn sicrhau hawliau cyflogaeth fyddai'n gefn iddi pe bai hi am herio'r golygydd ar ei ddewis o eiriau.

Drwy gornel ei llygaid gwelodd fod Robin Llwyd wedi estyn ei gôt oddi ar y bachyn a'i fod ar fin ymadael. O fewn dim roedd wedi camu allan o'r swyddfa. Edrychodd Cerys i gyfeiriad Gerallt.

"Ti'n iawn, Cerys?" gofynnodd yn garedig.

Gwenodd hithau arno drwy ei dagrau. "Sut gafodd y crinc yna erioed ei neud yn olygydd, Gerallt?" holodd Cerys mewn penbleth llwyr.

"Wel, roedd o'n un diog fel newyddiadurwr ac mi oedd 'na drafferth efo fo byth a beunydd. Ei syniad o gael stori oedd ailbobi gwaith pobol eraill. Fydda fo ddim yn ceisio celu'r peth hyd yn oed. Mi fydda fo'n pori drwy'r *Northern Telegraph* bob bora a phan welai stori oedd yn berthnasol i'r pen yma, mi fydda fo'n copïo'r erthygl yn y fan a'r lle, air am air, fwy neu lai – doedd dim math o g'wilydd yn perthyn iddo fo."

"Ond sut oedd o'n medru gneud hynny?"

"Bob Llain Ganol oedd y golygydd bryd hynny – ei frawd yng nghyfraith. Pan ddeudodd Bob wrtho i roi'r gorau i gopïo gwaith newyddiadurwyr eraill, mi ddechreuodd Robin roi geiriau yng ngheg pobol a chreu straeon lled-ddychmygol. Ac eto, cyn ymddeol, mi ddeudodd Bob wrth *head office* am benodi Robin yn olygydd."

"Blydi hel, pam 'nath o beth felly, yn hytrach na chael gwared arno fo?"

Cododd Gerallt o'i sedd gan lusgo ei gadair ar ei ôl er mwyn iddo allu eistedd wrth ochr Cerys.

"Gwaed yn dewach na dŵr, yn tydi, Cerys? Gan nad yw'r golygydd yn sgwennu fawr ddim gwreiddiol o bwys, roedd Bob o'r farn y byddai Robin yn well yn edrych dros waith pobol eraill."

Daeth golwg bryderus dros Cerys. "Ti'n meddwl 'na i golli 'ngwaith?" gofynnodd yn ddistaw.

Edrychodd Gerallt arni yn llawn tosturi. "Paid â phoeni am hynny rŵan. Ond bydd yn ofalus. Trïa beidio â'i groesi fo yng ngŵydd pawb y tro nesa. Mae o'n gallu bod mor ffyrnig â ll'godan fawr wedi 'i chornelu, cofia."

Cododd Cerys i nôl hances o boced ei chôt.

"Diolch, Gerallt. Dwi'n dechra dallt rŵan pam bod bron iawn pawb oedd ar y cwrs newyddiaduraeth efo fi 'di cael swydd fel swyddogion y wasg."

"Dwi ddim yn gweld bai arnyn nhw," meddai Gerallt, gan bwyso a mesur ei eiriau wrth ddweud, "Efo prisiau tai fel maen nhw, Cerys, dwi 'di bod yn ystyried gneud yr un peth fy hun a bod yn onest efo chdi. Mae'r tŷ acw yn rhy fychan a does dim lle i droi ynddo fo. Os daw mam Alys i aros dros hanner tymor mi fydd yn rhaid iddi gysgu ar y gwely soffa yn y lolfa."

Synnodd Cerys ei fod yn ystyried newid gyrfa, gan iddi gymryd yn ganiataol mai Gerallt fyddai'n olynu Robin pan fyddai'n ymddeol, ymhen rhyw bum mlynedd, yn ôl pob sôn.

"Ti o ddifri, Gerallt?"

"Y gwir plaen ydi, dwi ddim yn gw'bod. Mae'r Gwasanaeth Tân yn hysbysebu am swyddog cyfathrebu ar hyn o bryd. Wyddost ti faint maen nhw'n 'i gynnig fel cyflog?"

"Na. Dim syniad."

"Pymtheg mil y flwyddyn yn fwy na'r hyn dw i'n ei ennill ar hyn o bryd. A bydd adolygiad cyflog ganddyn nhw mewn llai na dwy flynadd."

"Ond, bydda'r gwaith yn ddiflas ac yn undonog, fydda fo ddim?"

"'Nes i weithio dros hanner can awr wsnos dwytha ac mae hynny'n gallu bod yn ddiflas hefyd. Yn enwedig pan dwi'n gorfod gneud hynny dro ar ôl tro. Mae'r Gwasanaeth Iechyd hefyd yn hysbysebu am siaradwr Cymraeg i fod yn bennaeth cyfathrebu ar draws y Gogledd. Maen nhw'n cynnig ugain mil y flwyddyn yn fwy o gyflog, yn ogystal â char newydd sbon. Ges i fil garej o dros saith can punt y mis dwytha."

"Ond ti'n newyddiadurwr da, Gerallt."

"Ti 'di gweld drosta chdi dy hun heddiw sut le sy 'ma. O'n i'n siarad efo Lora yn ddiweddar. Mae meddwl am ddod yn ôl a gweithio yn y swyddfa hon fis nesa yn troi ar 'i stumog hi. Ond mae'i chyfnod mamolaeth bron ar ben."

"Druan â hi, dydi hi ddim yn hawdd gweithio i olygydd fel Robin."

"Nac ydi. A ti yn llygad dy le, gyda llaw. Mae Robin yn hollol ragfarnllyd. Un felly fuodd o erioed."

"Diolch, Gerallt. Well i mi gychwyn ar yr e-bost 'na iddo fo."

"Iawn ta," meddai gan dynnu ei law drwy'i wallt brown trwchus wrth godi. Aeth yn ôl at ei ddesg ei hun gan adael aroglau persawrus yn stelcian ar ei ôl.

Pennod 2

Pobol leol oedd y rhan fwyaf allan yn siopa'n gynnar ar strydoedd Aberwylan ynghanol mis Medi. Roedd mwyafrif y fisitors wedi hen ddychwelyd dros Glawdd Offa. Er hynny, roedd tipyn o Saesneg i'w chlywed ar strydoedd y dref. Pensiynwyr oedd y mwyafrif ohonyn nhw, yn rhydd i fynd a dod heb orfod poeni am gyfyngiadau tymor ysgol. Yn hwyrach yn y bore, byddai llawer ohonynt wedi crwydro i gyfeiriad y promenâd a'r traeth.

Fel roedd Cerys yn cyrraedd swyddfa'r *Herald* sylwodd fod ei ffrind, Ffion, wedi gadael neges yn dweud wrthi am ei ffonio. Rhyfedd, meddai wrthi ei hun, wyneb yn wyneb y bydden nhw'n siarad fel rheol.

"Haia, Ffi-ffi. Ti'n iawn?"

"Yndw. Glywais di am dad Elgan…?"

"Naddo, be…?"

Roedd distawrwydd ben arall i'r ffôn am sawl eiliad.

"Mae o wedi marw, Cerys."

"Blydi hel! Be ddigwyddodd?"

"Dw i ddim yn siŵr, mae 'na bob math o straeon. Un yn awgrymu iddo gael ei daro gan lori wartheg a stori arall yn deud iddo gael ei gornelu gan darw. Diawl o beth."

Ceisiodd Cerys brosesu'r wybodaeth a daeth y cryndod mwyaf dros ei gwefusau.

"Cerys? Ti'n iawn?"

"O sobor. Elgan druan. A'i fam…"

Llwyddodd i gadw'r dagrau draw, ac meddai, "Gwranda, Ffi, mi fydd rhaid i mi ddod o hyd i'r ffeithia. Diolch am ffonio ac os clywi di rwbath arall, rho floedd ia, plis? Wela i di nes 'mlaen am banad. Hwyl."

Pan gyrhaeddodd y swyddfa aeth yn syth at ddesg y golygydd. Roedd hi'n troedio'n ofalus ers i Gerallt ei rhybuddio i osgoi croesi Robin Llwyd.

"Bore da, Robin. Mae 'na ryw fath o ddamwain 'di digwydd ar ffarm yn Llanidwal ac mae hi'n debyg bod Emlyn Parry, Glan Gors, wedi cael 'i ladd. Ar hyn o bryd mae 'na sawl stori yn mynd o gwmpas, ella byddai'n haws i mi bicio yno fy hun i gael y stori'n gywir. Be 'dach chi'n feddwl?"

Cymerodd Robin ei amser cyn codi ei ben i edrych arni'n iawn a gwelodd Cerys pa mor seimllyd oedd ei wallt. Ond, o leiaf roedd o wedi newid ei grys heddiw, meddai wrthi ei hun, gan gofio'r aroglau chwys oedd arno'r diwrnod cynt. Wrth gamu tuag at ei ddesg, sylwodd hi fod Robin wedi brysio i geisio cau ffenest ei gyfrifiadur. Ond un araf a thrwsgl ydoedd o ran natur, a tharodd ei law yn erbyn ei fŷg nes bod coffi yn tasgu dros bob man.

Ymatebodd Cerys yn gyflym ac o fewn eiliad roedd hi ar ochr arall y ddesg yn ceisio achub rhai o bapurau ei golygydd rhag cael eu difetha. Yr eiliad honno cafodd ei llygaid eu denu at y sgrin, ac er mawr syndod iddi, gwelodd ddelwedd o ddynes ifanc noeth efo'i llaw rhwng ei choesau a golwg bleserus ar ei hwyneb. Safodd Cerys yn stond efo'i cheg ar agor a diflannodd y ddelwedd yn sydyn wrth i Robin roi un clic.

Gallai Cerys deimlo ei hun yn cochi at ei chlustiau ac roedd hynny ynddo'i hun yn ei gwylltio, gan nad oedd hi wedi gwneud dim byd o'i le.

15

"Ymmm. Ia... Emlyn Parry y cynghorydd, ia? Llongyfarchiada. Edrych yn debyg bod gen ti *death knock* ar dy ddwylo, tydi? Dos yno i holi, ond paid â chymryd drwy'r bora."

"Crinc! Mochyn!" meddai Cerys wrthi ei hun a brasgamodd allan o'r swyddfa gan ysu am awyr iach i dawelu ei gwylltineb.

Aeth i mewn i'w mini bach coch oedd wedi gweld dyddiau gwell. Cyn tanio'r car, penderfynodd ffonio Elgan. Drwy ryw lwc roedd hi wedi cadw ei rif ffôn ers eu carwriaeth, er eu bod wedi gwahanu ers blynyddoedd bellach. Roedd hi'n hanner gobeithio na fyddai ei hen gariad yn ateb, ond mi wnaeth, a hynny ar yr ail ganiad.

"Haia, Cerys... Ti 'di clywed, do?"

Teimlai Cerys ei chalon yn dechrau curo. Roedd ei lais cyfarwydd yn anghyfarwydd rhywsut – yn araf a chlwyfus, ac yn swnio'n llawer hynach na dwy ar hugain oed.

"Do. Mae hi'n wir ddrwg gen i, Elgan."

"Alla i ddim credu'r peth. Ddigwyddodd o mor gyflym."

"Sut mae dy fam?"

"Mewn sioc ofnadwy... Isio rhoi'r hanas ar wefan yr *Herald* wyt ti?"

Teimlodd Cerys yn anghyfforddus. Ni wyddai'n iawn beth oedd bwriad yr alwad. "Hynny a gweld os oes angen unrhyw gymorth arnoch chi."

Am y tro cyntaf ers iddi ddechrau ei swydd, teimlai Cerys wrthdaro rhwng ei bywyd gwaith a'i theimladau personol. Am flynyddoedd lawer, pan oedd hi ac Elgan yn canlyn, câi groeso twymgalon ar aelwyd Glan Gors. A'r peth pwysicaf, roedd hi am osgoi ymddangos yn oeraidd neu'n ansensitif.

"Na, alla i ddim meddwl am ddim. Diolch am ofyn. Be wyt ti isio'i w'bod?"

Dewisodd Cerys ei geiriau'n ofalus. "Mae hi'n dibynnu ar be wyt ti a Mair yn dewis ei rannu efo fi. Dw i ddim am eich rhoi dan ragor o bwysa. Wyt ti'n teimlo'n ddigon cry i siarad efo fi am be ddigwyddodd?"

"Dw i 'di gorfod siarad efo'r awdurdodau, felly waeth i mi siarad efo chdi ddim. Ac mae siarad efo chdi wastad yn haws na siarad efo pobol eraill, Cerys. Dw i'n gw'bod faint o feddwl ohono fo oedd gen ti."

"Oedd wir," atebodd hithau yn dawel. Roedd hi'n falch bod Elgan yn cofio hynny.

Cymerodd Elgan ei wynt ato. "Roedd Dad wedi gwerthu'r tarw du ac yn ceisio ei lwytho ar y lori pan drodd arno fo a'i gornelu."

Aeth Elgan yn ddistaw ar ben arall y ffôn a dechreuodd y dagrau gronni yn llygaid Cerys.

"O Elgan..."

"Roedd o'n erchyll, Cerys, efo gwaed ymhobman a doedd neb yn gallu mynd yn agos ato fo gan fod y tarw 'di gwylltio. Roedd rhaid i mi saethu'r tarw yn y fan ar lle er mwyn ceisio achub Dad."

Aeth yn ddistaw drachefn.

"Ydi hi'n iawn i mi ddod draw, Elgan? Dwi isio dy weld wrth gwrs, ond dwi hefyd isio gneud yn siŵr fod gen ti a Mair rywfaint o reolaeth dros be fydda i'n ei adrodd ar wefan yr *Herald*."

Y gwir amdani oedd ei bod hi am iddo wybod ei bod hi yno, yn gefn iddo, yn glust i wrando dros yr wythnosau a'r misoedd anodd oedd o'i flaen.

"Yndi, bydd Mam yn falch o dy weld di."

Roedd Cerys yn meddwl y byd o Mair, ei fam. Daeth y ddwy yn dipyn o ffrindiau wrth iddi ymweld â Glan Gors yn rheolaidd. Cofiodd fod Mair wedi sôn ei bod wedi cael trafferth beichiogi a'i bod wedi colli sawl plentyn cyn cael Elgan. Dioddefodd iselder am flynyddoedd wedyn. Pan anwyd Elgan yn gynnar, roedd ei rieni wedi gwirioni, ac mor ddiolchgar o gael y trysor bach newydd-anedig, fel y gwnaethon nhw benderfynu na fydden nhw'n ceisio am fabi arall wedyn.

Dwy flynedd yn hŷn nag Elgan oedd Cerys, er nad oedd hynny'n amlwg pan oedden nhw yn yr ysgol, gan fod Elgan yn anarferol o dal ac yn fwy aeddfed na llawer o'i gyfoedion. Pan aeth Cerys i'r chweched dosbarth i astudio at ei Lefel A, aeth Elgan i'r coleg amaethyddol mewn sir gyfagos. Ymhen amser, diffoddodd y fflam a fodolai rhyngddynt, ond nid y pellter daearyddol yn unig oedd ar fai. Roedd y ddau hefyd wedi cychwyn ar bennod newydd yn eu bywydau.

Rhyw filltir y tu allan i dref Aberwylan i gyfeiriad Penrhynsiriol, roedd y lôn yn fforchio'n ddwy. I'r chwith roedd hi'n bosib dilyn yr arfordir yr holl ffordd nes cyrraedd Trwyn Penrhynsiriol. Trodd Cerys i'r dde ac o fewn tair milltir roedd hi'n pasio ei chartref yn Efailgledryd. Doedd o ddim yn bentref yng ngwir ystyr y gair, yn hytrach dim ond dau deras hir o dai o boptu'r ffordd fawr ydoedd. Ond, roedd yno gymuned fechan glos, serch hynny a byddai'r cymdogion yn gofalu am ei gilydd ac yn taro sgwrs dros glawdd yr ardd. Roedd Mrs Williams Rhif 3 a Mrs Humphreys Rhif 4 yn dal i lusgo eu cadeiriau allan ar y palmant wedi iddyn nhw orffen glanhau'r stepen drws. Doedd dim byd gwell ganddyn nhw na hel clecs wrth wylio'n ofalus a gwneud sylwadau bachog am y rhai a âi heibio yn eu moduron. Canodd Cerys y corn a chodi llaw arnyn nhw.

Ymhen pedair milltir arall cyrhaeddodd Cerys bentref Llanidwal. Safai'n union hanner ffordd rhwng Aberwylan, ar ochr ddeheuol Penrhynsiriol, a phentref glan y môr Porth Saint ar yr ochr ogleddol. Er bod yr ysgol gynradd a'r capel bellach wedi cau, roedd eglwys Llanidwal a'r Neuadd Goffa'n parhau i oroesi.

Ond gwir galon y pentref erbyn hyn oedd tafarn a bwyty'r Llew Gwyn. Yma byddai trigolion yr ardal yn hel at ei gilydd i gymdeithasu, i ddathlu priodas neu enedigaeth ac i fod yn gefn i'w gilydd yn dilyn angladd. Roedd maes parcio mawr yn y cefn, a bob mis Awst yn ddi-ffael, byddai Clwb Ffermwyr Ifanc Penrhynsiriol yn cynnal eu cystadleuaeth cneifio yno.

Amaeth oedd asgwrn cefn cymuned Llanidwal. Roedd yr un teuluoedd wedi ffermio yno ers cenedlaethau, llawer ohonyn nhw'n denantiaid i'r Arglwydd Winston, perchennog Ystâd Plas Llechi. Roedd Glan Gors, cartref Elgan, yn eiddo i'r Arglwydd. Felly hefyd Felin Isaf a Tyn Twll – y ffermydd a oedd yn terfynu â Glan Gors.

Doedd hi ddim yn anghyffredin i ferch fferm briodi efo mab fferm gyfagos yn y pen yma o'r byd, neu i ddau frawd briodi dwy chwaer. Math o briodas wedi ei threfnu ymlaen llaw, bron â bod, er mwyn gwarchod ffordd o fyw a'r ffermydd ar gyfer cenedlaethau'r dyfodol.

Un o brif nodweddion ardal Llanidwal oedd ei choed. Yn ystod misoedd yr hydref byddai plant yr ardal ehangach yn beicio yno i hel cnau castanwydden y meirch er mwyn cael chwarae concyrs. Crwydrodd meddwl Cerys yn ôl at y noson y llwyddodd i basio ei phrawf gyrru yn ddwy ar bymtheg oed. Dyna'r tro cyntaf iddi yrru ar ei phen ei hun wedi iddi nosi. Cafodd andros o fraw pan hedfanodd tylluan wen allan o'r coed ac yn syth heibio ffenest y car. Aderyn corff fyddai'r hen bobol yn ei galw a theimlai ias yn mynd i lawr ei chefn wrth feddwl am Emlyn Glan Gors.

*

Wrth droi i ffwrdd o'r lôn fawr i gyfeiriad Glan Gors, gwgodd Cerys wrth fynd heibio cartref James Alexander. Ers iddo brynu'r lle y flwyddyn cynt roedd wedi newid yr enw gwreiddiol, Cae Helyg, i *The Willows*. Sylwodd hefyd fod y giât wen hardd hen ffasiwn a'r ddau lwyn *hydrangea* pinc bob ochr iddi wedi diflannu. Yno, bellach roedd giât anferth a ffensys haearn uchel yn rhedeg ar hyd terfyn Cae Helyg. I goroni'r cyfan, roedd arwydd KEEP OUT a llun ci ffyrnig, yn ogystal â chyfarwyddiadau sut i gael mynediad, sef pwyso'r botwm ar yr intercom, a dangos wyneb i'r camera. Mor wahanol i ddrysau agored a chroesawgar aelwydydd ei gymdogion.

Cyrhaeddodd Cerys geg lôn Glan Gors a daeth ton o dristwch a nerfusrwydd drosti. Er bod ei meddwl ar ei gwaith, roedd hi hefyd yn teimlo dan bwysau o fod yn nabod y teulu mor dda. Byddai ei chyflogwr yn disgwyl cofnod cywir a manwl o'r ffeithiau ac erthygl ffeithiol wedi'i chyhoeddi yn yr *Herald*. Ond fyddai hynny ddim yn ddigon gan aelodau o gymuned glos Llanidwal. Gwyddai Cerys eu bod yn disgwyl iddi ddangos parch a chydymdeimlad tuag at deulu Emlyn Parry.

Wrth gyrraedd, gwelodd Elgan yn croesi'r iard â golwg ar goll yn llwyr arno. Daeth allan o'i char a sylwi bod dagrau yn cronni yn llygaid y dyn ifanc wrth weld ei hwyneb cyfarwydd. Rhedodd ato a gafaelodd y ddau yn dynn yn ei gilydd a dechreuodd ei dagrau hithau lifo'n dawel.

Ymhen hir a hwyr camodd y ddau yn ôl ac edrych ar

ei gilydd. Ceisiodd Elgan ei orau i roi gwên iddi ond yr oll a welodd Cerys oedd anobaith. Edrychodd i lawr gan weld bod gwaed ar ei esgidiau gwaith a gafaelodd hi yn ei fraich a'i arwain at y tap dŵr oedd tu allan i gytiau'r cŵn.

"Rho dy sgidia o dan y tap, Elgan," meddai wrtho. Edrychodd ar ei wyneb gan sylwi bod gwaed wedi tasgu dros un o'i glustiau.

"Mae gen ti rywfaint o waed ar dy ben hefyd," meddai gan gymryd hances o'i phoced a'i gwlychu o dan y tap dŵr. Yn dyner, dechreuodd lanhau'r gwaed oddi ar ei wyneb tra safai Elgan fel delw mewn breuddwyd.

"Sori. Mi 'nes i newid fy nillad ond doedd 'na ddim amser i 'molchi'n iawn…" meddai, a bu bron iddi ag ailddechrau crio yn y fan a'r lle.

Cofiodd sut y byddai Elgan bob tro yn edrych ar ei orau'r adeg yma o'r flwyddyn pan fyddai wedi treulio'r haf allan yn yr awyr agored. Roedd lliw haul yn gweddu iddo, a gan ei fod yn olau o ran pryd a gwedd, byddai ei wallt melyn yn troi'n wyn bron â bod.

"Meddwl 'mod i'n dechra colli 'ngwallt wyt ti, Cerys? Roedd Mam yn deud bod Dad wedi dechra mynd yn foel ar dop 'i ben cyn iddyn nhw briodi. Mi 'nath hi 'ngalw i'n Emlyn yn gynharach," meddai a daeth ton o dristwch arall drosto.

"Sut wyt ti'n ymdopi? Os nad ydi hynny'n gwestiwn dwl."

"Mae gwaith ar y ffarm yn hawlio'n sylw i, sy'n rhyw fath o help, ond mae Mam mewn sioc. Mae Doctor Ahmad efo hi ar hyn o bryd ac mae Buddug Tyddyn Wisgi ar ei ffordd i gadw cwmpeini iddi ac i gynnig panad i bawb a fydd yn siŵr o alw i gydymdeimlo."

Dechreuodd Elgan rwbio ei dalcen a gwyddai Cerys o brofiad fod rhywbeth yn pwyso ar ei feddwl.

"Be sy'n dy boeni, Elgan?"

"Roedd Dad a finna 'di bwriadu didoli'r defaid a'r ŵyn heddiw. Mae 'na waith glanhau cynffonna a naddu traed. O'n i 'di bwriadu mynd ag ŵyn i Mart Brynhir fory."

"Oes rhaid mynd â nhw fory, Elgan?"

"Dyna fyddai ora, neu mi fyddan nhw 'di bwyta mwy na'u gwerth. Mae Sera Felin Isa 'di cynnig mynd i Frynhir i'w gwerthu nhw drosta i, dim ond i mi ddeud wrthi cyn mynd faint dwi am ei gael amdanyn nhw. Er cofia, mae ganddi hi a Mabon ddigon i'w neud yn Felin Isa."

Edrychodd Cerys i fyw ei lygaid glas gan roi ei llaw ar ei fraich.

"Gad iddyn nhw dy helpu di, Elgan. Mi fysat ti'n gneud yr un peth tasan nhw 'di cael y fath brofedigaeth, yn byddat ti?"

"Byddwn, debyg."

"Ond pwy sy'n mynd i dy helpu di efo popeth arall?"

"Mi ffoniodd Mabon bora 'ma i ddeud y bydd wedi gorffan 'redig erbyn amser cinio ac y daw heibio i helpu. Ac mae Brychan Tyn Twll am ddod efo fo, chwara teg iddyn nhw. Ty'd, awn ni i'r tŷ i weld Mam."

Pan glywodd Mair sŵn clicied y drws, mi drodd ei phen gan edrych i gyfeiriad y ddau, ond heb fedru amgyffred pwy oedden nhw, rhywsut. Aeth Cerys yn syth ati gan eistedd wrth ei hochor a chydio yn ei llaw.

"O! Mae'n ddrwg gen i," meddai Cerys, a dechreuodd Mair grio.

Diolch i'r drefn, meddai Dr Ahmad wrthi ei hun. Roedd hi'n poeni fod Mair heb grio a doedd hi ddim yn credu bod cadw galar dan glo yn dda i'r enaid. Edrychodd ar Elgan gan fawr obeithio y byddai yntau hefyd yn cael amser i ddygymod â'i golled gan fod cymaint o bwysau ar ei ysgwyddau rŵan.

"Mi a i, Elgan. Cofiwch ffonio'r feddygfa os alla i helpu mewn unrhyw ffordd."

Diolchodd yntau wrth ei hebrwng allan at ei char.

Pennod 3

WEDI YMADAEL â Glan Gors, brysiodd Cerys yn ôl i'r swyddfa. Roedd ganddi nifer o alwadau ffôn i'w gwneud cyn y byddai'r erthygl yn gyflawn. Wedi iddi sicrhau dyfyniadau moel gan Heddlu'r Gogledd a'r Gweithgor Iechyd a Diogelwch, rhoddodd ganiad i Arweinydd y Cyngor Sir, y Cynghorydd Helen Edwards o Blaid y Bobol. Dywedodd hithau: "Roedd Emlyn Parry yn gynghorydd cydwybodol dros ward Llanidwal. Bydd colled ar ei ôl."

Rhyfedd, meddai Cerys wrthi ei hun, byddai'n disgwyl llawer mwy o deimlad, o golled ac o gydymdeimlad gan Helen Edwards o gysidro bod Emlyn Parry a hithau yn aelodau o'r un blaid.

Yn fuan ar ôl cyhoeddi hanes marwolaeth Emlyn Parry ar wefan yr *Herald*, dechreuodd teyrngedau lu lifo i mewn i'r blwch sylwadau. Mawr obeithiai Cerys y byddai hynny'n gysur i'r teulu.

Yn sydyn, daeth chwant bwyd arni, ac yna ryw deimlad o euogrwydd ei bod yn meddwl am ei bol a hithau wedi bod yn dyst i'r tristwch a'r galar yng Nglan Gors. Ond, roedd hi'n bryd cael cinio beth bynnag a phenderfynodd y byddai'n ceisio treulio peth o'i hawr ginio yng nghwmni ei ffrind, Ffion. Mewn partneriaeth â'i chwaer, Sioned, roedd Ffion wedi cymryd drosodd menter Becws Briwsion, pan benderfynodd eu rhieni – Morfudd ac Antoni – ymddeol yn gynnar a dianc i fwynhau'r heulwen yn Sbaen.

Cododd Cerys ei llaw ar Sioned wrth iddi roi torth un o'i chwsmeriaid ffyddlon drwy'r peiriant torri bara. Aeth drwodd i'r caffi bach ym mhen pellaf y siop a gweld Ffion wrthi'n gweini llond bwrdd o ferched mewn oed a'r rheiny, yn amlwg, wedi gofyn am ddetholiad o gacennau hufen ffres.

"Dos i isda wrth y bwrdd bach 'na yn y gornal ac mi ddo i ata ti mewn dau funud," meddai Ffion cyn troi at ei chwaer, Sioned, i ddweud ei bod hi'n cymryd brêc.

Gafaelodd yn llaw ei ffrind. "Mae golwg fel tasa chdi 'di cael dy lusgo drwy'r drain arnat ti, Cerys, – be ti awydd 'i fwyta?"

"Dwi newydd fod draw yn Glan Gors – dyna pam. Coffi du cry a rôl caws a nionyn, plis, Ffi."

Digon gwahanol o ran natur oedd y ddwy chwaer. Roedd Sioned wedi etifeddu pen busnes ei mam ac wedi gweithio'n ddiflino ers i'r ddwy gymryd y busnes drosodd.

Tynnu ar ôl ei thad oedd Ffion – Antoni, a oedd yn Sbaenwr rhonc. Byddai hi'n aml yn mynegi ei hun efo'i dwylo, a phan fyddai parti wedi ei drefnu, hi fyddai'r gyntaf i ddechrau dawnsio a'r olaf i adael. Ac fel ei thad, roedd gan Ffion wallt, llygaid a chroen brown golau tra bod Sioned yn oleuach fel ei mam. Er bod Ffion ddwy flynedd yn hŷn na'i chwaer, roedd hi'n amlwg i bawb mai Sioned oedd y bos.

Ymhen pum munud roedd Ffion yn ôl efo coffi i'r ddwy a rôl i Cerys.

"Mae pobol 'di bod yn trafod Emlyn Glan Gors trwy'r bora. Dyna mae'r merched draw fana yn 'i neud rŵan. Be'n union ddigwyddodd, Cerys?"

Rhoddodd Cerys ei phen i lawr a chydiodd Ffion yn ei llaw drachefn.

"Gafodd o'i wasgu yn erbyn giât gan darw, cyn iddo fo ymosod arno fo efo'i gyrn. Mi fydd cwest i'w farwolaeth a dim ond bryd hynny y cawn ni w'bod yn iawn. Mi fu'n rhaid i Elgan saethu'r tarw cyn gallu cael at ei dad, ond roedd o'n rhy hwyr."

Sylwodd Cerys fod y merched ar y bwrdd cyfagos wedi distewi a bod un neu ddwy yn clustfeinio ar eu sgwrs. Hefyd, roedd ciw wedi dechrau ffurfio wrth y cownter a sylwodd Cerys fod Sioned yn ceisio dal llygaid ei chwaer.

"Rhaid i mi fynd i helpu, Cer," meddai Ffion a rhoi cusan ar foch ei ffrind. "Os na fydda i wedi dy weld di yn ystod yr wsnos mi wela i di nos Sadwrn. Ynglŷn â Glan Gors, mae Sioned am gynnig i Elgan ein bod ni'n dwy'n trefnu'r te angladd. Mae ganddo fo a'i fam ddigon o waith rhwng pob dim. Dwi'n meddwl bod Sioned am fynd draw i'w gweld nhw heno."

Wrth gerdded yn ôl i'r swyddfa dechreuodd Cerys hel meddyliau. Tybed a oedd Sioned ac Elgan yn fwy na ffrindiau? Roedd hi'n amau erioed bod Sioned yn ffansïo Elgan. Ond doedd hynny'n ddim o'i busnes hi. Dechreuodd deimlo'n flin efo'i hun am wastraffu ei hamser yn meddwl am garwriaethau posib pobol eraill.

Croeso annisgwyl a gafodd Cerys yn y swyddfa. Doedd canmoliaeth gan Gerallt am ei herthygl ddim yn syndod, ond syllodd yn gegrwth pan wnaeth Robin hefyd ei llongyfarch. Er hynny, roedd awyrgylch y swyddfa yn ddigon oeraidd. Ac roedd hi'n falch pan ddiflannodd Robin yn gynnar, gan gynnig rhyw esgus tila am orfod dal y banc cyn iddo gau.

"Dwi'n falch bod hwnna 'di mynd," meddai Gerallt. "Ti'n iawn ar ôl bod yn Glan Gors, Cerys? Fy nghas beth i pan o'n i'n dy sgidia di, fydda cnocio ar ddrws teulu mewn profedigaeth."

"Yndw, diolch Gerallt. Ia, sefyllfa annifyr, yn tydi? Er, mewn rhyw ffordd ryfadd, ro'n i'n teimlo'n freintiedig hefyd. Cofia, fydda pobol ddim yn ein croesawu i'r tŷ oni bai y byddan nhw'n fodlon siarad efo ni."

Llaciodd Gerallt fymryn ar ei dei – roedd Cerys wedi sylwi ers tro y byddai'n gwneud hynny wedi i Robin adael am y diwrnod. Ac roedd hi wedi dechrau mwynhau'r sgyrsiau fyddai'r ddau yn eu cael hebddo.

"Pan mae'r sefyllfa yn un sensitif fel oedd hi heddiw, mi fydda i bob amser yn gofyn ydi hi'n iawn i mi alw. Mae hynny'n plannu'r hadyn 'mod i'n dod draw ac mae rhywun yn cael amser i baratoi be maen nhw isio 'i ddeud. Dyna'r theori beth bynnag."

Edrychodd Gerallt arni efo edmygedd. "Digon gwir, Cerys. Dwi'n cofio pan gnocies i ar ddrws mewn amgylchiada tebyg i'r un gest ti heddiw, a hynny, fel ti, am y tro cynta hefyd. O'n i wedi cynhyrfu cymaint nes 'mod i 'di anghofio mynd â phad sgwennu efo fi."

Gwyrodd Gerallt yn ôl yn ei gadair gan roi ei goesau i fyny ar ei ddesg wrth iddo hel atgofion.

"Doeddwn i ddim isio recordio'r sgwrs – o'n i'n meddwl y byddai hynny'n oeraidd a dideimlad. Roedd y teulu'n isda o gwmpas bwrdd y gegin yn sniffian crio ac mi o'n i bron â chrio efo nhw. Pan 'nes i ofyn am bapur a rwbath i sgwennu, yr oll oedd ganddyn nhw oedd pensiliau lliw'r plant. Wrth sylweddoli pa mor od oedd hynny, dechreuodd pawb wenu, ac yn y diwadd, mi ddiolchon nhw i mi am ddod i'w gweld."

Llwyddodd Gerallt i godi ei chalon ac roedd hi'n ddiolchgar iddo am fod mor onest.

"Mi oedd rhif Elgan gen i'n barod, mi 'nes i ffonio ar y ffordd o'r swyddfa ac mi 'nath o ofyn i fi alw heibio."

"Ti'n ffrindia efo Elgan, felly?"

Doedd Cerys ddim yn siŵr. Doedden nhw ddim wedi

siarad ers blynyddoedd mewn gwirionedd ond eto teimlai fod cynhesrwydd yn dal yna rhyngddyn nhw. "Wel, dim go iawn, erbyn hyn. Oeddan ni'n canlyn pan oeddan ni'n ifanc, dyna oll."

"Fydda hynny wedi gallu bod yn sefyllfa braidd yn anghyfforddus, yn bydda?"

"Na, plant ysgol oeddan ni i bob pwrpas."

"Dwi'n deall. Pam na 'nei ditha fynd adra, Cerys? Dw i'n hapus i gloi'r swyddfa. A bod yn onast efo chdi, dwi ddim ar frys i fynd adra, rhag cael ffrae arall. Mae pob gair dwi'n ei ddeud bron yn mynd dan groen Alys ac mae'r plant wedi dechra sylwi. Mae hyd yn oed yr hen drwynan 'na sy'n byw drws nesa wedi bod yn holi Alys ydi bob dim yn iawn acw."

Teimlai Cerys yn chwithig o glywed bod priodas Gerallt o dan straen. Ond eto i gyd, roedd hi'n ddiolchgar iddo am ei gefnogaeth.

"Wyt ti'n meddwl ei bod hi'n iawn i mi fynd adra a Robin yn dal yn flin efo fi?" Y peth diwethaf oedd Cerys eisiau ei wneud oedd tynnu blewyn arall o drwyn y golygydd. Byddai cael ei bychanu am ddianc o'r gwaith yn fuan yn fêl ar ei fysedd. "Ydi o wedi achwyn amdana i wrth yr adran bersonél, tybad?"

"Nac ydi, dim ffiars o beryg – bysa'n rhaid iddo fo egluro pam dy fod di wedi gweiddi arno fo, yn bysa? Dos rŵan ac anghofia bob dim am waith tan fory."

Cododd Gerallt ac aeth i nôl siaced Cerys oddi ar y bachyn a'i dal iddi fel ei bod yn gallu rhoi ei breichiau ynddi'n rhwydd. Dyna ŵr bonheddig, meddai wrthi hi ei hun, a gwobrwyodd ef efo clamp o wên.

Pennod 4

Pan ddaeth Cerys adra o'r brifysgol yng Nghaerdydd, yn hytrach na symud yn ôl adra, aeth i fyw mewn *chalet* yng ngwaelod gardd ei rhieni. Nid prinder tai i bobol leol oedd yr unig reswm dros ei phenderfyniad, er y byddai osgoi gorfod talu rhent yn hwb i'w breuddwyd ffôl o allu fforddio prynu tŷ yn ei milltir sgwâr yn y dyfodol.

Pan oedd yn blentyn ifanc byddai wrth ei bodd efo'r antur o symud i fyw i'r *chalet* dros yr haf. Fel llawer o deuluoedd eraill yn yr ardal, byddai ei mam a'i thad, Medwen a Jac, yn gosod y tŷ i ymwelwyr yn ystod gwyliau'r ysgol, a hynny er mwyn cadw dau ben llinyn ynghyd.

Rhyw berthynas ddigon bregus oedd rhwng ei mam a'i thad. Y prif reswm dros hynny oedd bod Jac yn cael trafferth cadw ei drôns amdano pan fyddai'n mynd ar deithiau efo'i ffrindiau oddi cartref. Er ei bod hi, Cerys, yn caru ei thad, ac yntau hithau, roedd hi wedi awgrymu wrth ei mam fwy nag unwaith y dylent wahanu a dechrau ar y broses o ysgaru.

Problem Jac Pensarn oedd ei fod yn gwirioni ar ferched, yn enwedig ar ôl cael llond bol o gwrw. Ond, erbyn hyn, roedd wedi mopio ei ben efo dynes hanner ei oed. Roedd Jac wedi cyfarfod ag Olwen pan aeth am 'benwythnos y ceiliogod' i Borthynys efo criw o'r gwaith. Yn aros yn yr un gwesty â'r dynion, roedd criw o ferched o'r canolbarth yn dathlu parti plu. Ar ôl y nos Wener, prin fod neb wedi gweld

Jac nac Olwen wedyn nes ei bod hi'n bryd troi am adra ar fore dydd Sul.

Am wythnosau wedi hynny, mi fyddai Jac yn brysio allan o'r tŷ pan fyddai ei ffôn yn canu cyn ei hateb. Ym mêr ei hesgyrn roedd Medwen yn adnabod yr arwyddion, ond roedd hi'n hen law ar gau ei llygaid a gwrthod derbyn bod eu priodas yn chwalu. Cysurai ei hun mai dod yn ôl efo'i gynffon rhwng ei goesau fyddai hanes Jac bob tro. Ond yna, daeth adra yn dilyn penwythnos coll arall, a chyfaddef wrth Medwen ei fod mewn perthynas efo Olwen a'i fod yn symud o Bensarn i fyw efo hi. Torrodd Medwen ei chalon a phenderfynodd Cerys symud o'r *chalet* ac yn ôl i'r tŷ, at ei mam.

Bu'r wythnosau cyntaf yn anodd iawn. Weithiau, byddai Cerys yn gallu clywed ei mam drwy'r pared yn crio ei hun i gysgu. Y tro cyntaf i hynny ddigwydd, cod5odd Cerys o'i gwely ac aeth i mewn i ystafell wely ei mam i'w chysuro. Ond dweud y drefn wrthi wnaeth Medwen a'i hatgoffa bod ganddi waith yn y bore a bod arni angen cwsg.

Wedi i'r pyliau o grio ddistewi, dechreuodd Medwen fod yn flin efo pawb a phopeth, ac er bod Cerys yn cydymdeimlo â hi, eto i gyd pan fyddai ei mam yn lladd ar ei thad ac yn dweud pethau cas amdano wrth Cerys, byddai hynny'n ei brifo i'r byw hefyd. Er gwaetha'r ffaith fod Jac Pensarn yn dipyn o gi drain, roedd o'n dad caredig a llawen a oedd yn dotio ar ei ferch.

Roedd gan Cerys hiraeth mawr amdano. Yn enwedig pan fyddai eisiau trafod stori neu hel clecs. Gwyddai y gallai ymddiried yn ei thad heb orfod poeni y byddai'n ailadrodd unrhyw fater o bwys wrth neb arall. Byddai wrth ei bodd yn cael bwrw ei bol am y ffrae a gafodd hi efo'i golygydd. Gallai Jac droi unrhyw sefyllfa'n destun sbort. Gwenodd Cerys wrth feddwl am y math o bethau fyddai ganddo i'w ddweud am Robin Llwyd. Yn amlach na pheidio, byddai sgyrsiau rhyngddi hi a'i thad yn dod i ben efo'r ddau yn morio chwerthin.

Yn ddiweddar, roedd Jac wedi bod yn swnian arni i ddod i gyfarfod ag Olwen. Gwyddai na allai ei wrthod am byth ond eto, heb yn wybod i'w mam, roedd hi wedi cyfarfod â dwy o gyn-gariadon ei thad dros y blynyddoedd. Felly, doedd hi ddim ar frys i gwrdd â'r drydedd. Yn ôl Jac, doedd Olwen ddim yn gweithio ac roedd hi'n fam sengl i ferch fach o'r enw Nia, oedd yn bedair oed. Ac yn ei ffordd ddihafal ei hun roedd Jac wedi cellwair y byddai'r ddwy yn dod yn ffrindiau mawr gan fod Olwen fwy at oed Cerys na'i oed o.

Ond pan gyrhaeddodd Cerys adra o'r gwaith y noson honno, cafodd syndod o weld bod ei mam yn eistedd wrth fwrdd y gegin yn rhoi edau drwy lygaid nodwydd ei pheiriant gwnïo. Gwelodd fod rholyn mawr o ddefnydd trwchus yn sefyll yn y gornel. Os oedd ei mam wedi dechrau rhoi ei meddwl ar waith unwaith eto, golygai hynny ei bod wedi dod at ei choed. Rhoddodd ochenaid o ryddhad.

"Haia, Mam," meddai wrth blygu i roi cusan ar dalcen Medwen gan sylwi fod ei gwallt du yn dechrau britho yma ac acw. "Da gweld y peiriant gwnïo allan eto. Oes gen ti gwsmer?"

"Oes, mae Jia isio llenni newydd yn y Llew Gwyn cyn 'Dolig."

"Gwych," meddai Cerys wrth fodio'r defnydd. "Sut mae Mrs Wang? Rhaid ei bod yn agosáu at oed ymddeol bellach?"

"'Neith Jia byth ymddeol, mae gwaith caled yn ffordd o fyw iddi. Ac mae hi wrth 'i bodd ynghanol pobol y pentra. Wyt ti 'di siarad efo dy dad yn ddiweddar?"

"Naddo," meddai Cerys, er nad oedd hynny ddim yn hollol

wir. Roedden nhw wedi bod yn anfon negeseuon testun at ei gilydd.

Tawelodd Medwen am rai munudau cyn codi i ferwi'r tegell. Sylwodd Cerys fod ei mam yn edrych yn well o'r hanner. Un welw o ran pryd a gwedd oedd hi ar y gorau ac roedd y minlliw pinc gwan yn gweddu iddi. O gwmpas ei gwddf, roedd sgarff sidan amryliw, a chafodd Cerys ei phlesio ei bod yn gwisgo'r clustlysau a roddodd yn anrheg iddi dro yn ôl, rhai aur siâp cregyn bylchog. Roedd Medwen hefyd wedi colli pwysau ers i Jac droi ei gefn arni, ond doedd hynny ddim yn ddrwg o beth a hithau wedi cael diagnosis o glefyd siwgr chwe mis yn ôl.

Rhoddodd Medwen ddŵr berwedig ar ben y dail te yn y tebot ac eisteddodd wrth ymyl ei merch. "Dwi'n gwybod, dydi hi ddim 'di bod yn hawdd arnat ti'n ddiweddar, Cerys, ynghanol yr holl densiwn wrth i dy dad a minna wahanu."

"Dw i'n hogan fawr rŵan, Mam. Does dim isio i chdi boeni amdana i."

Cydiodd Medwen yn nwy law ei merch gan edmygu ei chryfder. "Na, dw i'n gw'bod. Ti 'di bod yn ofalus iawn ohono i, yn amyneddgar a dwi'n ddiolchgar iawn i chdi, Cerys, am hynny. Ond, mae hi'n bryd i mi sefyll ar fy nhraed fy hun bellach. Dw i isio i chdi symud yn ôl i'r *chalet* i chdi gael mwy o benrhyddid a chael hwyl efo dy ffrindia unwaith eto."

Doedd dim angen darbwyllo Cerys. Roedd hi wedi bod yn ysu am ei rhyddid ers wythnosau ac wedi bod yn breuddwydio am smocio joint a chwarae miwsig yn uchel yn ei chartref bach hi ei hun.

"Wyt ti'n siŵr, Mam?"

"Yndw, yn hollol siŵr. Mae 'na un peth arall dwi isio 'i ddeud wrtha chdi hefyd." Rhoddodd ddwy baned ar y bwrdd gan symud y darpar lenni i'r naill ochr yn ddiogel. "Dwi ddim am gymryd dy dad yn ôl tro 'ma. Ydw, dw i'n gw'bod 'mod i 'di deud hynny sawl gwaith o'r blaen. Ond, mi fydda i'n hanner cant y flwyddyn nesa ac mae hi'n bryd i mi ddechra ar bennod newydd yn fy mywyd."

Heb yn wybod iddi bron roedd Cerys wedi dechrau crio.

"O, Cerys, ty'd yma," meddai Medwen gan gymryd ei merch i'w breichiau.

"Ti'n 'i feddwl o go iawn y tro yma, Mam?"

"Yndw, cariad bach. Dw i wedi penderfynu mai digon yw digon. Olwen yw'r hoelen ola yn yr arch i mi. Dwi ddim yn medru deud pam wrthat ti, ella am ei bod hi mor ifanc. Ond mae rhywfaint o hunan-barch yn dal gen i."

"Dw i'n meddwl dy fod ti'n llygad dy le, Mam," a gafaelodd y ddwy yn dynn yn ei gilydd.

Pennod 5

Gan fod Cerys newydd dderbyn ei chyflog, roedd hi'n edrych ymlaen at gael rhywbeth heblaw ffacbys coch yn ei chwpwrdd bwyd. Tuag at ddiwedd y mis mi fyddai'n byw ar *dhal* sbeislyd, efo reis neu fara fflat, a phicyls poeth.

Myfyrwraig dlawd yng Nghaerdydd oedd Cerys pan ddysgodd ffrind iddi sut i fyw ar y gwynt drwy feistroli'r grefft o wneud *dhal*. Fydda hi byth yn blino arno fo, ond heddiw roedd chwant cig arni. Felly, cododd yn gynnar ar fore Sadwrn er mwyn cael y dewis gorau o fwydydd lleol ym marchnad y ffermwyr. Er mwyn bod yn saff o blesio pawb, roedd hi am goginio saws *bolognese* i'w ffrindiau a oedd wedi trefnu dod draw i'r *chalet* am sesh.

Er prysurdeb y farchnad, llwyddodd Cerys i gael gafael ar ddeiliach i wneud salad. Prynodd hefyd nionod, seleri, garlleg, moron a chymysgedd o friwgig eidion a phorc. Roedd wedi gofyn i Ffion a Sioned ddod â *baguettes* o Becws Briwsion a byddai Nanw a Gwawr yn paratoi'r pwdin. Piciodd heibio'r archfarchnad i nôl tuniau tomatos, baco a gwin coch cyn ei throi hi am adra.

I gyfeiliant ei hoff fand, Pys Melyn, dechreuodd Cerys baratoi'r saws *bolognese*. Gwenodd wrth feddwl sut llwyddodd ei thad i greu diddordeb mewn coginio ynddi pan oedd hi'n ferch ifanc. Byddai Jac yn llusgo cadair at y stof fel y gallai Cerys weld i mewn i'r crochan a rhoi help llaw i droi saws y *bolognese*. Dyna'r pryd bwyd sawrus cyntaf iddyn nhw ei goginio efo'i gilydd, a hyd heddiw, dyma oedd ei hoff bryd.

Erbyn i'w ffrindiau gyrraedd, roedd aroglau hyfryd yn treiddio o'r gegin fach ac roedd cysgodion canhwyllau'n dawnsio ar waliau pren y *chalet*. Clywodd Cerys sŵn chwerthin a photeli'n tincial cyn iddi weld Nanw a Gwawr yn cerdded i lawr y llwybr at y *chalet* – y naill mewn dyngarîs glas a'r llall mewn rhai gwyrdd. Roedd y ddwy wedi eu magu y drws nesaf i'w gilydd a dim ond pythefnos oedd rhyngddyn nhw o ran oed.

Pan benderfynodd Nanw ei bod am ddilyn ôl troed ei thad a mynd i nyrsio, yn naturiol ddigon, fel dwy ffrind, mi ddywedodd Gwawr y byddai hithau'n hoffi bod yn nyrs hefyd. Efo'r ddwy bellach wedi graddio, daethant yn ôl i'w cynefin, efo Nanw yn gweithio ym meddygfa Doctor Ahmad, tra bod Gwawr yn gweithio yng nghartref nyrsio Hafan Deg.

Deng munud yn ddiweddarach, cyrhaeddodd Ffion efo'r bara Ffrengig, ynghyd â bocs o gacennau nad oedd wedi gwerthu yn y caffi.

"Lle mae Sioned?" meddai Nanw, wrth holi Ffion am ei chwaer.

"Wel, goeliwch chi fyth, ond mae gan Sionsi ni ddêt heno, efo Elgan Glan Gors!"

Teimlodd Cerys ei chalon yn rhoi naid ac yn wir, doedd hi ddim yn deall arwyddocâd hynny.

"Reit dda, 'neith o fyd o les i'r ddau ohonyn nhw," meddai Nanw. "Ew, mae 'na ogla hyfryd yma. Ti isio i mi dy helpu di efo rwbath, Cerys?"

"Ym, oes – rowlia *joint* 'nei di, Nanw? Dyma fo'r gwair," ac estynnodd y pecyn bach gwyrdd roedd hi wedi ei brynu hefyd ym marchnad y ffermwyr.

★

Deffrodd Cerys efo clincar o gur yn ei phen a chofio iddi yfed jin mwyar duon wedi iddyn nhw orffen y gwin. Aeth drwodd i'r gegin a chanfod bod Nanw a Gwawr wedi codi ers oriau ac wedi gwneud tomen o grempogau i bawb. Ond doedd Cerys ddim yn siŵr a oedd hi awydd bwyd.

"Mae isio manteisio ar yr haf bach Mihangel 'ma. I ba lan y môr rydan ni am fynd pnawn 'ma ta?" holodd Gwawr. "Traeth anghysbell, ta un prysur?"

"Traeth distaw plis. Dydi 'mhen i ddim isio clywed yr un jet sgi swnllyd yn swnian am oria. Be am Lan y Môr Gwaith, siawns y bydd hi'n ddistaw yn y pen yna," awgrymodd Cerys.

Ond roedd gan Ffion gynllun, "Dw i ddim yn meddwl bod 'na fawr o siawns dod o hyd i'r un dyn ffit ar Lan y Môr Gwaith, Cerys. Be am fynd i draeth Porth Saint? Fedrwn ni fynd ar hyd y clogwyn i'r pen draw, does w'bod pwy welwn ni'n fano."

"Ocê, mae hyn yn dechra drewi rŵan," meddai Cerys, "pwy ti'n disgw'l 'i weld ar draeth Porth Saint, ar bnawn Sul, Ffi?"

"Mi fydd rhaid i chi i gyd ddod efo fi i weld, yn bydd?" meddai gan roi winc i'w ffrind. "Does wybod, ella medri di ddod o hyd i ddyn i dy gadw di'n gynnes yn y *chalet* 'ma dros y gaea, Cerys. Mae 'na fwy i fywyd na thorri straeon i'r *Herald*, sdi."

"Wwwww," meddai Nanw a Gwawr fel deuawd, a dechreuodd pawb chwerthin.

Roedd yr haul yn taro'n boeth wrth iddyn nhw gerdded ar hyd y clogwyn uwchben traeth Porth Saint. Deuai sŵn chwerthin hwyliog o'r traeth, lle'r oedd criw o ddynion ifanc yn chwarae gêm o bêl foli. Rhythai Ffion arnyn nhw, fel barcud yn llygadu ysglyfaeth.

"Dyma chdi, cymera olwg drwy hon i weld ydi Mistar Perffaith yna," meddai Cerys gan basio ysbienddrych i Ffion.

Edrychodd honno drwyddo ac o fewn dim daeth gwên ddireidus i'w hwyneb.

"Gawn ni frêc bach am funud, mae'r picnic 'ma yn drwm," meddai Nanw, gan ollwng gafael mewn un handlen i'r fasged, tra gwnaeth Gwawr ollwng ei gafael yn y llall.

Pasiodd Ffion yr ysbienddrych yn ôl i Cerys a dechreuodd hithau sganio'r traeth. Cafodd ei denu gan sŵn jet sgi, a phan drodd ac edrych i'w cyfeiriad mi welodd dri ohonyn nhw'n mynd rownd a rownd mewn cylch. Pam eu bod nhw'n mynd mewn cylchoedd allan yn y môr, gofynnodd iddi hi ei hun. Aeth ati i chwarae efo'r olwyn fach ar yr ysbienddrych er mwyn cael gwell ffocws. Gwelodd fod un ai pod o lamhidyddion neu ddolffiniaid yn neidio o fewn y cylch.

"Ffycin hel!" gwaeddodd Cerys a throdd y lleill i edrych arni.

"Be ti'n weld?" holodd Ffion, ond roedd Cerys wedi gwylltio cymaint nes ei bod yn methu siarad. Pasiodd yr ysbienddrych i'w ffrind gan bwyntio i gyfeiriad y jet sgis.

"Blydi hel. Maen nhw'n aflonyddu arnyn nhw!" meddai Ffion.

"Dw i'n mynd i'w ffycing riportio nhw," sgrechiodd Cerys. "Mae hi'n drosedd aflonyddu ar fywyd gwyllt."

Tynnodd ei ffôn o'i phoced a thynnu lluniau o'r jet sgis.

Wedi cyrraedd y traeth dewisodd Ffion lecyn nad oedd yn rhy bell nac yn rhy agos chwaith i'r man lle'r oedd y dynion yn chwarae eu gêm o bêl foli. Rhoddodd pawb eu tywelu i lawr ar y tywod, cyn tynnu pob dilledyn ac eithrio eu gwisgoedd nofio.

"Ti 'di cael bicini newydd, Ffi?" holodd Cerys.

"Do, ti'n licio fo?"

"Ydi'r gwaelod yn anghyfforddus?"

"Be ti'n feddwl?"

"Wel, mae o'n diflannu i fyny dy ben ôl di, yn tydi?"

Edrychodd Nanw a Gwawr ar ei gilydd gan chwerthin yn uchel. Roedd y ddwy wedi hen arfer clywed Ffion a Cerys yn tynnu ar ei gilydd fel hyn.

"Gwranda Cerys Ifans, mae dy siwt nofio di'n edrych fel tasa chdi am nofio mewn ras o Borth Saint yr holl ffordd at Drwyn Penrhynsiriol. Sut ddiawl ti'n disgw'l cael lliw haul yn honna?"

Ar ôl gorchuddio eu hunain efo eli haul a phawb yn eistedd yn gyfforddus, dywedodd Nanw fod ganddi hi a Gwawr bwt o newyddion i'w rannu.

"Rydan ni'n dwy yn mynd i brynu fflat yn Aberwylan," meddai Nanw, "un o'r rhai ar Ffordd Waldo. 'Naethon ni roi cynnig am y lle ryw fis yn ôl a chafodd ein cynnig 'i dderbyn ddydd Gwener. Ond mi fydd yn rhaid i ni gael lojar i helpu i dalu'r morgais. Dyna'r unig ffordd y gallwn ni fforddio'i brynu."

"Llongyfarchiada mawr!" meddai Cerys, gan feddwl pa mor warthus oedd hi fod dwy nyrs yn cael trafferth prynu fflat mewn ardal dlawd fel Ffordd Waldo.

"Ia, wir," meddai Ffion wedi gwirioni. "Sawl llofft sy 'na?"

"Dwy," atebodd Gwawr.

"Lle fydd y lojar yn cysgu ta?" gofynnodd Ffion, gan grychu ei thalcen.

Trodd Gwawr at Nanw a rhoi cusan dyner ar ei gwefusau fel ateb. Cododd y ddwy a cherdded law yn llaw i mewn i'r tonnau tawel.

"Oeddat ti'n gw'bod?" gofynnodd Ffion yn heriol. "Pam na fasa chdi 'di deud wrtha i? Dw i'n teimlo fel lemon."

"Dim fy lle fi oedd deud," atebodd Cerys.

"O'n i'n meddwl eu bod nhw fel dwy chwaer," meddai Ffion yn dawel.

"Dwyt ti na Sioned ddim yn edrych fel'na ar eich gilydd ydach chi?" atebodd Cerys, gan sylwi drwy gornel ei llygaid bod Brychan Tyn Twll yn edrych i gyfeiriad y ddwy bob hyn a hyn.

"O'n i ddim yn cofio dy fod di'n medru darllen wynebau hefyd," meddai Ffion yn bwdlyd.

"Dw i'n ffansïo mynd am dro, fydda i ddim yn hir," meddai Cerys gan neidio ar ei thraed. "Wyt ti ffansi dod?"

"Na, mi orwedda i'n yr haul a gwylio'r hogia'n chwara."

Roedd Cerys eisiau llonydd i feddwl ac ystyried sut y gallai greu erthygl am y jet sgis i'r *Herald*, er nad oedd unrhyw un wedi cwyno am yr anfadwaith roedden nhw newydd ei weld yn y môr.

Clymodd sarong am ei chanol a rhoddodd sbectol haul am ei thrwyn ac i ffwrdd â hi. Haf bach Mihangel oedd ei hoff adeg o'r flwyddyn i gerdded ar hyd traeth Porth Saint. Pan oedd hi'n blentyn, mi fyddai hi a'i thad yn picio i nofio ar ôl 'rysgol, pan fyddai o wedi bod ar y shifft gynnar yn y ffatri laeth. Adeg hynny o'r dydd byddai tymheredd y dŵr ar ei gynhesaf a byddai hi'n dawel braf yno hefyd. Roedd ganddi hiraeth am ei thad, ond roedd ei mam fel petai'n dod at ei choed a hynny oedd yn bwysig ar y funud.

Sylweddolodd ei bod wedi cerdded ymhell wrth hel meddyliau am bob dim heblaw am yr erthygl y dylai ei hysgrifennu. Trodd yn ei hôl, ac wrth nesáu at ei ffrindiau, gwelodd fod Brychan Tyn Twll yn eistedd wrth ymyl Ffion a bod y ddau yn fflyrtio efo'i gilydd, heb falio dim am neb arall. Gwenodd wrth sylwi bod Ffion newydd basio'r eli haul i Brychan gan droi nes bod ei chefn yn ei wynebu o. Dechreuodd yntau rwbio'r eli haul yn araf bach ar hyd ei hysgwyddau gan gymryd ei amser.

Rhaid ei fod wedi sylwi ar y tatŵ Gwas y Neidr oedd ganddi ar ei hysgwydd gan iddo droi i ddangos y tatŵ draig goch oedd ganddo yntau ar ei fraich. Un tawedog oedd Brychan fel rheol, ond efo Ffion roedd yn hwyliog a siaradus. Cofiodd Cerys sut roedd sawl un o athrawon Ysgol Uwchradd Aberwylan wedi ceisio darbwyllo Brychan i ddilyn llwybr academaidd, fel gwnaeth ei frawd a'i chwaer. Ond doedd dim troi arno fo, roedd ei fryd ar fod yn ffermwr ers pan oedd o'n ddim o beth ac roedd o'n gwireddu ei freuddwyd yn ffermio Tyn Twll. Roedd wedi cymryd awenau'r fferm drosodd yn gynt na'r disgwyl gan fod ei dad yn berwi o gryd cymalau. Cyfrifydd efo'i busnes ei hun ar stryd fawr Aberwylan oedd ei fam.

Ond, tybed pwy oedd ffrind Brychan a eisteddai yn eu hymyl? Roedd hi'n sicr bron nad oedd hi erioed wedi ei weld cyn heddiw. Ta oedd hi? Byddai'n siŵr o gofio tasa hi wedi dod ar draws y fath bishyn o'r blaen, meddai wrthi hi ei hun.

Un tywyll ei groen oedd ffrind Brychan, efo gwallt trwchus garw wedi'i dynnu at ei gilydd yn rhesi tynn a thwt ar draws ei ben. Ac roedd pob un brêd wedi eu clymu efo'i gilydd tu ôl i'w wddf. Llithrodd llygaid Cerys dros ei ysgwyddau cyhyrog a diolchodd iddi ei hun ei bod yn gwisgo ei sbectol haul. Crwydrodd ei llygaid i lawr ei fol nes y gwelodd hi drowsus nofio coch, gwyn a gwyrdd oedd yn cyrraedd bron at ei bengliniau. Diolch byth nad ydi o'n prynu ei ddillad nofio yn yr un siop â Ffion, meddai wrthi ei hun. Fe'i daliwyd ganddo yn edrych a chafodd ei gwobrwyo efo clamp o wên oedd yn goleuo ei holl wyneb. Cyn iddi sylweddoli roedd hithau wedi gwenu arno yntau.

Dechreuodd Nanw a Gwawr dynnu bwyd o'r fasged bicnic a'i osod ar liain bach coch a gwyn. Roedd yna ddetholiad o ffrwythau, gan gynnwys mefus a grawnwin, a melon dŵr wedi'i dorri'n ddarnau hawdd i'w bwyta.

"Brechdanau ciwcymbr ydi'r rhain ac mae 'na frechdanau caws yma hefyd – i fod," meddai Nanw yn turio i mewn i'r fasged ac yn dod o hyd iddyn nhw wedi eu lapio mewn ffoil.

"Mae 'na ddigon i bawb," ychwanegodd Gwawr gan wenu ar y dynion. "Ac mae'r poteli dŵr yma'n dal yn oer, diolch byth."

Eisteddodd Cerys ar y tywod ond gallai weld tu ôl i'w sbectol haul fod y gŵr golygus yn dal i edrych arni.

"Haia, Cerys. Sut wyt ti ers talwm?" holodd Brychan Tyn Twll. "Wyt ti'n cofio Ifan, fy nghefnder, sy 'di dod yma yr holl ffordd o Sir Fôn?"

"Ifan! 'Nes i ddim dy nabod di, sori, ond wedyn dwi heb dy weld di ers... faint?"

"Ers i Anti Gwyneth eich dal chi'ch dau yn noethlymun yn paentio cyrff eich gilydd," meddai Brychan dan chwerthin wrth i Cerys gochi at ei chlustiau.

"Ti'n iawn, Cerys? Ti'n edrych yn dda. Bydda i'n darllen dy erthygla di'n yr *Herald* – ti'n cael hwyl arni," meddai Ifan. Teimlodd Cerys ei chalon yn rhoi naid o falchder o ganlyniad i'w ganmoliaeth o'i gwaith. Er hynny, am rai eiliadau roedd hi'n ei chael hi'n anodd dod o hyd i eiriau.

"Blydi hel, Cerys Ifans wedi colli 'i thafod," meddai Ffion yn talu'r pwyth yn ôl iddi.

"Bara brith dy fam ydi hwnna, Nanw?" holodd Cerys yn ceisio cael rheolaeth ar y sgwrs.

"Ia Cer, pwy arall sydd awydd bara brith?" gofynnodd Nanw.

"Fi!" gwaeddodd Ifan. "Ella bydda'n well i mi ddod yn nes at yr achos," meddai gan godi a rhoi ei hun i eistedd wrth ymyl Cerys. Gorweddodd hithau yn ôl gan roi ei breichiau yn glustog tu ôl i'w phen. Er mawr syndod iddi roedd ei chalon wedi cyflymu, ac er y byddai'n hoffi taro sgwrs efo fo a chael gwybod ei hanes, wyddai hi ddim beth i'w ddweud.

"Dw i am fynd i nofio cyn claddu mwy ar y picnic, dw i'n meddwl," meddai Cerys gan godi ar ei thraed. Tynnodd ei sarong gan ddenu edmygedd i'w choesau hir siapus o gyfeiriad Ifan. Cymerodd ei amser i edrych arni yn yr un modd ac roedd hithau wedi edrych arno fo, ac meddai:

"Syniad da, mi ddo i efo chdi – be am nofio allan at y bwi, os nad ydi hynny'n rhy bell gen ti?"

"Dim o gwbl, gawn ni ras, os ti ffansi?" heriodd Cerys.

"Yndw, dwi ffansi," meddai gan chwerthin. "Y cynta i gyrraedd y bwi felly," meddai a rhedodd y ddau am y môr.

Yn fuan, sylweddolodd Ifan ei fod yn nofiwr cryfach na hi, a chyrhaeddodd y bwi ymhell o'i blaen. Edrychodd yn ôl i chwilio amdani a gweld ei bod hi'n brwydro i'w gyrraedd ac yn fyr ei gwynt. Nofiodd ati, rhoi ei law am ei chanol a'i chludo'r ugain metr olaf at y bwi.

"Wyt ti'n smocio, Cerys?" gofynnodd, a nodiodd hithau ei phen. "Chwilia am y rhaff sydd o dan y bwi a gafaela ynddi," meddai Ifan gan barhau i afael yn dynn amdani. Pan gafodd ei gwynt ati holodd sut ei fod o'n gystal nofiwr.

"Ella rhyw ddiwrnod bydd angen i mi fod yn nofiwr cry i osgoi boddi. Dwi'n sgotwr – gweithio i'n chwaer, Lela, ei busnes hi ydi o."

Roedd ei fraich yn teimlo'n braf o gwmpas ei chanol a theimlai'n gyfforddus ac yn hynod o hapus. "Be fyddi di'n sgota?"

"Wel, heddiw mae hi'n edrych yn debyg 'mod i 'di dal môr-forwyn yn tydi – fel Largo o Dre Pwllheli ers talwm."

Chwarddodd y ddau heb sylwi bod cwch cyflym wedi creu ton enfawr a'u llyncodd, nes eu bod o dan y dŵr. Pan dawelodd y môr drachefn sylweddolodd Cerys ei bod wedi gollwng y rhaff a'i bod wedi clymu ei hun yn dynn am Ifan. Roedd ei choesau yn gwlwm amdano, fel dau gariad a theimlodd gynnwrf rhyngddyn nhw. Syllodd y ddau ar ei gilydd fel pâr o sgwarnogod wedi eu dal yng ngolau car ar noson dywyll.

"Gan mai merch y tir ydw i, Ifan, ella dylan ni fynd yn ôl i'r lan," meddai efo gwên swil. Cychwynnodd y ddau nofio'n hamddenol, ochr yn ochr, yr holl ffordd at y tywod.

Dychwelodd y ddau at eu ffrindiau ac at y picnic. Unwaith neu ddwy yn ystod y prynhawn wrth i bawb orwedd ar ôl bwyta llond bol, tarodd traed tywodlyd Cerys ac Ifan yn erbyn ei gilydd gan aros felly am rai munudau. Yn nes ymlaen, wrth i bawb gerdded at eu ceir gofynnodd Ifan iddi am ei rhif ffôn ac fe'i rhoddodd iddo'n llawen. Heb yn wybod i'w gilydd, bu'r ddau yn cael trafferth cysgu'r noson honno wrth hel meddyliau am gyrff ei gilydd.

Pennod 6

AETH BRON I fis heibio ers cynhebrwng Emlyn Parry, Glan Gors pan gafodd ei roi i orwedd ym mynwent eglwys Llanidwal, y drydedd genhedlaeth o'i deulu i'w claddu yno. Daeth trigolion y pentref ac aelodau o'r gymuned amaethyddol ynghyd i dalu teyrnged iddo ac i fod yn gefn i'r teulu yn eu profedigaeth.

Cafwyd te cynhebrwng gwerth chweil yn y Llew Gwyn, wedi'i baratoi ar y cyd gan Jia Wang a chwiorydd Becws Briwsion. Ar ôl i'r teulu ymadael, dechreuodd ambell aelod o Gôr Llanidwal, a gafodd flas ar ganu yn ystod y gwasanaeth coffa, godi canu drachefn. Dros lymaid neu ddau o Gwrw Llŷn bu aelodau'r gymuned hefyd yn hel atgofion am Emlyn Parry tan berfeddion nos. Gwnaeth rhai o'r criw gyfeirio at y canu angerddol yn ystod y gwasanaeth coffa, ac yn wir roedd pawb yn gytûn na chlywon nhw ganu tebyg ers amser maith.

Cafodd Mair ac Elgan gysur o'r canu'r diwrnod hwnnw. Dyna roedd y ddau yn ei drafod rhai wythnosau wedyn wrth gerdded y caeau yn dewis lloi i'w didoli er mwyn dod â nhw i mewn i'r sied dros y gaeaf.

"Mae Brychan 'di gofyn ydw i am fynd i'r ymarfer côr yn y Llew Gwyn heno, Mam. Wyt ti'n meddwl 'i bod hi'n rhy gynnar i mi ddechra mynd allan i gymdeithasu?"

"Rargian annw'l na'di siŵr – mi 'neith o fyd o les i chdi. Dos allan wir. Fysa chdi'n licio i mi roi lifft i'r ddau ohonoch chi? Fysa chi'n gallu cael peint wedyn a cherdded adra drwy'r caea."

"Na, dim diolch, mae Brychan am ddreifio, medda fo. Mae o'n gorfod mynd â'i dad i Ysbyty Llwyn y Gwalch peth cynta bora fory."

"Be sy'n bod ar Rolant felly?"

"Trafferth efo'i ben-glin o hyd. Mae o'n gobeithio cael mynd i mewn am driniaeth cyn 'Dolig. Mae o 'di aros ers dros bedair blynedd, meddai Brychan."

"Sobor iawn arno fo ac ynta mewn poen. Iawn ta, os ti'n hapus efo dy ddewisiada, mi ddown ni'n ôl pnawn 'ma i'w didoli nhw. Mae gen i awydd panad a rwbath bach i'w fwyta cyn hynny."

"Fydda i yna mewn dau funud. Dwi am fynd i weld ydi'r gwaith trwsio 'na 'nes i ddoe ar y weiran fochyn yng Nghae Moch Daear wedi dal."

Cyrhaeddodd Mair yr iard fel roedd Eifion y Postmon yn gadael a chododd ei llaw arno. Roedd wedi gadael pentwr o lythyrau a dechreuodd feddwl tybed faint o filiau oedd yn eu plith. Bythefnos ynghynt roedd hi wedi gorffen talu'r holl gostau fu ynghlwm â chynhebrwng ei gŵr ac roedd honno wedi bod yn glec ariannol.

Aeth Mair i mewn i'r tŷ a rhoi'r tegell ar y stof, cyn cychwyn agor y llythyrau. Fel yr ofnai roedd sawl bil yn aros am gael ei dalu a byddai'n rhaid iddi hi ac Elgan drafod dros ginio pa rai a gâi flaenoriaeth. Pan agorodd y bedwaredd amlen, ochneidiodd mewn dychryn a gofid.

Pan gyrhaeddodd Elgan, canfu ei fam yn eistedd wrth fwrdd y gegin yn syllu'n syth o'i blaen a'r llythyr agored yn ei llaw. Cafodd sioc o weld yr olwg welw ar ei hwyneb.

"Be sy, Mam?"

Edrychodd arno fel tasa hi wedi gweld ysbryd. "Mae'r Arglwydd William Winston yn deud bod rhaid i ni adael Glan Gors."

Cipiodd Elgan yn y llythyr yn gyflym a'i ddarllen.

Swyddfa Ystâd Plas Llechi
Llanarfryn
Caerafanc
10 Hydref 2023

Mrs Mair Parry a Mr Elgan Parry,

Rhybudd ymadael:

Glan Gors, Llanidwal.

Diolch am eich llythyr dyddiedig 27 Medi 2023 yn ein hysbysu bod Emlyn Parry, tenant y fferm uchod, wedi marw ar 15 Medi 2023.

Estynnwn ein cydymdeimlad dwys atoch.

Fel y gwyddoch roedd tenantiaeth Glan Gors yn dod i ben ar farwolaeth Mr Parry. Parthed eich cais am drosglwyddo'r denantiaeth i enw'r ddau ohonoch chwi, mae'r ymddiriedolwyr o'r farn nad oes gennych ddigon o brofiad i allu ffermio Glan Gors yn llwyddiannus.

I'r perwyl hyn, ac o dan Adran 5 o'r Rhybudd i Orffen Tenantiaeth Fferm, rydym yn eich hysbysu y bydd disgwyl i chwi adael yr eiddo o fewn blwyddyn i chwi dderbyn y llythyr hwn.

Byddaf mewn cysylltiad i drefnu dyddiad sy'n gyfleus i chwi er mwyn i mi allu ymweld â Glan Gors. Bydd angen gwneud archwiliad manwl o'r tir, ynghyd â'r cloddiau terfyn a'r holl adeiladau, gan gynnwys y tŷ fferm.

Yr eiddoch yn gywir
P. Harvey-Smith (asiant)

Gwnaeth Elgan baned iddo'i hun ac i'w fam wrth iddo geisio amgyffred arwyddocâd cynnwys y llythyr.

"Mi fydd angen cyngor arnan ni, Mam. Does bosib ei fod yn gallu llwyddo i'n troi ni allan fel hyn."

"Mae'r gyfraith ar ei ochr o, Elgan. Dim ond am dair cenhedlaeth mae tenantiaeth Glan Gors. Dy dad oedd trydedd genhedlaeth ei deulu i ffarmio'r lle 'ma."

Rhoddodd Elgan y llythyr yn ôl yn yr amlen a disgynnodd tawelwch llethol dros y gegin, ac eithrio sŵn pendil y cloc mawr yn tician.

"Mam, ti'n iawn?"

"Mi fydd dy dad yn troi yn ei fedd. Roedd o wastad yn deud bod Glan Gors yn fwy na chartref. Ac mi oedd o'n llygad ei le. Dyma'r unig fodd o ennill bywoliaeth sy gan y ddau ohonan ni, Elgan."

Daeth golwg flin ond penderfynol dros wyneb Mair. "Ti'n rhy ifanc i gofio Wini Groesffordd – roedd hi'n byw wrth ymyl ceg lôn Felin Isa. Be ddiawl ydi enw'r lle rŵan?"

"Rose Cottage?"

"Ia, dyna chdi. Pan 'nes i briodi dy dad a dod yma i fyw, newydd golli ei gŵr, yr hen Arthur, oedd Wini. Mi gafodd hi lythyr tebyg i hyn gan y stad rhyw fis ballu ar ôl iddi gladdu Arthur, yn rhoi deufis o rybudd iddi adael ei thŷ a hitha mewn oed mawr. Roedd rhaid iddi fynd i fyw at y ferch yn Lerpwl. Mi dorrodd 'i chalon yn gorfod byw mewn dinas."

"Mam, paid â meddwl am betha felly, rŵan. Mi 'na i ffonio'r Undeb Amaeth i holi os oes ganddyn nhw brofiad o achosion tebyg i hyn. Ella y medran nhw ein rhoi ni ar ben ffordd."

"Dwi 'di 'ngeni a'm magu ar ffarm a dwi ac Emlyn wedi buddsoddi pob ceiniog oedd gynnon ni yn Glan Gors," meddai Mair, yn fwy wrthi ei hun nag wrth neb arall.

Aeth Elgan drwodd i'r parlwr bach, oedd bellach yn swyddfa, ac eistedd o flaen y cyfrifiadur. Meddyliodd am Cerys a sut roedd hi wedi codi stŵr pan ddechreuodd weithio i'r *Herald*, drwy gyhoeddi stori am deulu ifanc oedd o dan fygythiad i golli eu cartref ym Mhorth Saint. Cymro lleol oedd perchennog y tŷ ac roedd wedi penderfynu y gallai wneud mwy o elw drwy ei osod i fisitors ar wefan Airbnb. Ond doedd neb wedi rhagweld sut ymateb y byddai'r stori yn ei chael ar lawr gwlad, ac o fewn dim roedd y perchennog wedi colli pob parch a'i enw da. Ar ôl beio pawb a phopeth, ond fo ei hun, mi wnaeth dro pedol a chafodd y teulu barhau yn denantiaid iddo.

Anfon neges at Cerys ac nid at yr Undeb wnaeth Elgan.

Ti'n brysur? Oes gen ti amser am sgwrs?

O fewn deng munud roedd Cerys wedi ei ffonio.

"Haia, Elgan, be sy'n bod?"

"Mae Mam a fi 'di cael llythyr gan y stad yn gwrthod trosglwyddo'r denantiaeth i ni ac yn deud y bydd isio i ni adael Glan Gors o fewn blwyddyn."

Aeth Cerys yn dawel am ennyd a gwyddai Elgan bod ei meddwl chwim ar garlam.

"Pa reswm maen nhw'n ei roi i chi?"

"Roedd y denantiaeth yn gorffan efo Dad a dim ond yn ei enw fo oedd y cytundeb. Maen nhw hefyd yn deud nad oes gen i na Mam ddigon o brofiad i ffarmio."

Gallai Cerys deimlo'i gwaed yn dechrau berwi. "Wel, mae'r rheswm cynta yn siŵr o fod yn dal dŵr, ond mi fedrwch ddadla bod gynnoch chi brofiad gan dy fod di a Mair wedi bod mewn colegau amaeth. Ti 'di cysylltu efo'r Undeb?"

Gwingodd Elgan yn ei gadair, cyn rhoi rhyw chwerthiniad bach cynnil. "O'n i ar fin gneud hynny rŵan, ond am ryw reswm mi 'nes i dy ffonio di gynta."

Gwenodd gan sylweddoli mai'r rheswm ei fod wedi ei ffonio hi oedd ei bod hi wastad mor barod i herio'r drefn. "Digwydd cofio 'nes i am dy stori am y landlord oedd am luchio'r teulu 'na o Borth Saint o'u cartref er mwyn iddo fo allu cadw fisitors. Er, dwi ddim yn meddwl bydd Mam yn barod i drafod y mater hyn yn gyhoeddus chwaith."

Drwy gornel ei llygaid sylwodd Cerys fod ei golygydd, Robin, yn gwrando ar ei sgwrs. Cododd o'i chadair ac aeth drwodd i gegin y swyddfa.

"Mi fydd gan yr Undeb Amaeth brofiad o achosion fel hyn ac mi fedran nhw awgrymu pa gyfreithwyr sy'n arbenigo mewn achosion tenantiaeth amaethyddol. Mi fyddwch angen rhywun gwell na Pritchard & Davies Aberwylan, mae hynny'n saff i chdi. Dwi'n cymryd eich bod chi'n mynd i gwffio'r achos er mwyn cael aros yn Glan Gors, ydach?"

"Dwi'n ama'n gryf na fydd Mam am godi ei phac ar chwarae bach. Ta waeth, mae 'na ymarfer côr heno. Ti am fynd, Cerys?"

"Na, dwi 'di penderfynu rhoi'r gora i'r côr. Fedra i ddim 'i dal hi ym mhob man a dwi'n gorfod gweithio'n hwyr yn amlach na pheidio'r dyddia yma. Mi 'na i bicio draw i'ch gweld chi ar ôl gwaith fory, neu drennydd."

"Ty'd unrhyw dro ti isio, Cerys. Mae'r drws yma wastad ar agor i chdi. Wela i di'n fuan, felly. Hwyl rŵan a diolch."

"Hwyl, Elgan. Cym bwyll," meddai. Aeth yn ôl at ei desg yn ymwybodol bod llygaid ei golygydd yn ei dilyn bob cam o'r ffordd.

Trodd Cerys yn syth at ei chyfrifiadur gan gymryd arni

ei bod yn brysur, ond mewn gwirionedd roedd hi'n atgoffa ei hun o hanes Ystâd Plas Llechi. Un digon tebyg ydoedd i hanes sawl stad arall ar hyd a lled Cymru efo perchnogaeth tiroedd wedi aros yn eu meddiant ac o gyrraedd y gymuned leol. Yn wir, roedd tiroedd y stad yn ymestyn dros ddwy sir i'r de a chymaint â phedair sir i'r dwyrain, yn ôl yr hyn a welai Cerys.

Yn ganolog i fraint hanesyddol teulu'r Winston oedd Brwydr y Bleiddiaid yn y bymthegfed ganrif. Bryd hynny, dysgodd Cerys fod hynafiaid y William Winston presennol, wedi brwydro ar ochr Brenin Lloegr gan orchfygu'r gwrthryfelwyr. Yn wobr am ei ffyddlondeb, rhoddwyd Ystâd Plas Llechi yn anrheg i'r Winstoniaid.

Gwyrodd Cerys ymlaen gan roi ei breichiau ar y ddesg a phwyso ei gên yn ei dwylo. Wrth ddilyn hanes y teulu, sylwodd Cerys fod y Winstoniaid wedi mynd ati'n fwriadol i briodi etifeddesau cyfoethog efo digonedd o arian parod. O ganlyniad roedden nhw'n gallu adeiladu pentrefi cyfan – gan gynnwys pentref Llanidwal ei hun – ar eu tiroedd a sicrhau incwm taclus o'r rhent. Mewn gwirionedd, ni fu'n rhaid i'r un o'r Winstoniaid weithio erioed.

"Ffycing sgrownjars!"

"Be 'nes ti ddeud?" rhuodd Robin.

Neidiodd Cerys yn ôl yn ei chadair nes taro ei phen-glin yn erbyn ei desg.

"Aw! Ddrwg iawn gen i, Robin."

"Ar ba stori ti'n gweithio arni? Ydi'r ffigyrau diweithdra diweddara allan yn barod?"

"Ym, nac'di, sori Robin. Fi sy 'di drysu – nid y rhai diweddara un ydyn nhw." Yna, drwy ryw lwc, fe ganodd ei ffôn.

Roedd Cerys wedi bod yn swnian am wybodaeth gan adran

gyfathrebu'r heddlu ers dyddiau. Neu yn hytrach yr adran anwybyddu, fel byddai ei thiwtor coleg yn ei ddweud.

Betsan, prif swyddog y wasg ar ran yr heddlu, oedd ar ben arall y ffôn. Roedd am roi gwybod bod y Rhingyll Deio Davies o'r Adran Troseddau Gwledig a Bywyd Gwyllt ar gael i siarad efo hi. Diolchodd Cerys iddi am wneud y trefniadau.

"Mr Davies, diolch am gytuno i siarad efo fi."

"Croeso, Cerys. Rwy'n deall eich bod eisiau diweddariad gan y tîm taclo troseddau gwledig am yr achosion o ddwyn ar ffermydd yn ardal Penrhynsiriol?"

"Os gwelwch yn dda. Oes 'na unrhyw ddatblygiadau?"

"Oes a nac oes yw'r ateb syml. Ga i fynd *off y record* am funud, Cerys?"

Roedd hi'n casáu pan fyddai pobol yn gofyn y fath beth. Gwnaeth nodyn brys i'w hatgoffa i ofyn i Gerallt am gyngor ynglŷn â hynny.

"Wrth gwrs, a bod yn onest efo chi mae gen i fater arall dw i angen siarad efo chi amdano, *off y record* hefyd, fel mae'n digwydd," meddai mewn llais melfedaidd.

"I'r dim. Rŵan ta, mae'r patrwm o ran lladrata oddi ar ffermydd yn eich pen chi o'r byd fymryn yn wahanol i'r hyn rydyn ni'n ei weld fel arfer. Does gen i ddim amheuaeth fod y drwgweithredwyr yn adnabod yr ardal yn dda iawn, ond fedra i ddim ymhelaethu ar hyn o bryd pam ein bod ni'n dod i'r casgliad hynny. Rhyngoch chi a fi maen nhw wedi bod wrthi eto dros y penwythnos, ond rydyn ni wedi gofyn i'r rhai sydd wedi colli eiddo i gadw hynny'n dawel am y tro. Dwi'n y broses o gyfnewid gwybodaeth efo llu arall am hyn, er bod y patrwm o ddwyn ychydig yn fwy soffistigedig yno."

Dydi hyn ddim yn mynd â fi i unlle, meddyliodd Cerys, ond roedd rhaid chwarae'r gêm.

"Byddwn i'n gwerthfawrogi rhyw fath o ddiweddariad ar gyfer ein darllenwyr, os gwelwch yn dda?"

"Deall yn iawn. Be am rywbeth fel hyn: Mae 85% o droseddau cefn gwlad yn digwydd wrth i eiddo ffermwyr gael eu dwyn. Gofynnwn i'r cyhoedd fod ar wyliadwriaeth ac anfon pob gwybodaeth atom..."

Yna, ar ddiwedd y llith hwn adroddodd Cerys yr hyn roedd hi a'i ffrindiau wedi ei weld wrth gerdded y clogwyni uwchben traeth Porth Saint. Cynigiodd luniau o'r jet sgis iddo, er cyfaddefodd nad oedden nhw'n rhai da iawn. Er hynny, roedd y Rhingyll Deio Davies wedi cynhesu at y pwnc.

Rhoddodd ddyfyniad iddi yn dweud mai un ffordd o ddwyn achos yn erbyn pobol sy'n tarfu ar fywyd gwyllt oedd ffilmio'r drosedd. Pwysleisiodd fod angen i bob jet sgi a chwch rwber cyflym gadw draw oddi wrth ddolffiniaid a llamidyddion.

Ychwanegodd fod rhaid iddyn nhw yn ogystal beidio â gyrru'n agos at y clogwyni pan fyddai cywion adar y môr yn gadael eu nythod, rhag eu dychryn ac achosi iddyn nhw luchio eu hunain dros ochr y clogwyni a glanio ar wyneb y dŵr. Roedd y cywion yn rhy fach i fedru osgoi'r jet sgis a'r badau rwber cyflym, meddai.

"Faint o gwynion ydach chi wedi eu derbyn dros yr haf?" gofynnodd Cerys.

"Mwy o lawer na'r llynedd ond mi fydd yn rhaid i rywun ddod yn ôl atoch efo'r union ffigwr."

Da iawn, meddai wrthi ei hun gan feddwl am linell agoriadol yr erthygl.

"Faint o bobol ydach chi wedi eu herlid, Sarjiant?"

"Ym, dw i ddim yn meddwl ein bod wedi erlid neb eleni."

"Yn ystod y tair blynedd dwytha ta?"

"Mi fydd yn rhaid i mi ddod yn ôl atoch chi efo'r ffigwr..."

Diolchodd iddo a rhoi'r ffôn yn ôl yn ei grud.

O fewn dim roedd Robin yn sefyll wrth ei ddesg yn dweud wrthi, "Mi fydd rhaid i ni roi sylw i is-etholiad Llanidwal. Wyt ti 'di clywed rwbath am bwy sy'n meddwl sefyll i olynu'r diweddar Gynghorydd Emlyn Parry ar y Cyngor Sir?"

"Yn ôl pob sôn, mae grŵp Plaid y Bobol yn cael trafferth recriwtio ymgeisydd i sefyll ac mae gen i rywun dan sylw i'w holi am hynny. Mae'r diwrnod cau ar gyfer yr enwebiadau fory am bedwar o'r gloch, ac mae hi'n debyg bod y grŵp Annibynnol hefyd mewn picil o ran dewis ymgeisydd."

"Da iawn," meddai Robin a chafodd Cerys sioc o glywed gair o ganmoliaeth, os mai dyna ydoedd.

"Mi 'nawn ni drafod hyn eto cyn diwadd y pnawn," meddai Robin, cyn ailfeddwl. "Neu beth cynta bora fory os na fydda i'n ôl mewn da bryd pnawn 'ma." Ymlwybrodd yn ôl i gyfeiriad ei ddesg.

Y funud honno cerddodd James Alexander, perchennog Blue Wave Solutions i mewn i'r swyddfa yn edrych fel ceiliog dandi. Roedd yn gwisgo trowsus glas golau, crys gwyn efo tei bo pinc a het wellt. Ers sefydlu ei fusnes gwerthu a llogi jet sgis a chychod rwber cyflym yn ymyl marina Aberwylan, roedd Mr Alexander wedi llwyddo i sicrhau ei le ar bwyllgor y Clwb Hwylio.

"Good morning young lady, or should I say afternoon," meddai wrth Cerys gan edrych ar glamp o oriawr fawr ar ei arddwrn.

"Bore da, Mr Alexander."

"Yes of course, silly me, boreh da," meddai Mr Alexander, efo gwên nad oedd yn cyrraedd at ei lygaid.

Gwgodd ei golygydd arni, "Welcome Sir, how lovely to see you. Welcome to our humble abode."

Llyfwr, meddai Cerys wrthi hi ei hun.

"Thank you, my good man. Shall we do lunch? On me of course," meddai wrth i Robin roi ei fraich allan yn arwydd i'r dyn busnes ei fod yn derbyn ei gynnig hael a'i fod yn barod i adael.

Rhoddodd Cerys gipolwg gyfrwys i gyfeiriad Gerallt a dechreuodd hwnnw dynnu stumiau nes y bu bron iddi â chwerthin yn uchel.

"Mi 'na i decstio Lora i ddeud bod Robin 'di mynd allan i ginio," meddai Gerallt gan estyn ei ffôn. "Mae hi'n cychwyn yn ôl bora fory ac mi ofynnodd i mi adael iddi w'bod a oeddan ni ar ein pen ein hunan dros ginio. Ti'n mynd allan?"

"Nac ydw, dim os ydi Lora yn dod yma. Be am i mi bicio i Becws Briwsion i nôl brechdan i ni ta?"

"Syniad da," meddai Gerallt gan fynd i'w boced i nôl arian. "Fysa chdi'n gallu dod â darn o bitsa i mi a chacan i'r tri ohonan ni. Dyma chdi ugain punt. Diolch Cerys."

Roedd Cerys wedi llonni drwyddi o glywed bod Lora yn dychwelyd i'r gwaith fore trannoeth. Mewn undeb mae nerth, meddai wrthi ei hun wrth gamu allan o'r swyddfa.

Pennod 7

Aeth yr haf bach Mihangel yn angof ac roedd hi'n pigo bwrw pan gyrhaeddodd Cerys y swyddfa ar yr un pryd â Gerallt. Daliodd y drws ar agor iddi a chamodd hithau i mewn o'r glaw.

"Diolch, sut wyt ti bora 'ma, Gerallt?" holodd, gan amau fod rhywbeth yn ei boeni. Doedd o ddim mor barod efo'i wên, sylwodd.

"Paid â sôn, yn falch o fod yma am unwaith. Dyma hi Lora 'di cyrraedd," meddai a daliodd y drws ar agor iddi hithau yn ogystal. Camodd Lora i mewn yn frysiog, bron allan o wynt.

"Wel am fora! Mi ges i drafferth gadael y feithrinfa – roedd Bet yn sgrechian crio. Roedd o'n ofnadwy. O'n i jyst â chrio fy hun cyn gadael. Fuodd 'na ddim math o drafferth efo'r ddau arall. Fyddan nhw'n rhedeg i mewn a dechra chwarae'n syth. Ro'n i'n lwcus os cawn i 'ta ta' gan Ben a Sam."

Aeth Lora i'w bag ac estyn crib i dwtio ei gwallt o flaen y drych. Sylwodd fod mymryn o hoel llefrith Bet ar ysgwydd ei siaced ac aeth drwodd i'r tŷ bach i'w sychu â chadach. Un dwt a threfnus o ran natur oedd Lora, ac roedd wedi mabwysiadu ei hiwnifform ei hun ar gyfer newyddiadura. Fel rheol, byddai'n ffafrio siaced a sgert neu drowsus o'r un lliw, efo un ai siwmper ysgafn neu flows.

"Mi fydd Bet fach yn hollol iawn, paid â phoeni," meddai Gerallt. "Ond wedi deud hynny, ro'n i'r un fath yn union â chdi pan 'nath Wil gychwyn yn Camau Bach. Mi fyddwn i'n ffonio ganol bora yn ystod yr wsnos gynta i holi sut oedd o."

"Mae Anti Rhian wedi deud 'i bod hi'n iawn i mi ffonio hefyd os dwi isio," meddai Lora wrth gychwyn ymlacio.

Ar ôl rhyw fân siarad rhyngddyn nhw, trodd y tri at eu cyfrifiaduron.

Er mawr syndod iddi, gwibiai wyneb Ifan i ganol meddyliau Cerys yn aml ers dydd Sul. Wyddai hi ddim pam, ond roedd o wedi setlo'n gyfforddus yng nghefn ei meddwl a bob hyn a hyn mi fyddai'n gwthio ei hun i'r tu blaen, a hynny ar yr adegau mwyaf annisgwyl. Gwenodd eto wrth feddwl am y sbort a gafodd yn ei gwmni wrth nofio at y bwi a sut roedd wedi cynhyrfu wrth i'w cyrff gyffwrdd â'i gilydd yn y môr.

"Cerys! Mae dy ffôn di'n canu," gwaeddodd Gerallt o'r ddesg nesaf ati, gan ei deffro o'i breuddwydion.

"Helô, Doli Llygaid y Dydd sy 'ma. Dwi tu allan i'r swyddfa ac mae gen i floda i Cerys Ifans."

"Haia, Doli, Cerys sy 'ma. Ty'd i mewn o'r glaw. Mi ddo i yna ata ti rŵan."

Dychwelodd Cerys o'r dderbynfa yn wên o glust i glust yn cario dwsin o rosod cochion. Edrychodd ar y neges ar y cerdyn a llamodd ei chalon:

Byddai'n neis clywed dy lais!
Ifan xxx

"Wel, wel, Cerys Ifans, yn amlwg mae gen i waith dal i fyny – gan bwy mae'r bloda hyfryd yna?" holodd Lora.

"Ia, pwy ydi'r dyn lwcus?" meddai Gerallt, gan orfodi ei hun i wenu.

"Ifan, o Sir Fôn a does 'na fawr ddim arall i'w adrodd. Dyddia cynnar." Ond eto bu bron iddi â sgipio i'r gegin i roi'r blodau mewn bwced efo ychydig o ddŵr, nes y byddai'n amser mynd â nhw adra. Y funud honno cyrhaeddodd Robin mewn hwyliau eithriadol o dda.

"Cerys, wyt ti 'di cychwyn gweithio ar y stori am is-etholiad Llanidwal?" holodd.

"Do," meddai'n gelwyddog.

"Mae James Alexander wedi rhoi ei enw ymlaen. Mae o 'di anfon dyfyniadau ata i mewn e-bost. Mi 'na i eu hanfon nhw ata ti yn y munud. Ty'd ata i pan fyddi di wedi holi pawb arall ac mi gawn ni drafod yr erthygl."

Teimlai Cerys yn anghyfforddus, gan na fyddai ei golygydd fel rheol yn cymryd diddordeb nes byddai'r stori wedi ei chyflwyno, ac yn barod i'w chyhoeddi. Gwyddai hi'n iawn fod rheolau pendant am ohebu ar etholiad a dechreuodd Cerys boeni y byddai Robin am iddi ddangos ffafriaeth tuag at James Alexander.

"Lora, be sy gen ti mewn straeon nodwedd i mi heddiw? Mi fydda i angen digon o lunia hefyd, cofia."

"Dim problem, mae Cangen Penrhynsiriol o Glwb y Deillion yn cychwyn ymgyrch recriwtio. Mae angen pobol i faethu cŵn bach nes byddan nhw'n barod i gael eu hyfforddi yn gŵn tywys. Mi fydd y Cynghorydd Tudwen Puw yma toc – mae hi 'di bod yn maethu cŵn tywys ers pymtheg mlynedd."

"Da iawn – pan fyddi di'n barod, Gerallt, mi awn ni trwy'r adran chwaraeon."

Bachodd Cerys ar ei chyfle ac anfon neges sydyn at Lora yn gofyn fyddai hi'n iawn iddi hi gael gair sydyn efo Tudwen Puw. Cafodd neges yn ôl yn dweud wrthi am wneud hynny wrth i'r cynghorydd gyrraedd y swyddfa, am fod ganddi hi domen o e-byst i'w hateb cyn ei gweld.

Felly, pan gyrhaeddodd Tudwen Puw, aeth Cerys â hi'n syth

i'r gegin am baned. Un o gynghorwyr Plaid y Bobol, a oedd yn dal grym ac yn rhedeg y cyngor sir, oedd Tudwen, ac yn cynrychioli ward Aberwylan.

"Be gymrwch chi, Tudwen? Coffi digon gwael sy 'ma, cofiwch," meddai Cerys gan ddal jar o goffi rhad a'i ddangos iddi.

"'Neith hwnna'n iawn, Cerys, cyn bellad â bod 'na gaffîn ynddo fo. Dydi hi ddiawl o ots gen i."

Un o'r cynghorwyr prin hynny oedd yn ennyn parch ar draws ffiniau gwleidyddol siambr y cyngor sir oedd Tudwen Puw. Roedd hi'n glamp o ddynes fawr, hwyliog, efo enw da'n lleol am weithio'n galed tra byddai ei gŵr yn cicio'i sodlau adra.

"O'n i'n clywed bod James Alexander wedi rhoi ei enw 'mlaen fel ymgeisydd dros ward Llanidwal. Ydach chi'n meddwl y bydd 'na etholiad, ta bydd Mr Alexander yn cerdded i mewn yn ddiwrthwynebiad?"

Gwenodd y cynghorydd ar Cerys gan gymryd ei hamser cyn ateb.

"Dyna sy'n ein poeni ni," meddai.

Cynigiodd Cerys fisged o'r tun iddi, "Oes gynnoch chi rywun dan sylw?"

Edrychodd Tudwen i fyw ei llygaid wrth i'r fisged ddiflannu i mewn i'w cheg. Roedd hi'n dal i bwyso a mesur.

"Ti heb glywed hyn gen i, Cerys. Mae Helen isio i'w mab sefyll," meddai Tudwen. "Ond dydw i ac ambell un arall ddim yn hapus am hynny. Sut y byddai'r etholwyr yn ymateb tybad?"

Ceisiodd Cerys brosesu'r wybodaeth. Y Cynghorydd Helen Edwards oedd arweinydd y cyngor sir ac aelod Plaid y Bobol dros ward Bro Siriol.

"Pa fab ydan ni'n sôn amdano fan hyn?"

"Dafydd, yn anffodus."

"Blydi hel!"

"Yn union," meddai Tudwen cyn codi a mynd at y sinc i olchi ei mỳg. "Fel o'n i'n deud, Cerys, ti heb glywed hyn gen i, cofia."

"Naddo, Tudwen, siŵr iawn. Diolch yn fawr."

"Ella byddai hi'n werth i chdi ffonio Buddug Tyddyn Wisgi. Ti'n nabod yr hen Budd yn dda, yn dwyt?"

"Yndw. Mae Mam a hitha'n ffrindia penna. Ond dw i heb siarad efo hi ers oes. Be sy gan Buddug i neud efo hyn?"

"Dwi 'di clywed o le da bod Buddug wedi deud wrth Helen, tasa Plaid y Bobol yn rhoi Dafydd i sefyll y byddai hi'n sefyll yn ei erbyn fel cynghorydd annibynnol. Mi fydda hi'n ennill hefyd, os ti'n gofyn i mi. Taswn i'n chdi, mi faswn i'n gofyn i Buddug ydi hi newydd ymuno efo Plaid y Bobol?"

"Diolch eto, Tudwen. Mi 'na i nôl Lora atoch chi rŵan."

"Wel ia, dod yma i'w gweld hi 'nes i," meddai Tudwen gan lenwi'r gegin fach efo'i sŵn a'i chwerthin.

Aeth Cerys yn ôl i'r ystafell newyddion a rhoi gwybod i Lora bod Tudwen Puw yn aros amdani, cyn mynd yn syth at ddesg Gerallt.

"Ydi Dafydd, mab y Cynghorydd Helen Edwards, yn dal i chwarae rygbi i Benrhynsiriol?" holodd.

"Nac ydi, dydi o ddim 'di cael 'i ddewis yn y tîm ers dau dymor, rŵan. Doeddan ni ddim yn gallu dibynnu arno fo i ddod i'r ymarferion bob nos Iau. Wel, dyna'r rheswm swyddogol beth bynnag. Pam ti'n holi?"

"Cadwa hyn o dan dy het a phaid â deud wrth Robin, nes bydda i wedi cael gw'bod mwy. Dw i 'di clywed ella ei fod o'n meddwl sefyll fel cynghorydd yn is-etholiad Llanidwal."

59

"Aros am funud, o'n i'n meddwl bod 'Mami' wedi cael gwaith iddo fo yn y cyngor sir?"

"Na, ei mab yng nghyfraith, Gwydion, ydi hwnnw. Mae 'di cael swydd reit uchel yn yr adran addysg. Yn amlwg, mae gallu godro buches laeth yn sgil hanfodol ar gyfer gweithio yn y byd addysg y dyddia yma."

Chwarddodd y ddau ac roedd Cerys yn falch ei bod hi wedi llwyddo i godi calon Gerallt. Yn amlwg, doedd pethau ddim yn dda adra.

Aeth Cerys ati i chwilio am rif ffôn Buddug Tyddyn Wisgi. Roedd hi'n uchel ei pharch o fewn y gymuned, efo llawer yn cofio sut y bu hi am flynyddoedd lawer yn nyrsio ei gŵr ac yn ei pharchu am hynny. Cyflwr niwrolegol oedd gan Ned Tyddyn Wisgi – salwch creulon, oedd wedi effeithio ar ei gorff a'i feddwl erbyn y diwedd.

Felly, yn ddeugain oed, roedd Buddug yn wraig weddw. Ar y pryd, deuddeg oed oedd ei mab, Gruffudd, ac wyth oed oedd ei chwaer, Grug. Pan gafodd eu tad ddiagnosis, penderfynodd eu rhieni arallgyfeirio o fod yn fferm odro i gadw fisitors. Er hynny, cadwodd Buddug ei phraidd o ddefaid Llŷn a chafodd y plant gadw eu ceffylau. Erbyn heddiw, Tyddyn Wisgi ydi maes carafannau mwyaf poblogaidd Llanidwal, os nad Penrhynsiriol i gyd. Caffi Wisgi sydd bellach yn hawlio'i le yn yr hen barlwr godro, ers i Grug ganfod fod ganddi dalent naturiol am goginio. Byddai'n ennill yn rheolaidd efo'i theisennau yn Sioe Amaethyddol Penrhynsiriol bob mis Mai.

O ran Gruffudd, roedd o wedi codi busnes merlota llewyrchus, yn mynd â fisitors Tyddyn Wisgi ar deithiau o gwmpas troed Carn y Gwyddel yn ystod y dydd, ac ar hyd traeth Porth Saint gyda'r nos.

Wedi i Cerys gael gafael ar rif ffôn Buddug, gofynnodd iddi ar ei phen a oedd hi'n bwriadu sefyll yn is-etholiad Llanidwal.

"Yndw, Cerys. Ac fel mae'n digwydd, mi fydd yna ddatganiad gan Blaid y Bobol y pnawn 'ma."

"Ydach chi wedi ymaelodi efo Plaid y Bobol, felly?"

"Yn amlwg, mae gen ti dy ffynonella dy hun, Cerys. Ychydig sy'n gw'bod nad o'n i'n aelod."

"Ga i ofyn i chi pam mai ond yn ddiweddar ydach chi wedi ymaelodi â Phlaid y Bobol?"

Aeth Buddug yn dawel am ennyd, cyn ateb. "'Nes i 'rioed deimlo'r ysfa i berthyn i unrhyw fudiad neu glwb nac unrhyw blaid wleidyddol, o ran hynny. Ond, dwi'n meddwl y byddai hi'n haws cael y maen i'r wal dros bobol Llanidwal wrth fod yn un o Grŵp Plaid y Bobol ar y cyngor sir, gan mai nhw sy mewn grym. Mae Mair, gwraig y diweddar Emlyn Parry, a'i fab, Elgan, wedi fy enwebu ac mae hynny'n golygu llawer iawn i mi. Ti wedi cael digon o wybodaeth gen i rŵan, Cerys, yn 'dwyt?"

"Do, diolch yn fawr iawn, Buddug."

"Croeso. Gyda llaw, mae Grug newydd gael gw'bod bod Caffi Wisgi ar restr fer un o wobrau busnes y Bwrdd Twristiaeth. Ac mae Gruffudd 'di gorffan codi'r sied newydd, felly mi fydd yn cychwyn rhoi gwersi marchogaeth dros y gaeaf."

"Llongyfarchiada – mi 'na i drosglwyddo'r newyddion i Lora. Busnesa bach ydi asgwrn cefn economi cefn gwlad. Diolch a hwyl rŵan, Buddug."

Gan i Buddug dderbyn sêl bendith Mair ac Elgan, fyddai yna fawr o obaith i Dafydd gael ei enwebu i gynrychioli Plaid y Bobol, er ei fod yn fab i'r Arweinydd, meddyliodd Cerys.

Un alwad ffôn arall ac mi fyddai'r erthygl yn barod i'w

rhoi at ei gilydd. Aeth Cerys i lawr y rhestr o gynghorwyr annibynnol a gwenodd pan ddaeth at y Cynghorydd Trefor Roberts, Porth Saint. Un gwyllt oedd Trefor a doedd dim modd rhagweld beth ddeuai o'i geg.

"Bore da, Mr Roberts, Cerys sy 'ma o swyddfa'r *Herald*."

"Sut wyt ti, Cerys? Welais i dy olygydd yn llawiach efo'r James Alexander 'na ddoe – oeddan nhw'n slochian dros ginio yn y Llew Gwyn. Ti'n dallt fod Robin, a'i wraig, Glenda, wedi ei enwebu fo i sefyll, 'dwyt?"

"Na, wyddwn i ddim," meddai, yn teimlo'r gwynt yn mynd o'i hwyliau.

"Pan o'n i dy oed di mi oedd disgw'l i bobol papura newydd i fod yn ddiduedd."

Am unwaith, wyddai Cerys ddim beth i'w ddweud.

"Ti 'di colli dy dafod?"

"Ym, naddo sori, ffonio o'n i er mwyn gofyn os ydach chi'n g'wbod am rywun arall sy'n sefyll dros Llanidwal?"

"Dim syniad mae gen i ofn. Wyt ti am ddod i'r cyfarfod nesa o'r pwyllgor cynllunio? Mae 'na sôn fod James Alexander a'i fêts isio mwy na dyblu maint marina Aberwylan, ond dydi'r agenda ddim allan eto."

"Mi 'na i gadw llygad allan am hynny. Oes gynnoch chi deimlada cry o blaid neu yn erbyn datblygu'r marina?"

"Mae gen i deimlada cry fod y cyngor sir yn bachu pob ceiniog goch sy'n cael ei thalu am yr angorfeydd. Dyla'r pres yna aros yn Aberwylan."

Diddorol, meddai Cerys wrthi ei hun, roedd hon yn agwedd newydd o'r ddadl. "Fydda hi'n iawn i mi eich dyfynnu yn hynny o beth, Mr Roberts?"

"Well i ni aros nes y bydd o'n cael 'i drafod yn y pwyllgor neu mi fydd rhai yn siŵr o ddeud 'mod i wedi dod i benderfyniad cyn i mi dderbyn y ffeithia i gyd. A galwa fi'n Trefor, wir Dduw."

Diolchodd Cerys iddo a daeth yr alwad i ben. Ond roedd hi mewn penbleth – wyddai hi ddim a ddylai hi achwyn wrth Robin am y wybodaeth a gafodd gan y Cynghorydd Trefor Roberts. Daliodd lygaid Gerallt a gwnaeth ystum codi paned efo'i llaw a nodio i gyfeiriad y gegin. Edrychodd yntau i gyfeiriad Robin oedd â'i drwyn yn ei ffôn symudol.

Pan ddaeth Gerallt i mewn i'r gegin dywedodd Cerys wrtho am y newyddion a gawsai. "Ti'n meddwl dylwn i ddeud wrth Robin?"

Dechreuodd Gerallt gnoi ei foch, cyn ateb. "Glywais i fo'n awgrymu 'i fod o isio rheolaeth olygyddol ar y stori, yn do?"

"Wel, do. Pam?"

"Deud wrtho fo ta, ei bod hi'n bwysig mai chdi ddylai fod yn sgwennu'r erthygl, rhag iddo fo gael ei gondemnio am ddangos ffafriaeth. Ond cadwa fo o dan dy het amdano fo a James Alexander yn hel eu bolia yn y Llew Gwyn. 'Neith o ddim licio dy fod ti'n gw'bod hynny."

"Ia, ti'n iawn. Diolch, Gerallt."

"Ella dylan ni fynd am beint i'r Llew Gwyn ar ôl gwaith rhyw noson, Cerys. Pam ddyla Robin gael yr hwyl i gyd?"

"Ia, pam lai? Gawn ni ddathlu bod Lora yn ei hôl – 'nawn ni ofyn iddi hi pa bryd bydd hi'n gyfleus iddi hi, ia?"

Daeth cysgod o siom dros wyneb Gerallt ac meddai, "Dos i ddeud wrth Robin rŵan cyn iddo fo ei gwadnu hi am adra."

Pan ddatgelodd Cerys wrth Robin fod y Cynghorydd Trefor Roberts wedi dweud wrthi ei fod o a'i wraig wedi enwebu James Alexander, mi wylltiodd yn gacwn.

"Blydi clown ydi Trefor! 'Nath o 'rioed sefyll etholiad yn 'i fywyd, jyst cerddad i mewn i'r sedd pan farwodd Aled Mur

Gwynt. Does gen i ddim math o g'wilydd 'mod i wedi enwebu James Alexander, i chdi gael dallt. Mae ganddo fo weledigaeth a chynllunia ddaw â gwaith i'r dref yma. Be ddiawl mae Trefor wedi ei neud dros Borth Saint heblaw sefydlu banc bwyd? Gwaith i elusennau 'di peth felly, nid i wleidyddion, heblaw am y rhai ceiniog a dima."

Arhosodd Cerys am funud nes bod ei golygydd wedi rhoi'r gorau i'w bregethu.

"Buddug Morgan sy'n sefyll dros Blaid y Bobol. Ydach chi isio i mi anfon ei dyfyniadau hi atoch chi, Robin, neu fydda hi'n well i mi sgwennu'r erthygl rhag i ni gael ein cyhuddo o ragfarn?"

Dechreuodd ei golygydd symud yn anesmwyth yn ei gadair, cyn ateb. "Fel mae'n digwydd, dw i at fy nghlustia mewn gwaith ar hyn o bryd. Mi 'na i anfon datganiad James ata ti ac mi fydd rhaid i chdi ei sgwennu hi, felly. G'na hynny rŵan ac anfona'r stori ata i, i mi gael ei chyhoeddi cyn i mi ei throi hi am adra."

"Iawn, Robin."

Digon blin fu Robin gydol y prynhawn wrth iddo ddisgwyl am yr erthygl ac roedd hi'n tynnu at bump o'r gloch cyn i Cerys ei hanfon ato. Erbyn hynny roedd pawb ar bigau'r drain eisiau gadael y swyddfa.

Galwodd Cerys heibio ei mam ar ei ffordd adra i weld os oedd ganddi awydd rhannu poteliad o win. Roedd Medwen wrthi'n cadw'r peiriant gwnïo pan sylwodd ar y tusw mawr o rosod coch yn llaw ei merch.

"Wel, wel, gan bwy mae'r rhain?"

"Mi 'na i ddeud wrtha chdi dros wydriad bach o win, ia, Mam?" meddai Cerys, gan ddangos y botel oedd ganddi yn ei llaw arall.

"Pam lai? Er, dwi ddim 'di bwyta llawer heddiw, felly gwell i chdi dynnu caws o'r ffrij a bara ceirch o'r tun, neu mi fydda i'n benysgafn cyn diwadd y nos. Sut hwyl gest ti yn y gwaith heddiw?"

"Mae hi'n braf cael Lora yn ôl, ond mae Robin yn oriog."

"Un felly fuodd o erioed. O ia, 'nath Buddug alw peth cynta'r bora 'ma a mi 'nes i ei henwebu hi ar gyfer sefyll yn is-etholiad Llanidwal."

Heb enwi Tudwen Puw, adroddodd Cerys yr hanes bod arweinydd Plaid y Bobol eisiau i'w mab sefyll.

"Be oedd ar ben Helen Edwards yn meddwl y byddai unrhyw un yn pleidleisio i'r Dafydd 'na? A hwnnw yn dyrnu ei wraig. Y sglyfath brwnt," meddai Medwen.

"Iechyd da, Mam," meddai Cerys a chododd y ddwy eu gwydrau.

"Reit, dwi isio clywed gan bwy gest ti'r bloda hyfryd 'na, Cerys. O'n i'n dechra poeni y bysa chdi'n oer yn y *chalet* 'na dros y gaeaf."

"Maa- am!"

Pennod 8

Pan gyrhaeddodd hi'r *chalet* aeth Cerys ati'n syth i roi'r dwsin o rosod coch gafodd hi gan Ifan mewn dŵr unwaith eto. Edrychodd ar ei neges a dechrau pendroni. Penderfynodd nad oedd hi am chwarae gemau a gadael iddo aros am ddyddiau cyn clywed ganddi, felly eisteddodd a'i ffonio'r munud hwnnw. Diolchodd iddo am y blodau ac ymatebodd yntau drwy ddweud iddo dreulio'r rhan fwyaf o'i amser yn meddwl amdani hi. Teimlai Cerys ei chalon yn cyflymu ond methai â gwneud pen na chynffon o'i theimladau a châi drafferth i ddal gafael arnyn nhw.

"Fyddwn i'n licio dy weld di eto cyn mynd yn ôl am Sir Fôn," meddai Ifan, yn dawel o swil.

"A finna chditha," meddai gan edrych i fyny am y nenfwd â'i hanadl yn anwadal. Roedd hi'n hollti'n ddwy, gan fod un rhan ohoni eisiau cadw rheolaeth ar ei theimladau. Ond y rhan arall wnaeth orchfygu.

"Pam na ddoi di draw, ta?" meddai wedyn, efo chwerthiniad direidus yn ei llais. Ar ôl rhoi cyfarwyddiadau iddo sut i gyrraedd y *chalet*, brysiodd Cerys i dwtio'r gegin fach ac i danio canhwyllau yma ac acw. Tynnodd ei dillad gwaith a gwisgo trowsus cyffordddus a chrys denim. Ond, cyn iddi gael cyfle i ddewis caneuon i'w chwarae, daeth cnoc ar y drws a rhedodd i'w ateb. Safodd y ddau wyneb yn wyneb gan wenu ar ei gilydd.

"Dwi am gael dod i mewn, ta be?" holodd, a dechreuodd y ddau chwerthin yn nerfus.

Doedd hi ddim yn glir i Cerys pwy wnaeth y symudiad cyntaf ond roedd y gusan yn un gynnes, yn un araf, ac yn ddigon hir nes iddi deimlo cynnwrf rhwng ei choesau. Teimlodd Ifan yn caledu yn ei herbyn, cyn iddo dynnu ei hun yn ôl yn araf.

"Ym, dwi'n meddwl 'mod i angen dwy law – lle ga i roi hon?" gofynnodd, gan estyn potelaid o win gwyn iddi.

"Diolch yn fawr, blodau a gwin mewn un diwrnod. Gwell i mi roi hon yn y ffrij," meddai gan fachu ar ei chyfle i gael ei gwynt ati. Mae'r dyn yma'n chwilboeth, meddai wrthi ei hun.

"Ti awydd panad, neu rwbath cryfach i'w yfed?"

"Dwi'n iawn ar y funud, diolch. Mae gen ti le bach clyd iawn yn fama, Cerys."

Gafaelodd yn ei law a'i arwain at y soffa. "Dw i newydd gysidro mai dyma'r tro cynta i mi dy weld yn dy ddillad," meddai yn bryfoclyd a swil.

Gwisgai bâr o jîns a chrys T efo 'Cofiwch Dryweryn' arno. Pan sylwodd arni'n edrych arno, eglurodd mai anrheg penblwydd gan ei chwaer ydoedd. "Mae gen i un efo 'Meibion Glyndŵr' arno fo hefyd – ddaru Lela ddod â nhw i mi o 'Steddfod Boduan. Mi oedd 'na dipyn o fynd arnyn nhw, medda hi."

Edrychodd i fyw ei llygaid a chydiodd mewn darn o'i gwallt a'i roi tu ôl i'w chlust. Symudodd hithau yn nes ato a rhoi ei llaw tu ôl i'w ben a'i dynnu tuag ati, nes bod ei wefusau o fewn ei chyrraedd. Dihangodd ochenaid o fwynhad o'i geg wrth i'w thafod wthio rhwng ei ddannedd a chrwydrodd ei law yntau tu ôl i'w chefn. Efo'i law arall gafaelodd yn ei phen ôl a'i chodi i eistedd ar ei lin, a symudodd hithau i'w lle fel tasa hi'n ei farchogaeth. Ychydig o fodfeddi oedd rhwng wynebau'r ddau pan glywodd hi Ifan yn murmur, "Celt."

"Celt?"

"Celt wyt ti, Cerys Ifans. Mae gen ti lygaid gwyrdd – sy'n gyffredin iawn ymhlith y Gwyddelod a'r Albanwyr ac Americanwyr o ran hynny, gan fod cymaint ohonyn nhw 'di ymfudo i 'Merica ers talwm."

Wyddai hi ddim pam ond roedd hynny yn ei phlesio. "A be mae dy lygaid brown di'n ddeud amdana chdi felly, Ifan Beko?"

"Fy mod i'n ddyn cyffredin iawn – mae gan y rhan fwya o bobol y byd lygaid brown, sy'n cynnwys pawb o deulu Baba. Sori, Dad dwi'n feddwl."

"Baba ti'n 'i alw fo? Mae hynny'n cŵl – pam felly?"

"Dyna sy'n gyffredin yn y rhan o Nigeria lle mae teulu Baba'n byw. Mi 'nes i a Lela ddysgu'n ifanc iawn bod gafael yn ei law a'i alw'n Baba yn cael y maen i'r wal yn gynt o lawer na swnian am oriau maith."

Am yr hanner awr nesaf, cafodd Ifan ei holi'n dwll ganddi nes iddo godi ei ddwy law i fyny gan ddweud: "Digon rŵan Cerys, dw i isio gw'bod mwy amdanat ti – dwi 'di siarad cymaint nes bod fy ngheg i'n sych."

"Be am i ni gael gwydriad o'r gwin 'na, mi fydd 'di oeri, bellach?" meddai hithau gan godi oddi ar y soffa a chychwyn i gyfeiriad y gegin.

"Na, dw i'n dreifio, dydw?"

Daeth tawelwch llethol dros yr ystafell nes i Cerys awgrymu'n swil bod croeso iddo aros dros nos. "Mi fysan ni'n cael hwyl," meddai, gan godi ei haeliau a gwenu'n awgrymog.

"Dwi'n ama dim, ond 'dan ni'n hen ffasiwn tua Sir Fôn

'cw," meddai gan godi ar ei draed a gafael yn ei llaw yn dyner. "Dwi isio cymryd fy amser efo chdi, Cerys. Dwi wedi meddwl llawer am dy gael di i fi'n hun," meddai gan ei thynnu i mewn i'w fynwes a sibrwd yn ei chlust.

"Faswn i'n licio cusanu pob modfedd o dy gorff a dwi isio dy blesio di nes byddi di'n galw amdana i..."

Chafodd Ifan ddim gorffen ei frawddeg gan i Cerys ei dynnu ati a'i gusanu'n galed y tro hwn. Cychwynnodd Ifan agor botymau ei chrys, fesul un, ac wedi iddo agor y botwm olaf camodd yn ôl i edmygu ei chorff.

"Ti mor hardd," meddai, â chryndod yn ei lais. Datgysylltodd ei bra a safai hithau'n fronnoeth o'i flaen. Cusanodd un fron, ac yna'r llall wrth i'w ddwylo yn araf fynd ati i dynnu ei dillad. Camodd hithau allan o'i throwsus a llithrodd ei law i mewn i'w nicer a rhwng ei choesau.

"Ti'n wlyb ac yn gynnes," meddai, a rhoddodd hithau ochenaid o fwynhad.

"Dyna'r effaith ti'n ei gael arna i."

"Sut mae hyn yn teimlo?" gofynnodd, gan lithro ei fys i mewn ac allan ohoni'n araf.

"Mmmm," meddai Cerys gan ddechrau griddfan yn ddwfn.

Gallai Ifan weld y pleser ar ei hwyneb a theimlai ei chorff yn symud i rythm ei fys. Dechreuodd Cerys anadlu'n gyflym, dihangodd gwaedd isel o'i cheg ac aeth ias drwy ei chorff, cyn dod i benllanw o ecstasi ffrwydrol y tu mewn iddi.

Cusanodd Ifan hi'n dyner – roedd ei hwyneb yn fflamgoch. "Waaaw," meddai wrtho a chwarddodd y ddau.

Pan ddeffrodd Cerys fore trannoeth trodd a meddwl bod Ifan yn gorwedd wrth ei hochr, ond roedd y gwely'n wag a sylweddolodd mai wedi breuddwydio amdano roedd hi.

Gwenodd yn bleserus wrth gofio iddyn nhw wneud trefniadau i dreulio penwythnos cyfan efo'i gilydd yn fuan. Cododd i wneud paned ac edrych ar y cloc. "Shit!" – roedd hi'n hwyr i'r gwaith.

Y munud y cyrhaeddodd Cerys y swyddfa aeth i mewn i system bwcio gwyliau'r cwmni. Roedd yr *Herald* yn perthyn i gwmni o America ac roedd gan bob aelod o'r staff yr hawl i dridiau personol, bob blwyddyn, a hynny ar fyr rybudd. Yn wahanol i pan fyddai gweithiwr angen aros adra, oherwydd afiechyd, doedd dim rhaid rhoi rheswm dros gymryd diwrnod personol i ffwrdd.

Daeth Robin allan o'r gegin yn edrych yn flin. "Tro pwy ydi hi i nôl llefrith?" gofynnodd yn dal potel blastig wag.

"Dwi'n meddwl mai fy nhro i ydi hi, Robin – ydach chi am i mi bicio allan i nôl peth rŵan?"

"Duw, ti 'di cyrraedd o'r diwadd, Cerys," meddai'n wawdlyd.

"Do, sori 'mod i'n hwyr. Mi ges i draffarth tanio'r car bora 'ma."

"Hidia befo. Dwi'n cofio'r hen racsyn ro'n i'n ei ddreifio pan ges i fy swydd gynta. Ia, dos di i nôl llefrith rŵan ta."

Teimlodd Cerys fymryn yn euog am ddweud celwydd wrth ei golygydd. Yna, dechreuodd boeni y byddai'n gweld drwy ei chelwydd pan welai iddi fwcio diwrnod personol ar gyfer wythnos i ddydd Gwener. Er mai crinc oedd Robin gan amlaf, doedd o ddim yn hollol ddwl chwaith, meddai wrthi ei hun.

Pan gamodd allan i'r stryd fawr daeth wyneb yn wyneb â Fflur Pen Bryn yn gwthio pram. Doedd y ddwy ddim wedi gweld fawr ar ei gilydd ers cyn i Cerys fynd i'r coleg yng Nghaerdydd.

"Haia, Fflur! Ro'n i'n clywed dy fod di wedi cael babi arall. Llongyfarchiada mawr."

"Diolch, Cerys. Dyma fo Twm. Mae o'n cysgu ar hyn o bryd," meddai, gan dynnu ei flanced yn ôl er mwyn dangos ei wyneb.

"Trysor bach – wel am ddel ac mae ganddo fo fop o wallt yn barod. Be mae'i chwaer fawr yn feddwl ohono fo?"

"Mae Cari wedi gwirioni. Mae hi'n bump oed rŵan cofia – 'nath hi gychwyn drwy'r dydd yn Ysgol Porth Saint ym mis Medi."

Sylwodd Cerys fod cysgod o dristwch wedi dod dros wyneb ei ffrind. "Be sy'n bod Fflur?"

"Doedd hi ddim yn hapus wsnos dwytha. Ddoth hi adra o'r ysgol yn crio. Roedd rhai o'r plant wedi bod yn galw enwa hyll arni a 'di deud wrth y plant eraill i guddio eu petha, rhag ofn iddi eu dwyn."

"Diawlad bach drwg," meddai Cerys a'i gwaed yn dechrau berwi. Roedd y rhagfarn yn erbyn Sipsiwn, Roma a Theithwyr yn dal yn dderbyniol o fewn cymdeithas. Hiliaeth oedd o yn y bôn, meddai wrthi ei hun.

"Mae'r athrawon wedi bod yn dda iawn, cofia, ond ailadrodd be maen nhw'n glywad adra mae plant, yndê Cerys? Wrth gwrs, dydi hi ddim isio mynd i'r ysgol rŵan, nac'di – gafon ni'r fath strancio bora 'ma fysa chdi ddim yn credu, ond mi aeth yn diwadd."

"Blydi hel, does fawr wedi newid felly – dyna'n union y math o gachu oedd yn cael ei luchio ata ti, pan oeddan ni'n fach."

Rhoddodd Fflur chwerthiniad. "Ti'n cofio chdi yn rhoi clustan i Idris Wendon am ddeud 'mod i'n fudur, am fod Mam ddim yn prynu sebon?"

"Ha ha, yndw! A fysa fo 'di cael un arall, tasa fo heb redag i ffwrdd i achwyn wrth Mrs Jones. Ond o ddifri, tydi hyn ddim yn iawn."

"Dwi'm yn ddwl, Cerys. Dwi'n gw'bod bod pawb yn meddwl mai teulu Pen Bryn sy tu ôl i'r lladrata 'ma ar ffermydd yr ardal."

"Na, dw i'n anghytuno efo chdi. Dydi pawb ddim yn meddwl hynny, coelia di fi," meddai Cerys.

Gwenodd Fflur, "Rhyfadd i mi dy weld di heddiw – dim ond ddoe oedd Dad a fi'n sôn amdanat ti."

"O, ia? Pam felly?"

Eglurodd Fflur bod ei thad, Tomi Lee, yn bwriadu cyflwyno cais cynllunio i'r cyngor sir ar gyfer cadw chwe charafán yn ei gae ei hun, wrth ymyl y tŷ. Yn ôl Fflur, hi oedd wedi ei ddarbwyllo i rannu gwybodaeth efo'r cymdogion â gweddill cymuned Llanidwal.

"'Nes i ddeud wrth Dad am rannu ei stori cyn i bobol ddechrau palu celwydda. Dim ond efo chdi 'neith o siarad, medda fo – fysa chdi'n gallu picio heibio i'w weld o, Cerys?"

"Wrth gwrs, pa bryd fyddai'n gyfleus?"

"Mi 'na i anfon ei rif ffôn o ata ti, felly cewch chi eich dau drefnu hynny."

Gwyddai Cerys yn iawn fod dyletswydd statudol ar y cyngor sir i ddarparu safle ar gyfer Sipsiwn, Roma a Theithwyr yn ochrau Penrhynsiriol. Er hynny, llusgo eu traed ar y mater fu eu hanes nhw erioed, a byddai'n ddiddorol gweld sut byddai'r cynghorwyr yn gallu cyfiawnhau gwrthod rhoi caniatâd cynllunio i Tomi Lee wneud eu gwaith drostynt, meddyliodd Cerys.

Ar ôl dychwelyd i'r swyddfa efo'r llefrith, dechreuodd Cerys hel meddyliau amdani hi a Fflur yn blant. Cofiodd am y diwrnod y cafodd wahoddiad i barti pen-blwydd Fflur pan oedd y ddwy yn Ysgol Gynradd Porth Saint. Dim ond llond llaw o blant oedd yno, er bod y dosbarth cyfan wedi derbyn gwahoddiad. Dyna'r parti pen-blwydd gorau iddi fod ynddo erioed, gan fod taid Fflur, o flaen tanllwyth o dân agored, wedi adrodd stori hanes ei deulu. Cofiodd Cerys fel roedden nhw i gyd wedi eistedd mewn hanner cylch wrth ei draed yn gwrando'n astud. Bob hyn a hyn, mi fyddai'r hen ŵr yn cymryd hoe, er mwyn tynnu ar ei getyn.

Teulu taid Fflur oedd un o'r teuluoedd cyntaf i sefydlu llwyth y Sipsiwn Cymreig. Pan ddywedodd wrthynt eu bod wedi setlo yng Nghymru ers dros dri chan mlynedd, roedden nhw'r plant yn gegrwth. Roedd Taid Fflur yn medru olrhain llinach y teulu'r holl ffordd yn ôl i'r hen Henry Lovell yn y 1700au. Fo ac Abraham Wood oedd wedi cychwyn y llwythau cyntaf. Eglurodd fod ganddyn nhw dafodiaith unigryw i Gymru, â geiriau wedi eu benthyg o'r Gymraeg.

Stori liwgar a rhamantus ar gyfer plant bach oedd stori Taid. Ond un wahanol iawn oedd stori Fflur a Cari fach a theimlodd Cerys don o gywilydd a thristwch yn dod drosti. Gwyddai'n iawn, yn union fel y gwyddai Fflur a'i theulu, y byddai niferoedd o drigolion yn gwrthwynebu cais cynllunio Tomi Lee. Ac nid am resymau cynllunio fyddai hynny.

Pennod 9

Eisteddai Mair Glan Gors wrth fwrdd y gegin. O'i blaen roedd y cwpanau a'r tanceri arian roedden nhw wedi eu hennill mewn sioeau amaethyddol. Gorweddai Pero, yr hen gi defaid ffyddlon, â'i gefn at y stof. Byddai'n rhoi rhyw gyfarthiad bach tawel bob hyn a hyn, a rhoddai ei goesau ôl bregus gic neu ddwy. Ac yntau'n ddeuddeg mlwydd oed, ci tŷ oedd Pero bellach, a'r unig ddefaid y byddai'n eu hel oedd y rhai yn ei freuddwydion.

Dechreuodd Mair lanhau a rhoi sglein ar y troffi mwyaf oedd wedi hawlio ei le ar ganol y ddresel. Cafodd ei hatgoffa o ba mor falch oedd Emlyn o'i ennill yn Sioe Eglwysbach a'r Cylch efo'r tarw du Cymreig. Dyna pam na wnaethon nhw gystadlu eleni, roedd y tri wedi penderfynu gwerthu'r tarw er mwyn buddsoddi mewn rhagor o dda byw.

Sgrechiodd Mair, nes deffro Pero, "Y blydi tarw 'na!" a chwalodd rai o'r cwpanau oddi ar y bwrdd â'i braich. Dechreuodd wylo, roedd hi'n boddi yn ei thristwch a'i galar. Nid yn unig roedd hi wedi colli ei gŵr ond roedd wedi colli ei ffrind gorau. Sychodd ei dagrau a chwythodd ei thrwyn yn swnllyd. Cododd Pero a herciodd ati a rhoi ei ben ar ei glin.

"O Pero bach, be 'nawn ni hebddo fo?" meddai gan fwytho'i glustiau a siglodd y ci ei gynffon yn araf.

Cododd Mair yr holl gwpanau a'u gosod yn ôl yn dwt ar y bwrdd unwaith eto. Dechreuodd roi sglein ar y 'Hafan'

Challenge Cup a roddwyd yn wobr yn Sioe Nefyn am y grŵp gorau o dri, sef tarw, buwch a heffer. Hon oedd sioe amaethyddol gyntaf y tymor ac roedd ennill yn Nefyn yn darogan tymor llwyddiannus o ran dangos gwartheg.

Ond ei hoff gwpan, gan fod gwerth sentimental iddi, oedd y gwpan gyntaf iddyn nhw erioed ei hennill, a hynny yn Sioe Aberhonddu. Roedd Glan Gors Lwsi wedi curo pob buwch ddu Gymreig arall ar y cae a phan gyrhaeddodd Emlyn a Mair adra, mi wnaethon nhw agor potelaid o siampên. Cofiodd iddyn nhw ddawnsio'n araf ym mreichiau ei gilydd o gwmpas bwrdd y gegin ac roedd Mair yn grediniol hyd heddiw mai dyna'r noson y beichiogodd cyn i Elgan gael ei eni. O, mor unig ac oer oedd ei gwely heb Emlyn.

Wrth yrru i fyny'r lôn fach yn arwain at Glan Gors sylwodd Cerys fod Elgan yn y cae o dan y tŷ yn trwsio giât. Rhoddodd ei dwylo bob ochor i'w cheg a gwaeddodd ei enw. Cododd ei ben a phan welodd pwy oedd yno, rhoddodd glamp o wên a chodi ei fawd arni.

"Oes 'na bobol?" gwaeddodd Cerys gan roi cnoc ar y drws cefn agored. Clywodd Mair yn gweiddi, "Ty'd i mewn, Cerys," yr ochr arall i ddrws y gegin. Cafodd syndod o weld pa mor welw a llwydaidd yr olwg oedd Mair.

Cerddodd Cerys yn syth ati, ei chofleidio gan sylwi bod ei llygaid yn goch ac yn chwyddedig.

"Dyma chdi 'di cyrraedd, Cerys. Welais ti Elgan o gwmpas y lle?"

"Do, mae o ar 'i ffordd. Ew, mae 'na ogla hyfryd yma, Mair."

"O'r nefi! Mi 'nes i anghofio am y lobsgóws sy'n berwi. Rho dro ynddo fo 'nei di? Ac mi 'na inna roi'r cwpana 'ma yn ôl ar y ddresal."

Digon tawedog fu Mair dros ginio a doedd gan Elgan fawr o sgwrs chwaith. Dyna sut y bu'r ddau ers iddyn nhw dderbyn llythyr gan Mr Harvey-Smith, asiant y landlord, yn rhoi gwybod iddyn nhw y byddai'n dod draw i Glan Gors i weld yr adeiladau ac i gerdded y tir.

"Os ydach chi am gerdded ar hyd y terfyn i weld ydi pob dim yn iawn, gwell i chi gychwyn cyn iddi oeri. Mae hi'n braf iawn dy weld, Cerys, ond ti'n siŵr does gen ti ddim byd gwell i'w neud ar ddydd Sadwrn?"

"Na, does gen i ddim byd yn galw, ac mi o'n i'n falch o'r cynnig a finna wedi bod yn eistedd ar fy nhin yn y gwaith ers dydd Llun. O'n i wedi meddwl galw heibio cyn heddiw a bod yn onest, ond mae hi 'di bod yn andros o brysur, yn digwydd bod." Trodd Cerys at Elgan, "Gawn ni fynd â photel efo ni, er mwyn nôl dŵr o Ffynnon Wen?" holodd yn eiddgar. Dyna fyddai'r ddau yn ei wneud bron â bod bob dydd Sadwrn pan oedden nhw'n canlyn.

"Siŵr iawn. Ti isio ffon hefyd, Cerys? Er, mi fyddan nhw i gyd wedi mynd i swatio dros y gaeaf, erbyn hyn."

Roedd o'n cofio bod arni ofn nadroedd ac y byddai yn mynnu dod â ffon wrth fynd am dro o gwmpas y fferm. Byddai Cerys yn curo'r gwair yn ofalus cyn mentro i ddringo dros ben clawdd. Elgan oedd wedi dysgu iddi sut i wneud, yn union fel y cafodd yntau ei ddysgu gan ei dad. Cychwynnodd y ddau am y caeau yn fodlon dawel yng nghwmni ei gilydd, heb deimlo bod rhaid taro sgwrs.

Cae Winllan oedd y cae cyntaf i'r chwith o geg lôn Glan Gors. Ynghanol y cae safai coeden fawr wedi ei phlygu gan wynt y gorllewin. Yma, byddai Elgan yn dod i chwarae yn blentyn, efo plant Tyddyn Wisgi – Gruffudd a Grug. Bryd hynny, cafodd rhaff ei thaflu dros un o ganghennau'r goeden a byddai'r plant yn ei defnyddio fel swing. Ym mhen pellaf y cae roedd y giât i mewn i Cae Weirglodd – y lle gorau un am goed cyll a chnau yn yr hydref yn Glan Gors.

"Dw i'n cofio dod yma am y tro cynta efo Dad yn y gobaith y gwelwn i wiwerod coch, ond dim ond y rhai llwyd welon ni'n neidio o un goeden i'r llall. Mi fyddai Dad yn diawlio eu bod nhw wedi dwyn cynefin y wiwerod cochion. Duw a ŵyr be fydda fo'n ddeud heddiw, tasa fo'n gw'bod bod yr Arglwydd Winston isio ein hel ni o'ma."

Gafaelodd Cerys yn ei fraich a chamodd o'i flaen gan edrych i fyw ei lygaid. Roedd o'n ddagreuol a rhoddodd ei llaw ar ei foch a threiglodd deigryn o'i lygaid ar ei llaw. "Ty'd yma," meddai a rhoddodd ei dwy law yn dynn amdano.

"Ddrwg gen i, Cerys, dw'n i ddim be ddoth drosta i wir," meddai gan dynnu ei hun yn ôl.

"Does dim rhaid i chdi byth ymddiheuro i mi, Elgan, mae hynny'n saff i chdi. Mi fyddwn i'n poeni mwy tasa chdi ddim yn dangos dy deimlada."

Yng nghysgod Carn y Gwyddel, a safai fel cawr yn edrych i lawr dros dir Glan Gors, cerddodd y ddau i gyfeiriad Cae Moch Daear. Dyma lle'r oedden nhw wedi treulio aml i brynhawn Sul pan oedden nhw'n canlyn. Byddai'r ddau yn eistedd yn llonydd fel delwau nes deuai'r teulu o greaduriaid hardd du a gwyn i'r golwg. Roedd rhyw swyn arbennig yn perthyn i'r lle, a dyma'r lle y dysgodd y ddau gusanu. Edrychodd y naill ar y llall, ac am ennyd yn unig dychwelodd y swyn, nes i geiliog ffesant roi gwaedd swnllyd wrth godi o'r clawdd.

Bu bron i Cerys neidio allan o'i chroen mewn ofn a gafaelodd Elgan yn ei braich, rhag iddi faglu. "Ti'n iawn?" meddai gan hanner chwerthin. "Ti 'di mynd yn *real townie*, Cerys."

77

"Pwy ti'n 'i alw'n *townie*, y joscyn?" meddai gan roi pwniad chwareus iddo.

Ar ôl cyrraedd Cae Graig aeth y ddau i eistedd ar y garreg anferth oedd yng nghornel y cae. Wrth ei hymyl roedd carreg hanner ei maint a chofiodd Elgan sut y byddai ef, a phlant Tyddyn Wisgi, yn neidio o'r naill garreg i'r llall ar ddiwrnod hel gwair. Roedd Tyddyn Wisgi yn cuddio tu ôl i Garn y Gwyddel ac roedd gan Elgan gof plentyn o Gruffudd a Grug yn dweud wrtho fod eu rhieni am ddechrau 'ffarmio fisitors' rŵan bod eu tad yn wael. Wedi cael hanner stori oedd y plant wrth wrando ar sgyrsiau eu rhieni. A dyna fuodd y tri phlentyn yn ei drafod am ran helaeth o'r prynhawn – sut roedd rhywun yn mynd ati i 'ffarmio fisitors'? Roedd Grug wedi clywed bod rhaid cael carafannau i wneud hynny ac roedd hi'n poeni sut byddai Gel y ci defaid yn ymdopi â nhw.

Torrodd Cerys ar draws ei feddyliau: "Be sy'n mynd i ddigwydd i Glan Gors rŵan, Elgan?"

"Mae Mam yn gwrthod symud."

"Ond be amdanat ti?"

"Weithiau, mi fydda i'n teimlo 'mod i isio gadael, am nad ydi'r lle 'ma ddim yr un fath heb Dad. Mi fyddwn i'n gallu cael gwaith ar ffarm arall yn hawdd, yn lleol neu hyd yn oed cyn belled ag Awstralia, dyna lle mae nifer o bobol ifanc cefn gwlad Cymru yn mynd rŵan. Ond wedyn, yma mae'n cartra ni, yndê, Cerys? Dw i'n rhan o'r tir 'ma, os ydi hynny'n gneud unrhyw fath o synnwyr i ti."

"Perffaith synnwyr. Dal dy dir, Elgan – yma mae dy wreiddia di. Ty'd, dw i'n sychedig – gawn ni fynd i nôl dŵr o Ffynnon Wen?"

Cerddodd y ddau ar hyd terfyn Cae Mawr Pellaf a thrwy

giât Cae Garw cyn dod at Ffynnon Wen. Agorodd Elgan ei gyllell boced ac aeth ati i dorri brigyn o ddraenen ddu oedd wedi ymestyn yn warchodol o gwmpas y ffynnon. Estynnodd Cerys ei photel ddŵr a'i llenwi.

"Wel am hyfryd," meddai gan ei yfed yn awchus. "Wyddost ti be, Elgan? Dim ots faint o rew roi di mewn dŵr tap, fydd o byth cyn oered â dŵr ffynnon."

Gwenodd arni a chrwydrodd ei feddwl yn ôl at y dyddiau pan oedden nhw'n yr ysgol. Pan aeth Cerys i fyw i Gaerdydd, am y tro cyntaf yn ei fywyd roedd Elgan wedi teimlo'n unig iawn. Efo marwolaeth ei dad, roedd yr unigrwydd hwnnw wedi dychwelyd.

"Be sy'n mynd drwy dy feddwl di? Deud wrtha i," mynnodd Cerys.

"Dim byd," meddai'n gelwyddog. "Ty'd, awn ni i gerddad efo'r afon. Ac os byddan ni'n lwcus, ella gwelwn ni bysgodyn neu ddau. Mi welais i ddyfrgi yn ystod yr haf – roedd o'n nofio i lawr yr afon ar ei gefn yn gafael mewn brithyll brown."

Roedd hi'n dechrau oeri'n gynharach erbyn hyn gan ei bod yn fis Tachwedd. Brysiodd y ddau i groesi'r lôn, oedd yn arwain i fyny at Glan Gors, er mwyn cerdded gweddill y tir.

Daeth sŵn gerbocs yn gwichian cyn i gar bach glas ddod i'r golwg efo Olivia Alexander tu ôl i'r llyw. Cododd ei llaw yn llawen arnyn nhw a daeth y car i stop ohono'i hun, cyn i Elgan a Cerys gerdded draw i'w chyfarch.

"Ti wedi pasio dy brawf gyrru Liv – llongyfarchiada," meddai Elgan gan wenu ar ei gymydog.

"Ia wir, llongyfarchiada mawr. Pa bryd 'nest ti hynny?" holodd Cerys.

"Bora heddiw. Anrheg pen-blwydd buan ydi'r car. Dw i'n cael parti deunaw oed yn y clwb rygbi bythefnos i heddiw. Os ydach chi isio dod, bydd croeso i chi. Mi fydd Pys Melyn yn chwarae."

"Ydyn nhw? Diolch yn fawr iawn, Liv. Wela i chdi ymhen bythefnos, felly," meddai Cerys.

"Ydach chi'ch dau'n ôl efo'ch gilydd, ta be?"

"Ym, nac ydan, Liv. Hwyl i chdi, rŵan. Cymera bwyll a chofia ganu'r corn yna bob tro ti'n gweld cornel o dy flaen," meddai Elgan yn tapio to y car ddwywaith.

Edrychodd y ddau ar ei gilydd, ac ysgwyddodd Elgan ei ben. Merch hwyliog a phoblogaidd dros ben oedd Olivia. Roedd ganddi wallt melyn hir y byddai'n ei blethu bob ochr i'w phen. Byddai'n troi'r plethi yn goron pan fyddai'n chwarae rygbi i dîm merched Penrhynsiriol. Ei huchelgais oedd cael chwarae dros Gymru.

Pan ddaeth ei rhieni, James a Ruth Alexander, i fyw i Aberwylan o Ardal y Llynnoedd, dim ond saith oed oedd Olivia. Treuliodd ei thymor cyntaf yn Uned Trochi a Chefnogi Iaith Ysgol Aberwylan, a daeth yn rhugl yn y Gymraeg. Ond ers dros flwyddyn bellach, roedd y teulu wedi symud i Lanidwal, a hynny am fod Olivia a'i mam eisiau byw yn y wlad.

"Da 'di Liv," meddai Elgan. "Dydi hi ddim yn un i falu cachu, mae hi'n deud yn union be sydd ar 'i meddwl hi."

Ond doedd Cerys ddim yn gwrando, roedd hi wedi gweld ysgyfarnog ac roedd wedi tynnu ei hysbienddrych o boced ei chôt ac wedi rhoi'r llinyn o gwmpas ei gwddf. "Dacw hi'n mynd," meddai'n dawel.

"Drycha i fyny, rhedeg rhag y bwncath mae hi," sibrydodd Elgan yn ei chlust gan bwyntio at yr aderyn efo'i gynffon ac adenydd llydan oedd yn hofran yn y gwynt uwch eu pennau. Daeth golwg hunanfodlon dros wyneb Cerys, ar ôl syllu ar yr ysgyfarnog a'r bwncath.

"O'n i wedi anghofio faint o hwyl ydi mynd am dro efo chdi o gwmpas y ffarm, Elgan."

Gwenodd arni, "Mae o'n rwbath o'n i'n gymryd yn ganiataol nes cafon ni'r llythyr yna gan y stad. Ond ti'n iawn, mae hi'n werth cwffio am y lle 'ma."

Cerddodd y ddau ar hyd Cae Bryngroes ac at y bont fechan oedd yn mynd dros Afon Rhyd-bach ac i mewn i Cae Isaf. Cofiodd Elgan sut y byddai ei dad yn mynd ar ei begliniau er mwyn edrych am bysgod yn y pwll ger y bont. Ond am gyfnod, wrth brifio, roedd Elgan yn ddigon bach i orwedd ar ei fol ar draws y bont, efo'i ben yn hongian dros un ochr a'i draed dros yr ochr arall. Bryd hynny, byddai ei dad yn gafael yn dynn yng ngwasg ei drowsus rhag ofn iddo fynd ar ei ben i'r afon.

"'Drycha," sibrydodd Elgan yn gafael ym mraich Cerys, gan bwyntio at y dŵr. "Eogiaid."

Roedd y ddau bysgodyn yn gorwedd efo'i gilydd ar waelod y pwll tra bod yr iâr yn bwrw ei grawn. Nid arian oedd eu lliw yr adeg yma o'r flwyddyn – roedden nhw'n fwy tywyll, yn goch, yr un lliwiau â'r dail oedd ar y coed uwch eu pennau.

"'Neith y ddau farw rŵan," meddai Elgan, a rhoddodd Cerys ei braich drwy ei fraich yntau a cherddodd y ddau felly, yr holl ffordd yn ôl i gyfeiriad y tŷ.

Pennod 10

Er mai stori leol oedd hi, roedd buddugoliaeth Buddug Tyddyn Wisgi yn is-etholiad Llanidwal, yn hawlio'r sylw ar wefan yr *Herald* y diwrnod hwnnw. Y gwir amdani oedd bod y Cynghorydd Buddug Morgan o Blaid y Bobol wedi cael buddugoliaeth sylweddol – wedi ennill 378 o bleidleisiau yn erbyn 15 i James Alexander.

Awyrgylch digon oeraidd oedd yn y swyddfa, gan fod y golygydd Robin Llwyd yn fyr iawn ei dymer. Roedd wedi rhoi taw ar bob sgwrs rhwng Cerys, Gerallt a Lora a'r unig beth oedd yn tarfu ar y distawrwydd oedd sŵn y gwynt yn rhuo a'r bysellfyrddau yn clecian wrth deipio.

"Cerys!" gwaeddodd Robin mor uchel nes i galon Lora roi naid. "Mae 'na sylwada hollol annerbyniol ar waelod dy erthygl di am is-etholiad Llanidwal. Dw i wedi treulio'r awr ddiwetha yn eu golygu nhw neu'n dileu rhai ohonyn nhw'n gyfan gwbl. 'Sgen i ddim amser i blismona ffyliaid, felly waeth i chdi heb â meddwl cwyno."

"Dw i'n cytuno'n llwyr efo chi, Robin."

"Be?" meddai heb guddio'i syndod.

"Yndw, maen nhw'n llawer rhy bersonol. Penna bach sy'n cuddio tu ôl i lysenwau ydi llawer ohonyn nhw. Mae gan Mr Alexander ferch, Olivia, a dwi 'di bod yn poeni amdani hi'n darllen y fath sylwada am ei thad."

Edrychodd Cerys i gyfeiriad Gerallt a winciodd arni'n

sydyn, heb i Robin ei weld. "Dyna ni felly," meddai Robin, "mi 'na i gau'r adran sylwada." Wedyn mi fydd rhaid i mi bicio allan... Gyda llaw, mi ffoniodd y Parchedig Merfyn Griffiths fi neithiwr, i ddiolch i mi yn bersonol am gyhoeddi'r erthygl. Roedd o wedi ei blesio'n fawr medda fo."

Wythnos ynghynt roedd Cerys wedi cynnal cyfweliad efo ficer newydd Eglwys Llanidwal. Ers i'r Parchedig Merfyn Griffiths symud i'r ardal dri mis yn gynharach, roedd wedi gweithio'n ddiflino i adfer ei gynulleidfa, ac i ddenu rhai ifanc i'r eglwys.

Flwyddyn yn ôl roedd y cyngor sir wedi datgan bod rhaid 'dod o hyd i arbedion', oedd i bob pwrpas, yn golygu torri ar swyddi a gwasanaethau yn yr ardal. Gallai Cerys gyfrif ar un llaw faint o glybiau ieuenctid oedd wedi llwyddo i osgoi'r fwyell.

Cyn iddo gael ei ordeinio, roedd y Parchedig Merfyn Griffiths yn swyddog ieuenctid yn un o ardaloedd tlotaf Caerdydd. Pwrpas yr erthygl oedd tynnu sylw at weithgareddau newydd i blant a phobl ifanc yn neuadd eglwys Llanidwal dros y gaeaf. Gwrthododd gael ei gyfweld dros y ffôn a mynnodd alw heibio'r swyddfa. Yn fuan ar ôl dechrau recordio'r sgwrs, sylweddolodd Cerys mai camgymeriad oedd cytuno i gyfweliad y Parchedig wyneb yn wyneb. Dim ond chwarter awr roedd hi wedi'i neilltuo ar ei gyfer ond awr yn ddiweddarach, roedd hi wedi syrffedu clywed am gariad Duw, a phan ddechreuodd sôn am gariad Iesu Grist, bu bron iddi â cholli'r awydd i fyw.

Canodd ei ffôn gan darfu ar ei meddyliau. "Fyddai'n bosib cael gair efo Cerys Ifans os gwelwch yn dda?"

"Cerys sy'n siarad – sut fedra i'ch helpu chi?"

"Catrin Owen ydi fy enw i. Dwi'n byw ym Metws Dyfed ond yn aros yn ochrau Penrhynsiriol efo ffrind ar hyn o bryd.

Hi wnaeth dynnu fy sylw at eich erthygl sy'n canmol gwaith y Parchedig Merfyn Griffiths. Ond yn amlwg dydych chi ddim yn gw'bod ei hanes..."

Awr yn ddiweddarach roedd Cerys yn cloi'r swyddfa. Roedd hi wedi gadael neges ffôn i Swyddog Cyfathrebu Eglwys y Byd ac wedi ei e-bostio gan ofyn am air ar frys y bore canlynol. Gwenodd, roedd ganddi glamp o sgŵp a fyddai'n rhoi ysgytwad i'r gymuned.

Trannoeth, ar ôl i Merfyn Griffiths roi'r ffôn i lawr arni'n swta, siaradodd Cerys efo Andy Johannes, Pennaeth Cyfathrebu Eglwys y Byd. Er iddi ofyn nifer o gwestiynau iddo fwy nag unwaith, glynu at yr un atebion wnaeth Mr Johannes, fel petai'n adrodd mantra.

Pan gyrhaeddodd ei golygydd tua chanol y bore, roedd Cerys yn gorffen rhoi'r erthygl at ei gilydd. "Mi fyddwch wrth eich bodd o glywad bod gen i sgŵp i chi, Robin," meddai yn teimlo'n llawn balchder. "Dyna ni, dwi newydd ei hanfon atoch chi rŵan."

Ymddygiad Anweddus Ficer Llanidwal
Mae sefydliad Eglwys y Byd wedi cadarnhau eu bod "wedi delio'n fewnol" gyda chwynion fod y Parchedig Merfyn Griffiths, ficer newydd Llanidwal, wedi dangos ei bidyn mewn parc cyhoeddus.

Bron i ddeuddeg mlynedd yn ôl, derbyniodd Merfyn Griffiths rybudd gan yr heddlu ar ôl cyfaddef iddo ddinoethi ei hun ym Mharc Pwlldu, ar gyrion Betws Dyfed. Ar y pryd, roedd Mr Griffiths yn gweithio fel curad i reithor plwyfi Betws Dyfed. Ond mae cyn-athrawes leol, Catrin Owen, yn cyhuddo Eglwys y Byd o "gadw popeth yn dawel."

"Merfyn Perfyn ni'n dal i'w alw fe ym Metws Dyfed ar ôl y digwyddiad. Fi'n adnabod y cwpl wnaeth gŵyn yn ei erbyn – ro'n nhw'n cael picnic pan ddaeth Merfyn mas o'r llwyni a dangos ei hen beth. Yr Eglwys oedd wedi trefnu'r picnic ac roedd yr archesgob yn bresennol. Mae'n debyg mai fe lwyddodd i ddarbwyllo'r cwpl i dynnu eu cwyn yn ôl. Cafwyd addewidion y byddai Merfyn yn chwilio am gymorth i ddelio efo'i broblemau. O'n i'n ffaelu credu pan ddarllenes i ar wefan yr *Herald* ei fod yn Ficer lan yn y gogledd!"

Dywedodd llefarydd ar ran Eglwys y Byd; "Ry'n ni'n sôn am un digwyddiad fan hyn, amser maith yn ôl ac ry'n ni wedi delio efo'r mater yn fewnol. Mae Duw yn maddau pechod."

Mae'r Parchedig Merfyn Griffiths wedi gwrthod gwneud unrhyw sylw ar y mater. Wythnos yn ôl, mewn cyfweliad efo'r *Herald*, dywedodd: "Dw i'n edrych 'mlaen at ddechrau ystod o weithgareddau ar gyfer plant a phobol ifanc yn Llanidwal a phlwyfi cyfagos dros y gaeaf."

Penderfynodd Cerys y byddai'n dathlu ei stori fawr drwy fynd am ginio i gaffi Briwsion. Efallai y byddai'n cael cyfle am baned sydyn efo Ffion, os na fyddai'n rhy brysur. Pan gyrhaeddodd, croeso digon sych gafodd hi gan Sioned, ond roedd Ffion yn falch iawn o'i gweld.

"Haia, Ffi. Ti'n ocê?" holodd Cerys gan gofleidio ei ffrind.

"Ydw i 'di pechu Sioned tybad?" gofynnodd yn ddistaw.

"Paid â chymryd dim sylw – mae hi wedi clywed rhywsut amdana chdi ac Elgan yn mynd am dro o gwmpas y ffarm yn ddiweddar, ia?"

"Do, mi fuon ni. Fel dau ffrind. Mae hi'n dallt 'mod i'n gweld Ifan rŵan, yndi?"

"Yndi siŵr iawn, efo Elgan mae'r broblem, dim efo chdi. Ond 'neith hi ddim cyfadda hynny, haws beio rhywun arall bob tro, dydi? Bacha di'r bwrdd yna," meddai Ffion, gan bwyntio at yr un bach yn y gornel. "Mi 'na inna fynd i ddeud wrth Sionsi 'mod i'n cymryd brêc, gan nad ydan ni'n brysur."

Tra bod Ffion yn cael gair efo'i chwaer, eisteddodd Cerys

gan edrych yn gyflym ar ei ffôn i weld os oedd Robin wedi cyhoeddi'r erthygl am y Parchedig Merfyn Griffiths. Rhaid ei fod yn newid y pennawd, meddai wrthi ei hun, er mwyn profi mai fo sydd â'r gair olaf.

Cyrhaeddodd Ffion efo dwy baned o goffi a chlamp o sosej rôl fawr i Cerys. "Dyma chdi, dwi isio i chdi ddeud be ti'n feddwl o hon, rysáit newydd 'nath Mam anfon ata i o Sbaen. Mae 'na *chorizo* ynddi hi."

Cymerodd Cerys frathiad awchus o'r sosej rôl gynnes, "Mmm blasus iawn Ffi-ffi. Fydda platiaid o'r rhain yn para dim mewn parti mwg drwg, yn saff i chdi."

"Taw, wir Dduw!" meddai Ffion gan chwerthin cyn mynnu cael gwybod pam bod Cerys yn edrych mor hunanfodlon. Sibrydodd hithau grynodeb byr o hanes ficer Llanidwal wrth ei ffrind. Dihangodd gwaedd o geg Ffion nes i'w chwsmeriaid ar fwrdd cyfagos droi ac edrych ar y ddwy.

Ond roedd Cerys yn awyddus i fynd ar drywydd arall. "Be oeddat ti'n feddwl pan 'nest ti ddeud bod 'na broblem efo Elgan?"

Taflodd Ffion gipolwg i gyfeiriad ei chwaer, a gan ostwng ei llais eglurodd fod Elgan wedi dweud na allai ganlyn yn selog efo Sioned am fod ganddo ormod ar ei blât efo Glan Gors. "Ond mae Sionsi ni 'di mopio efo fo, mae gen i ofn. Ac fel y gwyddost dy hun, Cerys, mae hi wedi bod isio nythu ymhell cyn iddi ddechra mynd allan efo Elgan. Mae hi wedi mapio'r cyfan yn ei phen ers pan oedd hi'n blentyn – priodi mewn gwyn a rhyw firi felly, cael tri, os nad pedwar, o blant, ac mae hi'n 'fengach na ni!"

Nid dyma'r tro cyntaf i Cerys deimlo'n anghyfforddus wrth feddwl am Elgan a Sioned efo'i gilydd. Ar y naill law fe fyddai wrth ei bodd yn gweld y ddau yn hapus ond eto roedd meddwl am Elgan yn priodi a chael plant efo rhywun arall yn gwneud i'w thu mewn gorddi.

"Cerys!" meddai Ffion. "Ti'n bell i ffwrdd."

"Sori Ffi – dwi 'di bod yn gweithio oria hir yn ddiweddar. Be 'nest ti ddeud?"

"Wyt ti 'di cael gwadd i barti deunaw Liv yn y clwb rygbi?"

"Do, pan es i am dro o gwmpas y ffarm efo Elgan, digwydd bod."

"Wel mae hi wedi rhoi gwadd i mi a Brychan ac i Sionsi hefyd. Wyt ti ac Ifan awydd noson allan?"

"Noson allan efo chdi yn gwrando ar Pys Melyn yn canu? Dwi'n meddwl 'mod i'n golchi'n 'ngwallt nos Sadwrn, sori," meddai gan chwerthin, nes gwnaeth Ffion dynnu ei thafod arni. Sylwodd yn sydyn fod pedwar cwsmer newydd wedi cerdded i mewn i'r caffi.

"Well i mi fynd. Wela i chdi nos Sadwrn felly."

Pan ddychwelodd Cerys i'r swyddfa ar ôl cinio, cafodd siom nad oedd ei herthygl wedi ei chyhoeddi. "Pa bryd mae'r stori'n mynd yn fyw, Robin?" holodd yn eiddgar.

"Dydi hi ddim, Cerys," meddai'n swta.

"Be sy'n bod efo hi? Oes angen i mi newid rwbath?"

Rhoddodd ochenaid ddiflas cyn ateb, "Gwasanaeth newyddion ar gyfer gogledd Cymru ydi'r *Herald*, nid ar gyfer pobol Betws Dyfed. A beth bynnag, mae dy stori di dros ddegawd oed, Cerys – fawr o sgŵp," meddai gan bwffian chwerthin a wnaeth frifo Cerys i'r byw.

"'Sgen ti unrhyw syniad faint o ddrwg fyddai dy stori di wedi'i neud?" meddai wedyn, fymryn yn llai gwawdlyd.

"Drwg i bwy?" holodd Cerys yn bwdlyd.

"Wel i mi yn un peth! 'Sgen i ddim amser i gymryd galwada

ffôn gan bobol yn cwyno. Pam ddylwn i fod yn gocyn hitio pan fydda i'n mynd i'r eglwys ddydd Sul? Diwrnod gorffwys ydi'r Sul i fod. Anghofia'r stori – welith honna fyth olau dydd."

Ar hynny, aeth Robin ati i hel ei bac gan gyhoeddi wrth Gerallt fod ganddo gyfarfod ac na fyddai ar gael am weddill y prynhawn. Dros baned yn y gegin, gwrandawodd Gerallt a Lora ar Cerys yn lladd ar y golygydd.

"Paid â'i gymryd o'n bersonol, Cerys. Un diog fu Robin erioed," meddai Lora.

"Ac un di-asgwrn-cefn," ychwanegodd Gerallt. "Dydi o ddim yn un sy'n medru delio efo cwynion."

Dechreuodd Cerys hel meddyliau. Roedd Robin wedi gosod her iddi drwy ddweud na fyddai ei stori byth yn cael ei chyhoeddi. Aeth yn ôl at ei desg ac edrych ar wefan Problemau Penrhynsiriol, sef blog gan ddynes leol o'r enw Delyth Wern Las, neu Delyth Comin Greenham fel byddai rhai yn ei hadnabod. Yn 1981, pan oedd Delyth yn ferch ifanc â thân yn ei bol, aeth hi i fyw i'r gwersyll heddwch ger RAF Greenham Common, i brotestio yn erbyn bwriad America i leoli taflegrau niwclear yno.

Ers hynny roedd Delyth Wern Las wedi cwffio sawl brwydr yn fwy lleol, ac wedi llwyddo i gael y maen i'r wal yn amlach na pheidio. Ei buddugoliaeth fwyaf, hyd yn hyn, oedd yn erbyn cwmni o Loegr oedd eisiau datblygu parc ar gyfer 300 o *chalets* gwyliau moethus ar gyrion Porth Saint. Mae angen Delyth ar bob cymuned, meddai Cerys wrthi ei hun.

Yn Llanidwal, nid nepell o'r Llew Gwyn, roedd Delyth yn byw a hynny mewn tŷ mawr tri llawr wedi'i baentio'n las golau. Cododd Cerys y ffôn: "Delyth, sut ydach chi ers talwm? Cerys sy 'ma o'r *Herald*."

"*Champion* 'ngenath i, be sy'n dy boeni?"

Gwenodd Cerys. "Fyddai'n iawn i mi bicio draw i'ch gweld pan fydd hi'n gyfleus, os gwelwch yn dda? Dwi angen ffafr."

"Wrth gwrs 'ngenath i. Ty'd draw'n syth i mi gael esgus i beidio gneud gwaith tŷ. Mae bywyd yn rhy fyr i redag ar ôl llwch."

"Diolch Delyth. Mi ddo i'n syth ar ôl gwaith."

"Efo'n gilydd 'ngenath i. Efo'n gilydd."

Pan gyrhaeddodd Cerys Wern Las roedd y goeden rosod gwynion oedd yn dringo i fyny un ochr y tŷ wedi gorffen blodeuo. Canodd Cerys y gloch ac ymhen hir a hwyr daeth Delyth i'r drws yn hercian gan bwyso ar ei ffon.

"Rargian, be sy'n bod arnoch chi, Delyth?"

"Henaint y 'ngenath i, a bob dim sy'n dod yn ei sgil," meddai gan ei gwahodd i mewn i'r tŷ.

Roedd sawl blwyddyn wedi mynd heibio ers i Cerys fod yn Wern Las a sylwodd fod golwg flinedig ar y tŷ bellach.

"Ddrwg gen i am y llanast. Mae'r lle 'ma wedi mynd yn rhy fawr imi, Cerys, ond dwi'n gyndyn o symud. Ac mae un peth yn saff i chdi, faswn i byth yn gwerthu i ddieithriaid."

Arweiniodd Delyth hi at soffa felfed amryliw oedd yn wynebu'r tân agored, lle'r oedd dwy gath ddu a gwyn yn cysgu'n drwm. "Siw a Miw ydi'r ddwy yma. Gawn ni eistedd o boptu iddyn nhw, ac mi gei di ddeud wrtha i be sy'n dod â chdi yma 'ngenath i."

Treuliodd Cerys a Delyth bron i ddwy awr yn paratoi blog am hanes y Parchedig Merfyn Griffiths ar safle Problemau Penrhynsiriol. Cytunodd y ddwy y byddai Delyth yn gofyn i Eglwys y Byd am sylw, ac y byddai Cerys yn cael gair bach distaw, a chyfrinachol, efo Catrin Owen, er mwyn egluro'r sefyllfa iddi.

Ar ôl gorffen trafod, estynnodd Delyth wahoddiad iddi aros

am swper. "Mae gen i gawl cennin digon blasus, er mai fi sy'n deud," meddai.

"Na, dim diolch, Delyth, mae'n rhaid i mi fynd, gwaetha'r modd. Oes 'na rwbath fedra i neud i chi?"

"Dim ar hyn o bryd, Cerys," meddai. Ond yn sydyn, fe wnaeth hi ailfeddwl. "Rhyngddo chdi a fi, dwi 'di bod yn edrych ar sut faswn i'n gallu troi'r ddau lawr uchaf 'ma yn dŷ cydweithredol. Fel y gwyddost ti, 'sgen i ddim plant ac mae cymaint o deuluoedd ifanc heb gartra'r dyddia yma. Ta waeth, chdi fydd y gynta i gael gw'bod os bydd 'na ddatblygiada. Cym bwyll rŵan ar y ffor adra, rhag ofn bod yna friga wedi disgyn yn y gwynt 'ma."

Cofleidiodd y ddwy wrth ffarwelio a chychwynnodd Cerys yn ôl am Efailgledryd. Cyrhaeddodd adra yn flinedig a bodlon ei byd ond roedd hi'n ysu i ymlacio ac anghofio am ei gwaith yn llwyr. Yn ei chroesawu adra roedd parsel wedi'i lapio mewn papur sidan porffor. Ynddo roedd pibell glai oedd yn ddigon bach i ffitio yng nghledr ei llaw. Fe wyddai'n syth mai anrheg gan Ifan oedd hwn. Pan wnaeth hi ei ffonio i ddiolch, dywedodd wrthi'n dyner a chariadus ei fod yn poeni bod y baco roedd hi'n ei roi mewn *joint* yn gwneud drwg iddi. Gwenodd wrth lenwi ei phibell â gwair, cyn ei thanio a sugno ar y mwg melys.

Pennod 11

GWELODD CERYS FWG yn chwyldroi o gorn simdde Pen Bryn wrth iddi nesáu at gartref Tomi Lee a'i deulu yn Llanidwal. Roedd hi'n tynnu am naw o'r gloch a rhaid bod Tomi wedi ei gweld yn gyrru i lawr y lôn i gyfeiriad y tŷ gan ei fod yn disgwyl amdani, efo gwên gyfeillgar ar ei wyneb. Agorodd ddrws y mini bach coch iddi, cyn ei chyfarch yn llawen.

"Bore da, Cerys. Diolch am alw heibio," ac yna eiliad yn ddiweddarach, "Sut mae Medwen?"

Holai Tomi Lee bob amser sut roedd ei mam a byddai hynny yn gwneud i Medwen gochi pan ddywedai Cerys wrthi. Cofiodd sut byddai ei thad yn dechrau cerdded fel ceiliog pan fyddai enw Tomi yn cael ei grybwyll yn y cartref – hynny oherwydd bod Tomi wedi gofyn i Medwen fynd efo fo i Ffair y Borth unwaith. Ond roedd yn rhaid iddi wrthod, gan ei bod eisoes wedi cytuno i fynd efo Jac, ei thad.

"Da iawn diolch, Tomi. Sut mae pawb efo chi?"

"Dim yn ddrwg. Dad fel arfer bron â mynd o'i go o fewn pedair wal y tŷ. Ond mae hi'n anodd iddo grwydro o gwmpas y lle yn ei gadair olwyn."

Edrychodd Cerys arno'n llawn cydymdeimlad cyn iddo ychwanegu, "Mae Fflur 'di mynd â Cari i'r ysgol ond mi fydd hi adra toc."

"Ydi Cari yn iawn, Tomi? Mi ddaru Fflur sôn ei bod hi'n cael helynt yn yr ysgol."

Rhoddodd Tomi ei ben i lawr. "Mi ddylia'r bwlio fod wedi stopio erbyn hyn. Ges i air distaw yng nghlust rhai o'r tadau. Doedd Fflur ddim am i mi fusnesu, ond oeddwn i'n methu gneud dim â Cari bach yn dod adra bob diwrnod yn ei dagrau."

Gwenodd Cerys. Roedd hi wedi clywed bod Tomi yn un da efo'i ddyrnau pan oedd yn ddyn ifanc.

Arweiniodd Tomi'r ffordd i'r cae i ddangos ei gynlluniau. Eglurodd y byddai'r cae yn gallu dal deg carafán yn hawdd. Ond roedd am adael digon o le i'r plantos chwarae yn ddiogel, felly dim ond ar gyfer chwe charafán, neu fan chwedl Tomi, oedd y cais cynllunio.

"Mae hwn yn gae da, yn gae sych," meddai'n falch, "a does 'na ddim peryg o lifogydd na dim byd felly. Ymhen pum mlynedd arall, mi fydd y gwrychoedd a'r coed 'na yn fan'cw wedi tyfu digon nes cuddio'r safle yn gyfan gwbl o'r lôn fawr. Mi 'neith hynny blesio rhai, siŵr o fod."

Eglurodd Tomi ei fod am gadw cylch o wyrddni yng nghanol y cae. "Dyna sy'n draddodiadol ac mae traddodiad yn bwysig iawn i ni. Y bwriad hefyd ydi rhoi llawr caled o dan bob fan a gneud ffordd drwy'r cae. Gobeithio wedyn y bydd hi'n llawer haws i Dad grwydro o gwmpas y lle."

Gan bwyntio i'r dde, ychwanegodd Tomi: "Bloc cawodydd, toiled, lle golchi dillad a storfa fydd pen acw. Drws nesa faswn i'n licio codi cegin sy'n ddigon mawr i ni i gyd allu gwledda efo'n gilydd a chael hwyl gyda'r nos."

"Ond pwy fydd yn byw yn y fania 'ma, Tomi?"

"Fy nheulu i. Rhai yn perthyn yn agos a rhai o bell. Fy modryb i a'i gŵr sydd wedi ymddeol a merch fy nghyfnither a'i gŵr – maen nhw'n disgw'l babi arall mis Mawrth nesa," oedd ei ateb parod. "Mwy o blant i'r ysgol gynradd leol gan obeithio na 'nawn nhw ei chau cyn hynny."

Edmygai Cerys weledigaeth Tomi a'i barodrwydd i helpu eraill. Doedd dim rheswm o gwbl dros beidio â rhoi sêl bendith i'r cais cynllunio, ond fe wyddai Cerys y byddai perswadio'r gymuned yn dalcen caled. Er hynny, tasai'r cais ar gyfer maes carafannau i ymwelwyr, ni fyddai yno unrhyw wrthwynebiad. Wrth gerdded yn ôl i gyfeiriad y tŷ, cofiodd Cerys fod Medwen wedi rhoi anrheg iddi i'w roi i Tomi.

"Rŵan dwi'n cofio, mae gen i jam eirin duon i chi yn y car, gan Mam. Arhoswch funud ac mi a i'w nôl o i chi," meddai. Pan roddodd hi'r anrheg iddo, roedd wyneb Tomi Lee yn bictiwr. Edrychai ar y jam eirin fel tasai hi wedi rhoi darn o aur iddo.

"Dyma hi Fflur wedi cyrraedd. Oes gen ti amser am banad cyn gadael?"

"Mi gymra i un sydyn plis, Tomi. Diolch yn fawr." Roedd Fflur wrthi'n tynnu Twm, ei babi, allan o'r car ac aeth Cerys ati i'w helpu. Gan ei fod yn cysgu'n drwm, aeth â fo i mewn i'r tŷ a'i roi'n ofalus mewn basged wiail wrth y soffa, heb iddo ddeffro.

"Sut mae Cari fach erbyn hyn? Ydi petha'n well yn yr ysgol?" holodd Cerys.

"Mi o'n i ar biga drain eto bora 'ma. Ond, mi ddoth yna dri o blant bach i'w chroesawu wrth y giât, ac mi redodd hi i ffwrdd yn gafael yn llaw dau ohonyn nhw." Rhoddodd Fflur ochenaid o ryddhad. "O'n i bron â chrio sdi, Cerys. Dwi 'di poeni cymaint am y graduras fach a gan fod Osian yn gweithio i ffwrdd, mae'n rhaid i mi ysgwyddo'r baich."

Cydiodd Cerys yn ei llaw yn dynn. Doedd hi ddim wedi

sylweddoli pa mor anodd oedd pethau wedi bod ar Fflur druan.

*

Wrth yrru yn ôl i swyddfa'r *Herald* yn Aberwylan, meddyliodd pa mor wahanol oedd bywyd Fflur a hithau. Roedd gan Fflur gymaint o gyfrifoldebau wrth iddi fagu'r plant am gyfnodau hir ar ei phen ei hun. Ond ei gwaith oedd yn bwysig i Cerys – hynny a mwynhau ar y penwythnos. Oedd hi'n amser iddi hithau setlo, tybed? Gwthiodd y syniad o'i meddwl yn sydyn – dim ond pedair ar hugain oed oedd hi.

Edrychai ymlaen at weld Ifan eto. Y cynllun gwreiddiol oedd bod y ddau yn cymryd y dydd Gwener i ffwrdd o'u gwaith. Roedd Cerys am aros yn ei gwely yn hwyrach y bore hwnnw i ddadflino cyn y noson fawr ac yna ymbincio drwy'r bore. Wedyn, roedd Ifan i fod i gyrraedd amser cinio i fynd â hi i'r Llew Gwyn am damaid i fwyta. Ond newidiodd y cynlluniau ar y funud olaf mewn corwynt o gyffro.

"Dw i ddim isio aros tan ddydd Gwener. 'Nei di ddod ata i nos Iau ar ôl gwaith?" gofynnodd Cerys iddo.

"Faswn i'n dod ata ti'r funud yma tasa chdi'n gofyn imi," meddai.

Pan gyrhaeddodd hi'r swyddfa, dim ond Robin, ei golygydd, oedd wrth ei ddesg.

"Bore da, Robin. Lle mae Gerallt a Lora 'di mynd?" holodd.

"Mae Lora wedi gorfod mynd i'r ysgol i nôl un o'r hogia sy'n sâl, ac mae Gerallt wedi ffonio i ddeud bod ganddo fo feirws," atebodd yn grintachlyd. "Mae hi bron yn amser cinio... Be ti 'di bod yn neud efo'r hen sglyfath Tomi Lee 'na?"

"Be 'dach chi'n drio awgrymu?" holodd Cerys fel cyllell gan wneud i Robin ddechrau cloffi.

"Yyyy... dim. Dim ond dy weld di'n hwyr ofnadwy. Dim ond piciad yno oeddat ti i fod i neud i drafod ryw gais cynllunio, na fydd byth yn gweld golau dydd."

Roedd Cerys yn benderfynol i beidio â gadael i Robin ddifetha ei hwyliau da, felly trodd at ei chyfrifiadur a dechrau ar ei herthygl heb edrych arno.

"Does 'na neb yn gallu cymryd jôc yn y lle 'ma 'di mynd," sibrydodd Robin o dan ei wynt.

Wedi iddi orffen ei stori, mentrodd Cerys dorri'r ias. "Ga i air sydyn am yr erthygl yma? Dwi'n poeni y bydd rhai pobol yn neidio ar y cyfle i ddeud petha hyll am Sipsiwn, Roma a Theithwyr ar wefan yr *Herald*. Wrth gwrs, does fiw i ni agor y drws i unrhyw fath o gasineb tuag at deulu Pen Bryn a ninna'n gwmni proffesiynol. Dwi'n meddwl 'na chi oedd yn iawn yn cau'r adran sylwada o dan yr erthygl am is-etholiad Llanidwal."

Gwyddai Robin ei bod hi wedi'i gornelu, ond doedd o ddim am i'r ferch ifanc hon gael y gorau arno. "Ia, ti'n iawn, a gan 'mod i yma fy hun heddiw, i bob pwrpas, does gen i ddim amser i blismona sylwada trwy'r pnawn, yn enwedig a chditha i ffwrdd fory hefyd, dwi'n gweld."

Teimlai Cerys bwl o euogrwydd wrth feddwl am Robin yn y swyddfa ar ei ben ei hun y diwrnod canlynol ond gwthiodd y syniad o'i phen gan gysuro'i hun y byddai Lora neu Gerallt yn ôl yn eu gwaith. Er mwyn lleddfu ei chydwybod, treuliodd weddill y prynhawn yn helpu Robin efo mân straeon funud olaf gan yr heddlu, ac ambell i wasanaeth brys arall. Cafodd gyfle hefyd i ddarllen agenda pwyllgor cynllunio'r Cyngor Sir at ddechrau'r wythnos. Gadawodd y gwaith am union bump o'r gloch. Roedd hi ar frys. Roedd drysau siop ddillad isaf Tinboeth yn cau am hanner awr wedi pump.

Canodd gloch hen ffasiwn uwchben drws y siop pan gamodd i mewn, a chafodd ei chyfarch gan ferch ddymunol o'r tu ôl i'r cownter. Fe wnaeth i Cerys ymlacio rhywfaint bach er bod ei llygaid yn neidio o un olygfa i'r llall. Roedd dillad isa o bob lliw a llun yn y siop. Rhai na fyddai hi'n meiddio eu gwisgo, rhai oedd i weld yn hynod o anghyfforddus a rhai oedd yn hollol dryloyw.

"Haia... dwi'n chwilio am ddillad isa ar gyfer achlysur arbennig. Rwbath chwaethus..."

Roedd Cerys fel arfer yn gwisgo dillad isaf o'r archfarchnad a phrin bod unrhyw beth yn mynd efo'i gilydd fel set ganddi, felly roedd hi'n braf cael esgus i wario ar rywbeth mwy moethus.

"Digwydd bod, mae gen i stwff newydd sydd wedi dod i mewn heddiw," meddai'r ferch gan godi bocs mawr a'i roi ar y cownter. "Dyma i chdi set o dri pheth – bra, nicer bach a sysbendars. Ac mae 'na ddewis o liwiau, sef pinc, coch neu ddu."

Byseddodd Cerys nicer pinc yn eiddgar gan edmygu'r siâp calon fach oedd yn addurno'r tu blaen, ond edrych yn ansicr wnaeth hi ar y sysbendars.

"Mi fasa sana sidan yn gorffan y wisg yn berffaith. Ond dim ond rhai du sy gen i yn anffodus," meddai'r perchennog yn frwdfrydig gan sylwi bod Cerys yn troedio ar dir anghyfarwydd.

"Dw i'n meddwl bydda'n well i mi gael y cwbl mewn du ta," atebodd, gan gofio bod ganddi eisoes bâr o esgidiau sodlau uchel sgleiniog, a sgert fach ledr, hefyd mewn du.

*

Fel rheol byddai Cerys yn gwrando ar y newyddion ar ei ffordd adra o'r gwaith. Ond roedd heno'n mynd i fod yn noson arbennig, gan fod Ifan a hithau yn rhannu gwely am y tro cyntaf. Rhoddodd gasgliad o ganeuon Meinir Gwilym ymlaen a chanodd y ddwy am baradwys ar ei ffordd adra. Sylweddolodd nad oedd hi wedi dweud wrth ei mam bod Ifan yn cyrraedd y noson honno, felly galwodd heibio'r tŷ.

Pan gerddodd i mewn i'r gegin cafodd andros o sioc o weld Jac, ei thad, wrth y bwrdd. Doedd o ddim wedi dweud wrthi ei fod yn y cyffiniau, ac er ei bod yn falch o'i weld, sylwodd Cerys fod ei mam â'i phen yn ei dwylo'n flinedig.

"Helô, Dad," meddai gan edrych o'r naill i'r llall, "Be sy'n mynd 'mlaen?"

"Digon hawdd gweld pam aeth hon yn newyddiadurwraig, yn tydi, Medwen?" meddai Jac, gan roi ryw hanner chwerthiniad bach nerfus.

"Mae 'na ddistawrwydd annifyr yma a does gen i ddim amser i falu awyr. Mae Ifan ar ei ffordd draw," meddai Cerys, gan edrych o'r naill i'r llall.

"Ti'n dal i ganlyn, felly?"

"Yndw, Dad... wyt ti?" gofynnodd, gan ddifaru yn syth pan welodd hi ei bod wedi brifo ei deimladau.

"Well i chdi ddeud wrthi pam dy fod di yma, yn tydi Jac?" meddai Medwen.

"Dad?" holodd Cerys, a dechreuodd Jac Pensarn wingo yn ei gadair fel tasa ganddo gynrhon yn ei ben ôl.

"Paid â deud dy fod am ei gymryd o'n ôl, Mam, plis, 'nest ti addo," erfyniodd ei merch.

"Dim fi mae o isio, Cerys. Y tŷ 'ma sy gan dy dad dan sylw."

Edrychodd Cerys yn syn ar ei thad. "Be? Wyt ti o ddifri,

Dad?" ac yna cododd ei llais. "Be ddiawl sy'n bod arnat ti?"

"Mae pawb isio byw, Cerys, ac mae gen i hawl i hanner y tŷ."

Rhythodd Cerys ar ei thad. "Yn llygad y gyfraith, oes, mae'n siŵr bod gen ti hawl i hanner y tŷ. Ond chdi ddaru adael, yndê Dad? Ac nid am y tro cynta chwaith. Beth bynnag, mae gen ti do uwch dy ben efo Olwen, yn does?"

"Rhentu fflat mae Olwen, ac mae hi isio i ni brynu tŷ efo gardd..."

"O wel!" meddai Cerys yn goeglyd, "Os ydi Olwen isio tŷ efo gardd, well i chdi a fi fynd i hel ein pac felly," meddai'n edrych i gyfeiriad ei mam. "Alla i ddim credu dy fod di'n fodlon troi'r ddwy ohonon ni o'n cartrefi, ynghanol argyfwng tai, am dy fod di wedi mynd dros ben clawdd efo hogan hanner dy oed!"

Daeth tawelwch llethol dros y gegin. Yna, dechreuodd Jac fwmian yn nerfus. "Mae Olwen yn disgw'l babi... a faswn i'n ddiolchgar tasa chdi'n gallu trio bod yn hapus drostan ni. Mi fydd gen ti frawd neu chwaer fach, Cerys."

"Ffycing hel, Dad!" gwaeddodd Cerys mewn sioc. Daeth cnoc ar y drws a chododd Medwen i'w agor. Safai Ifan o'i blaen yn edrych yn chwithig. Roedd wedi clywed Cerys yn gweiddi.

"Mae'n ddrwg gen i darfu arnoch chi," meddai, gan edrych heibio Medwen yn bryderus. "Doedd 'na ddim golau yn y *chalet* a mi 'nes i glywed llais Cerys. Ydi hi'n iawn?"

"Ty'd i mewn o'r glaw, Ifan," meddai Medwen. "Mae'n wir ddrwg gen i dy fod di wedi cyrraedd ynghanol y miri yma. Dyma Jac, tad Cerys – mae o ar fin gadael."

Cododd Jac gan estyn ei law i Ifan, "Falch iawn o dy gyfarfod, Ifan. Un o le yn Sir Fôn wyt ti felly?"

"Ym, a finna chitha, Jac," meddai Ifan gan ysgwyd ei law yn anghyffordus. "Ti'n iawn, Cerys?"

Cododd hithau ar ei thraed. "Dwi'n well o dy weld di, Ifan. Ty'd, awn ni allan o'r nyth gwiberod 'ma. Wyt ti'n mynd i fod yn iawn yn fama ar dy ben dy hun heno, Mam, ta wyt ti isio i ni ddod yn nôl nes 'mlaen?"

"Fydda i ddim ar fy mhen fy hun, Cerys. Mae Buddug a Mair yn dod draw am swpar. Cerwch chi'ch dau i fwynhau eich hunain."

Gafaelodd Cerys yn dynn yn llaw Ifan a rhedodd y ddau drwy'r glaw, i lawr y llwybr ac i mewn i'r *chalet*. Aeth hi ati'n syth i gynnau tân yn y stof goed a rhoi'r tegell i ferwi.

Sylwodd Ifan nad oedd Cerys yn ei hwyliau arferol ar ôl y ffrae yn y tŷ, felly estynnodd am ei llaw a'i harwain at y soffa.

"Be am i ti swatio o dan y flanced yna, ac mi 'na i banad i ni. Dw i wedi dod â stwff i neud coffi Gwyddelig – mi 'neith hwnnw ein c'nesu ni. Ac mae gen i fins-peis – alla i ddim credu eu bod ar y silffoedd yn barod!"

Gwenodd Cerys arno, "Diolch. Wel am lanast, dw i ddim yn gw'bod sut i ddechra egluro."

"Ti ddim yn gorfod egluro ond dw i yma, os ti isio clust i wrando."

Roedd Cerys wedi edrych ymlaen cymaint at weld Ifan a doedd hi ddim eisiau i'w thad chwalu eu penwythnos. Ond roedd hi'n methu credu ei bod yn mynd i gael brawd neu chwaer fach. Beth oedd haru ei thad yn ei oed a'i amser? Ac yn fwy na hynny, beth oedd Olwen yn ei weld yn ei thad?

"Y gyfrinach ydi rhoi digon o siwgr brown i mewn efo'r wisgi, cyn tywallt coffi berwedig ar ei ben. Fel arall, fasa'r hufen yn suddo yn lle aros ar y top. Ac mae isio ei droi yn iawn nes fod y siwgr wedi meddalu."

"Lle ar y ddaear wyt ti 'di dysgu hynny?"

Dechreuodd Cerys ymlacio wrth i Ifan adrodd pwt o'i hanes yn gweini mewn tŷ bwyta crand yn Aberffraw, pan oedd o'n bymtheg oed. Roedd Cerys yn ddiolchgar iddo am dynnu ei sylw oddi wrth dranc priodas ei rhieni. Ac erbyn i aroglau'r coffi ffres ei tharo roedd ei sylw wedi ei hoelio ar Ifan.

Eisteddodd y ddau a chymerodd Cerys sip o'i diod gan adael i'r melysrwydd chwerw esmwytho'i chorff.

"Wel, be ti'n feddwl ta?" gofynnodd Ifan yn falch o'i waith.

"Lyfli. Yn union fel chdi."

Disgleiriodd wyneb Ifan gan roi ei fraich o'i hamgylch a chusanu ei phen yn dyner.

"Dw i am roi naid i mewn i'r gawod ar ôl gorffan hwn. Wyt ti isio dod efo fi?" gofynnodd Cerys.

*

Wrth gwrs, doedd dim rhaid gofyn ddwywaith i Ifan. Braidd yn gyfyng i ddau oedd y gawod ond ceffyl da yw ewyllys. Ac am y tro cyntaf cafodd hi'r cyfle i ddod i adnabod ei gorff cyhyrog yn well. Cymerodd ei hamser yn seboni pob mymryn ohono gan ryfeddu at ei harddwch. Ar ôl i'r sebon olchi i ffwrdd aeth ar ei gliniau o'i flaen gan gymryd ei galedwch yn ei cheg. Daeth sŵn griddfan pleserus o berfeddion ei enaid wrth iddi symud ei llaw yn ôl a blaen. Rhoddodd Ifan waedd o bleser pan ddechreuodd fwytho ei geilliau efo'i llaw arall. Tynnodd hithau ei phen yn ôl cyn iddo ffrwydro ei had dros ei bronnau gwlyb. Aeth cryndod drwyddo, a chododd hithau ar ei thraed.

"Iesgob, dw i'n mynd i gael trafferth cerdded allan o'r gawod 'ma," meddai Ifan, a chwarddodd y ddau. Gafaelodd mewn tywel a'i glymu o gwmpas ei ganol. Efo tywel arall, aeth ati'n ofalus i sychu pob modfedd o gorff Cerys. Yna, cododd hi i'w freichiau a'i chario i'r gwely.

Pennod 12

Yn dilyn cyfarfod efo swyddogion o Undeb y Ffermwyr, gwnaeth Mair ac Elgan ddau benderfyniad arwyddocaol yn y frwydr dros Glan Gors. Y cyntaf oedd cyflogi cwmni cyfreithiol Martin & McGuiness o Fachynlleth i ddadlau eu hachos. Yr ail oedd gofyn i'r Tribiwnlys Tir Amaeth i ddatrys yr anghydfod rhyngddyn nhw a'r Arglwydd William Winston, sef perchennog Ystâd Plas Llechi.

Bob wythnos, cynyddai'r mynydd o waith papur, ynghyd â'r pentwr o ffurflenni roedd yn rhaid i'r ddau eu llenwi. Edrychai cegin Glan Gors yn fwy fel swyddfa na chalon y cartref.

"Dyma ni, dwi 'di printio'r ffurflenni diweddara," meddai Elgan gan daflu pentwr arall o bapurau ar y bwrdd. "Mi fydd rhaid i ni brynu mwy o inc i'r printar yn o fuan," meddai wedyn, gan ryfeddu at yr her oedd yn eu hwynebu.

Yn y bôn, roedd y tribiwnlys am gael gwybod pam bod Mair ac Elgan eisiau aros yng Nglan Gors a pham, yn yr un modd, bod y perchennog am orffen y denantiaeth. Byddai'r naill ochr yn cael gweld rhesymau'r ochr arall, ac yn cael cyfle i ymateb iddyn nhw.

Ar ôl tair awr o gyfarfod rhithiol arall efo cyfreithwyr a swyddogion undeb, roedd y ddau wedi ymlâdd. Er hynny, am y tro cyntaf ers iddyn nhw dderbyn y rhybudd i adael y fferm, roedd llygedyn o obaith. Y noson cynt, roedd y ddau wedi bod wrthi tan berfeddion nos yn trin ac yn trafod gan wneud nodiadau. Roedd yn rhaid profi eu bod nhw'n llwyr ddibynnol ar incwm y fferm a'u bod yn ddigon tebol i'w chadw a'i chynnal wedi marwolaeth Emlyn Parry.

Dadleuai yr Arglwydd Winston mai Emlyn Parry oedd asgwrn cefn y fferm ac mai dim ond helpu'n achlysurol fyddai ei wraig a'i fab, gan gynddeiriogi Mair a chodi gwrychyn Elgan. Roedd y ddau wedi mynychu colegau amaethyddol, ac wedi gweithio'n llawn amser ar y fferm, wrth gwrs.

"Mae'r twrneiod yn deud bod isio i ni'n dau restru ein cymwysterau yn rhan TTA 3," meddai Mair. "Bydd yn rhaid i mi nodi 'mod i wedi cymhwyso fel nyrs milfeddygol cyn priodi dy dad."

"Wel, os dydi hynny ddim yn ddigon o dystiolaeth ein bod ni'n gallu edrych ar ôl y lle 'ma, wn i'm be fwy maen nhw isio." Edrychodd Elgan i gyfeiriad y cloc mawr. "Well i mi fynd i borthi'r gwartheg, dw i'n eu clywed nhw'n brefu."

"Cyn i chdi fynd, 'nei di ofyn i Cerys fysa hi'n gallu picio heibio i fwrw golwg dros y ffurflenni diweddara 'ma, cyn i ni eu hanfon nhw'n ôl? Dwi ddim isio rhoi'r cyfla i'r Arglwydd edrych lawr ei drwyn ar ein defnydd ni o eiriau."

Cytunodd Elgan yn frysiog wrth wisgo'i gôt a'i esgidiau trwm. Er bod Cerys wedi bod yn dda iawn efo nhw ers marwolaeth ei dad, doedd Elgan ddim eisiau swnian arni hi eto, yn enwedig a hithau rŵan mewn perthynas efo Ifan. Fe wyddai y dylai ddiflannu i'r gorffennol a chuddio yn y cefndir yn ddistaw. Er mor anodd fyddai hynny.

Cododd Mair i roi'r tegell ar y stof. Roedd yna wytnwch yn perthyn iddi ers y cyfarfodydd efo'r undeb a'r cyfreithwyr. Fe wyddai fod eu tystiolaeth dros gadw Glan Gors yn gadarn a'i bod hi ac Elgan yn fwy na chymwys i amaethu'r tir a gofalu am yr anifeiliaid. Cofiodd am brysurdeb gwyllt yr wyna a sut y byddai Emlyn yn ei deffro'n dyner efo cusan ar ei thalcen a phaned o de, pan ddeuai ei thro hi i droi am y sied ddefaid ac yntau am ei wely. Ond byddai ei chwsg hi'n aml yn dod i ben yn gynt na'r disgwyl gan fod ei dwylo hi'n llai i dynnu oen cyntaf-anedig.

Ond roedd hi wedi buddsoddi mwy na'i hamser yn y fferm. Diolch i'w diweddar Anti Martha, roedd Mair wedi etifeddu ugain mil o bunnoedd a defnyddiodd hi'r arian i brynu gwartheg duon Cymreig i Glan Gors. Byddai'r tribiwnlys yn sicr o gymryd hynny i ystyriaeth. Roedd hi wedi buddsoddi yn nyfodol y fferm. Yn nyfodol Elgan hefyd.

Yn ei glytiau oedd Elgan pan aeth Emlyn a hithau i brynu'r gwartheg, yr holl ffordd i Grymych. Dau hen frawd oedd yn berchen ar yr heffrod, ac roedden nhw wedi mynd i ormod o oed bellach i ffermio. Pan eglurodd Emlyn a Mair eu bod am gychwyn eu buches eu hunain, mynnodd y brodyr roi eu heffer orau iddyn nhw yn rhodd, cyn ysgwyd llaw, a selio'r fargen. Wrth i Mair hel atgofion, disgynnodd deigryn ar un o'r ffurflenni ar fwrdd y gegin. Sychodd y papur â'i llawes yn gyflym, wrth iddi glywed Elgan yn dychwelyd i'r tŷ gyda Pero yn ei ddilyn yn ffyddlon.

"Fuost di fawr o dro. Ydi bob dim yn iawn?"

Roedd golwg bryderus ar wyneb Elgan.

"Dwi 'di dod i nôl Teramiccyn i'w roi ar droed y llo 'na aeth yn sownd mewn weiran bigog. Dydi o'n gwella fawr ddim. Wyt ti'n meindio dod allan i edrych arno fo rhag ofn y bydd angen ffonio'r fet?"

"O'r nefi!" atebodd Mair.

Roedd bil arall wedi dod drwy'r post gan y cyfreithiwr a'r peth diwethaf roedden nhw ei angen oedd rhagor o gostau. Yn ystod y ddeng mlynedd ddiwethaf, roedd y teulu wedi gwario ar wella ac uwchraddio'r fferm. Yn dilyn un gaeaf anarferol o wlyb, roedd nifer helaeth o ŵyn wedi boddi ar eu genedigaeth, mewn caeau oedd yn socian o wlyb. Cymerodd Emlyn a Mair fenthyg arian o'r banc i godi sied wyna fawr. Buddsoddiad tymor hir oedd y cyfalaf newydd a byddai colli'r denantiaeth yn golygu colled ariannol sylweddol.

Digiodd wrth feddwl amdanyn nhw'n brwydro i gadw'r blaidd o'r drws a'r Arglwydd Winston yn boddi mewn arian, ar ôl iddo werthu nifer o ffermydd yng nghanolbarth Lloegr yn ddiweddar. Daeth Pero ati a phwyso'i ben meddal ar ei glin. Cododd i roi bisged iddo cyn anelu am y drws ar ôl Elgan.

Golwg ddigon digalon oedd ar y llo druan a doedd dim dewis ond ffonio'r fet. Ond, er gwaethaf popeth, roedd Mair yn falch o weld bod Elgan mewn hwyliau da.

"Dwi am fynd i barti deunaw Liv yn y clwb rygbi heno, Mam. Fysat ti'n gallu rhoi lifft yno i mi a Brychan, tybad?"

"G'naf, siŵr iawn. Mae Brychan wedi bod yn dda iawn efo ni'n ddiweddar... Ydi Sioned yn mynd?" holodd Mair, gan bendroni pam nad oedd wedi clywed Elgan yn sôn llawer amdani ers tro.

"Yndi, dwi'n meddwl. Hi a Ffion." Yna tawelodd Elgan am ennyd, cyn ychwanegu, "A Cerys a'r cariad newydd, mae'n siŵr."

Cododd Mair ei phen mewn syndod, "Cariad newydd? Pwy felly?"

"Ifan, cefnder i Brychan. Hogyn o Sir Fôn. Maen nhw efo'i gilydd ers rhyw ddau fis. Y ddau wedi gwirioni am ei gilydd, yn ôl y sôn."

"Ond mae hi wedi bod yma sawl gwaith yn ystod y deufis dwytha. Dwi ddim yn cofio hi'n sôn gair amdano fo."

"Naddo... Dydi o ddim o'n busnas ni, nac ydi, Mam?"

Sylwodd Mair ei bod yn troedio ar dir peryglus, felly penderfynodd beidio â holi rhagor.

*

Treuliodd Cerys ac Ifan y rhan helaeth o'r diwrnod yn y gwely, efo'r naill neu'r llall yn codi'n achlysurol i wneud paned, neu damaid o fwyd. Tra bu Cerys yn sychu ei gwallt ac yn rhoi colur ai ei hwyneb, gwnaeth Ifan danllwyth o dân yn y stof goed er mwyn gwneud yn siŵr y byddai yno groeso cynnes yn eu disgwyl ar ôl cyrraedd adra o barti pen-blwydd Olivia.

"Be ti'n neud i mewn yn fana, Cerys?" gwaeddodd Ifan y tu allan i ddrws yr ystafell wely. "Ti isio help efo rwbath…?" gofynnodd, efo gwên ddireidus ar ei wyneb.

"Na! Paid â dod i mewn," meddai Cerys o'r tu ôl i'r drws.

Yn ddiarwybod iddo, roedd ei gariad wrthi'n gwisgo dillad isaf du newydd amdani.

Safai Cerys o flaen y drych hir yn edrych arni hi ei hun. Roedd hi'n gwisgo'r bra, y nicer, y sysbendars, y sanau sidan ac esgidiau sodlau uchel. Casglodd ei gwallt yn ei dwy law a'i godi ar dop ei phen. Na, meddai wrthi ei hun, mae hi'n nos Sadwrn, a gadawodd iddo ddisgyn yn donnau hir. Trodd ei chefn ar y drych gan roi cip olwg yn ôl dros ei hysgwydd. Rhoddodd wên foddhaus. Roedd ganddi ben ôl siapus a doedd y nicer yn cuddio fawr ddim ohono.

Camodd Cerys o'r ystafell wely gan bwyso ar y ffrâm drws yn awgrymog.

"Sut dwi'n edrych?" gofynnodd a throdd Ifan ei ben i edrych arni.

"Waaaw," meddai, ei sylw wedi'i hoelio ar ei chorff siapus.

Cerddodd yn araf tuag ato, gan redeg ei bys i lawr rhwng ei dwy fron.

"Ty'd yma," meddai Ifan, gan afael ynddi gan ddechrau cusanu ei gwddf, ei anadl yn boeth.

"Rhaid i chdi aros tan i ni ddod yn ôl o'r parti," meddai Cerys, gan esmwytho ei galedwch yn bryfoclyd. Yna, trodd ar ei sodlau uchel ac aeth yn ôl i'w hystafell wely.

Eisteddodd Ifan yn syfrdan. Doedd o erioed wedi dod ar draws merch a wnâi iddo ysu am ei chael yn y gwely o'r blaen. Rhoddodd ei ddwylo tu ôl i'w ben gan ochneidio'n uchel, cyn dechrau chwerthin yn dawel. Cerddodd Cerys yn ôl i mewn i'r lolfa'n gwisgo ei sgert fach ledr ddu a thop dilawes – gellid gweld cysgod o'r bra drwyddo'n awgrymog. O dan ei chesail, roedd ei siaced ledr ddu.

"Ti'n edrych yn ffab, Cerys," meddai yntau efo edmygedd. "Sut dwi'n mynd i gadw fy nwylo i fi'n hun nes y down ni adra? Mi fyddi wedi cychwyn sgrym yn y clwb rygbi 'na!"

Roedd hi wedi ei phlesio efo'i ymateb a rhoddodd glamp o wên fawr iddo, ei gwefusau yn finlliw fflamgoch.

"Awn ni allan i ddisgw'l am y tacsi, ia?" meddai Cerys gan wisgo ei siaced ledr. "Ella byddai'n well i chdi afael yn fy llaw nes bydda i wedi arfer efo'r sodla 'ma."

Roedd y clwb rygbi o dan ei sang ac eisteddai Olivia wrth y drws yn croesawu pawb gan ddiolch iddyn nhw am ddod. Wrth ei hochr roedd pentwr o anrhegion ac ychwanegodd Cerys un ganddi hi ac Ifan at y pentwr. Llyfr clawr caled ydoedd â lluniau a hanesion am bob math o geffylau.

"Haia, Cerys. Hwn ydi dy gariad newydd di?" gofynnodd Liv yn blwmp ac yn blaen.

"Ia Liv, dyma Ifan. Ifan, dyma Liv."

Ar ôl dymuno pen-blwydd hapus iddi, gofynnodd Ifan i'r

ddwy beth roedden nhw eisiau i'w yfed o'r bar.

"Dw i'n iawn diolch, mae gen i un ar y ffordd," atebodd Liv.

Ar y gair, cyrhaeddodd Gruffudd Tyddyn Wisgi efo dau wydriad o siampên. Drwy gornel ei llygaid, sylwodd Cerys fod y ddau i'w gweld yn dipyn o ffrindiau, er gwaethaf y ffaith fod Gruffudd tipyn yn hŷn na Liv.

Roedd y band, Pys Melyn, wrthi'n gosod eu hoffer ar y llwyfan, o dan fwa o faneri a balŵns. Drwy lwc roedd y pedwar arall wedi cyrraedd yn ddigon buan i fachu bwrdd oedd yn ddigon mawr iddyn nhw i gyd.

"Dacw hi Cerys!" meddai Ffion gan godi ar ei thraed i chwifio ei llaw arni.

"Dyma chdi," meddai Ifan, gan roi diod iddi. Gafaelodd yn ei llaw ac ymlwybrodd y ddau i gyfeiriad y bwrdd.

Ar ôl cyflwyno Ifan i Sioned ac Elgan, eisteddodd Cerys wrth ochr Ffion, a dechrau ei holi'n syth.

"Ers pa bryd mae Liv a Gruffudd Tyddyn Wisgi yn ffrindia, Ffi?"

"Ydyn nhw? Aros funud, ddaru Brychan ddeud bod Liv a'i mam yn cadw eu ceffyla yn Nhyddyn Wisgi."

"O, wela i, dwi'n dallt rŵan. Ew, mae hi'n boeth yma," meddai, a chododd ar ei thraed i dynnu ei siaced ledr a'i rhoi ar gefn ei chadair. Trodd at Ffion, gan sibrwd yn ei chlust, "Ydw i'n edrych yn iawn yn y top 'ma, Ffi? Dwi ddim yn dangos gormod, na?"

"Braidd yn hwyr rŵan, yn tydi?" meddai Ffion, gan ddechrau giglan. "Na, o ddifri Cer, ti'n edrych yn grêt."

Eisteddai Elgan gyferbyn â Cerys, efo'i lygaid wedi eu hoelio arni. Rhoddodd Sioned bwniad yn ei ochr, "Tro chdi i fynd i'r bar ydi hi, Elgan."

"Sori?"

"Tro chdi i fynd i'r bar!" meddai'n uwch y tro hwn.

"Ocê, ocê. 'Sdim isio gweiddi."

"Pam ti'n flin?" holodd Sioned yn bigog.

"Dydw i ddim yn flin, chdi sy'n swnian!"

Doedd o ddim wedi bwriadau gweiddi, ac fe ymddiheurodd yn syth cyn diflannu i'r bar. Roedd Sioned wedi pwdu, tra bod y pedwar arall yn cymryd arnyn nhw nad oedd dim o'i le. Dychwelodd Elgan efo diod iddo fo a Sioned, a shot o Jägermeister i bawb.

"Un dau, un dau," meddai Ceiri Pys Melyn, drwy'r meicroffon. "O'n i'n meddwl y bysan ni'n gallu gneud rhyw *sound check* bach sydyn. Be 'dach chi ffansi glywed?"

"Bolmynydd! Bolmynydd!" gwaeddodd y gynulleidfa. Cododd Cerys ar ei thraed, wedi gwirioni a llusgo Ifan efo hi i ddawnsio.

Roedd Cerys yn difaru gwisgo'r esgidiau sodlau uchel, ond roedd Ifan wrth ei fodd ei bod hi'n dawnsio yn ei freichiau. Chafodd Pys Melyn ddim gadael y llwyfan ar ôl y gân honno. Doedd y gynulleidfa ddim am dawelu nes eu bod nhw wedi gorffen y set gyfan. Ar ôl iddyn nhw ganu pen-blwydd hapus i Liv, aeth Cerys ac Ifan yn ôl i eistedd wrth y bwrdd.

"Mae 'nhraed i'n fy lladd i. Ti'n meindio mynd i'r bar, Ifan?"

"Dim problem," atebodd Ifan, "a i â'r gwydrau yma'n ôl efo fi," meddai, gan ddechrau casglu'r holl wydrau gwag oedd wedi hel o flaen Elgan.

"'Neith hi shot arall o Jägermeister?" holodd Ifan gan edrych ar bawb oedd o amgylch y bwrdd.

"Duw, ia. Diolch i chdi, Ifan," meddai Elgan a'i dafod yn dew.

"Ti ddim yn meddwl bod chdi 'di cael digon?" heriodd Sioned yn ddiamynedd.

"Digon arnat ti'n gweld bai, yndw," oedd ymateb blin Elgan o dan ei wynt, a cheisiodd godi ar ei draed. Ond roedd o'n sigledig, a gafaelodd Ifan yn ei fraich mewn da bryd, gan ei arbed rhag disgyn. Cododd Brychan hefyd a gafael ym mraich arall Elgan.

"Ty'd 'rhen fêt. Awn ni allan am dipyn o awyr iach."

Roedd gan Cerys ddau ddewis, cadw cwmpeini i Sioned, neu fynd i'r bar.

"Be gymrwch chi o'r bar, genod?" gofynnodd gan geisio ymddangos mor normal â phosib. Ei hanwybyddu hi wnaeth Sioned.

"Dybl jin a tonic plis," atebodd Ffion.

Pan ddychwelodd Cerys efo'r diodydd roedd Sioned yn crio ym mreichiau ei chwaer. Gafaelodd Cerys yn ei siaced ledr.

"Dw i am fynd, Ffi," meimiodd Cerys, a chododd Ffion ei bawd arni. Daeth o hyd i'r tri arall yn eistedd wrth un o'r byrddau y tu allan. Roedd Elgan efo'i ben yn ei ddwylo ac roedd braich Brychan yn dynn amdano.

"Pawb yn iawn?" holodd Cerys.

Cododd Elgan ei ben, ei leferydd yn dal yn aneglur. "Sbot on, Cerys. Dydw i rioed 'di bod cystal... Gyda llaw Cerys, mae Mam isio chdi ddod draw i edrych dros fwy o ffurflenni... Sori i swnian arna chdi eto," meddai, a rhoddodd ei ben yn ôl yn ei ddwylo.

"Dwi 'di ffonio tacsi. Mi 'na i fynd â fo adra a'i roi o'n ei wely," meddai Brychan yn frysiog gan atal Elgan rhag bwrw ei fol ymhellach.

"Ia, syniad da," meddai Cerys. "Fysa well i ninna ei throi hi hefyd, Ifan?"

Nodiodd Ifan yn dawel.

Er i'r ddau eistedd yng nghefn y tacsi yn gafael dwylo, teimlodd Cerys fod bwlch sydyn wedi datblygu rhwng Ifan a hithau. Torrodd Ifan ar y chwithdod, "Am faint oeddach chi'n canlyn felly?"

"Be? Am bwy ti'n sôn?"

"Cym on Cerys, ti'n gw'bod yn iawn. Mae o'n amlwg dros ei ben a'i glustia mewn cariad efo chdi."

"Paid â rhuo! Ffrindia ydi Elgan a fi, dim mwy na hynny. Mae o wedi bod trwy lot yn ddiweddar…"

A dyna ddiwedd ar y sgwrs.

Pan gyrhaeddon nhw'r *chalet*, aeth Cerys i'r drôr i nôl y bibell fechan a gafodd hi'n anrheg gan Ifan. Llenwodd hi â gwair ac eisteddodd y ddau yn fud wrth wylio rhaglen ddogfen am fyd natur yn Affrica. Disgynnodd Ifan i gysgu ar y soffa a rhoddodd Cerys ddwy flanced drosto. Eisteddodd ar erchwyn ei gwely i dynnu'i dillad isaf du. Lluchiodd y cyfan i'r fasged ddillad budur a llithrodd i mewn i'r gwely oer.

Pennod 13

Parciodd Cerys y mini bach coch dafliad carreg o'r swyddfa. Piciodd yn sydyn i'r siop bob dim i nôl fferins i'w cnoi yn ystod cyfarfod pwyllgor cynllunio'r cyngor sir yn nes ymlaen. Er ei bod yn anarferol o oer i fis Tachwedd, roedd criw o bobol wedi ymgynnull y tu allan i'r siop. Clywodd sŵn chwerthin, a sylwodd eu bod nhw i gyd yn edrych ar sgrin eu ffôn.

"Merfyn perfyn!" meddai un o drigolion Aberwylan, gan ysgogi'r gweddill i ddechrau chwerthin eto.

Roedd Cerys wedi anghofio bod hanes ymddygiad anweddus ficer Llanidwal wedi ymddangos yn fyw ar flog Problemau Penrhynsiriol y bore hwnnw, gan i'w meddwl fod ar gymodi efo Ifan cyn iddo ddychwelyd i Sir Fôn. Diolch byth, roedd hi wedi llwyddo i'w berswadio bod Elgan yn rhan o'i gorffennol a'i bod hi, fel sawl un arall o'r gymuned, yn ei gefnogi fo a'i fam yn eu brwydr i gadw to uwch eu pennau. Daeth y drafodaeth i ben gyda charu gwyllt gwefreiddiol.

Roedd Cerys yn falch o gyrraedd y swyddfa i gynhesu, ond nid yr oerni'n unig oedd yn brathu'r bore hwnnw gan fod hwyliau drwg ar Robin hefyd wrth iddo ef a Gerallt syllu ar sgrin y cyfrifiadur.

"Be ti'n w'bod am y sothach 'ma'r gloman Delyth Comin Greenham 'na 'di roi yn ei blog? Stori debyg iawn i dy un di 'nes i wrthod ei chyhoeddi ar wefan yr *Herald* 'chydig yn ôl."

"Bore da i chi'ch dau hefyd," atebodd Cerys yn llawen efo tinc o goegni i geisio cuddio'i nerfusrwydd.

Pan aeth draw at y dynion ac edrych ar y sgrin bu bron iddi â chwerthin yn uchel pan ddarllenodd y pennawd: 'Ficer Llanidwal yn dangos ei goc'. Dyna un ffordd o dynnu sylw at yr erthygl, meddyliodd.

"Rargian fawr!" meddai Cerys gan ymddangos fel petai wedi dychryn. "Gobeithio nad ydach chi'n honni 'mod i wedi sgwennu rwbath mor ddi-chwaeth."

Ochneidiodd Robin yn rhwystredig tra edrychai Gerallt arni'n ddireidus wrth bwyntio at y sgrin.

"Sbia, Robin, mae 'na gyfeiriad e-bost ar gyfer *tip offs* ar y wefan... mae'n siŵr na un o bobol Betws Dyfed, fel y Catrin yna, sydd wedi anfon y stori at Delyth."

Diolchodd Cerys iddo efo gwên garedig.

"Ia, mae'n siŵr," oedd ateb pwdlyd Robin.

Am ddeg o'r gloch, cyhoeddodd Cerys ei bod yn mynd draw i siambr y cyngor sir.

"Mae cais cynllunio James Alexander i ehangu'r marina ar yr agenda. A chais Tomi Lee i gadw chwe charafán."

"Da iawn, siawns y bydd 'na ddigon o ddiddordeb yn y ddwy stori yna," meddai Robin. "G'na yn siŵr dy fod di'n dod yn ôl yn syth ar ôl iddyn nhw neud penderfyniad, fel ein bod ni'n gallu cyhoeddi'r straeon mor fuan â phosib."

Croesawodd Cerys frathiad yr oerni wrth ddianc o'r swyddfa.

*

Eisteddai Cerys yn siambr y cyngor sir yn aros i'r pwyllgor cynllunio ddechrau. Byddai wedi gallu gwylio'r cyfan yn fyw ar ei chyfrifiadur ond doedd y camera ddim yn llygaid i bopeth. Drwy fod yn y siambr ei hun, gallai deimlo'r tyndra, y cyffro, yr angerdd a'r diflastod yn yr ystafell. Ar adegau, byddai'n cael mwy o wybodaeth drwy wylio wynebau nag wrth wrando.

Roedd dros saith deg o gynghorwyr ar draws y sir gyfan, ond dim ond pymtheg ohonyn nhw oedd ar y pwyllgor cynllunio. Aelodau o Blaid y Bobol oedd y mwyafrif helaeth ac ambell i gynghorydd annibynnol.

Hwn oedd y pwyllgor cynllunio cyntaf i Buddug Tyddyn Wisgi ei fynychu ers iddi gael ei hethol i gynrychioli Llanidwal. Cafodd gryn drafferth i gyrraedd ei sedd gan fod aelodau Plaid y Bobol yn awyddus i'w llongyfarch a'i chroesawu. Dechreuodd Cerys glustfeinio.

"Da iawn chdi, Buddug, am roi chwip o gweir i'r hen James Alexander yna."

"Diolch yn fawr iawn i chdi, Tudwen. Mi o'n inna isio dy longyfarch dithau am dy waith efo'r cŵn tywys," atebodd Buddug.

Daeth sŵn chwerthin ffals o gyfeiriad y drws. Sylwodd Cerys fod un o'r prif swyddogion yn ei ddal ar agor i rywun.

"Diolch i chi, rydach chi'n ŵr bonheddig," meddai'r arweinydd, y Cynghoryydd Helen Edwards. Fel paen ar dir Plas Llechi, camodd i mewn i'r siambr, yn malio dim ei bod hi'n hwyr a bod pawb wedi aros amdani. Gwisgai ffrog lliw arian wedi ei gwneud o sidan a gwlân ysgafn – ffrog newydd roedd hi wedi ei phrynu mewn siop yng Nghaer yn arbennig ar gyfer yr achlysur. Doedd hi ddim yn barod i adael i Buddug ddwyn yr holl sylw yn ei chyfarfod cyntaf fel aelod o'r pwyllgor cynllunio.

"Bore da," meddai'r cadeirydd, "Croeso i bawb sydd yma yn y siambr ac i bawb sy'n ymuno efo ni'n rhithiol... Rydan ni'n cael trafferth efo'r dechnoleg heddiw, felly mi fydd yn rhaid i bawb bleidleisio yn y ffordd hen ffasiwn, drwy godi llaw... Y cais cyntaf o'ch blaen chi heddiw ydi un gan Mr James Alexander, perchennog Blue Wave Solutions, i ehangu marina Aberwylan er mwyn darparu cant yn rhagor o angorfeydd. Ga i ofyn i Erin Palladino, prif swyddog cynllunio'r cyngor sir, am ei chyfraniad hi, os gwelwch yn dda?"

"Diolch, Mr Cadeirydd. Mae nifer o sylwadau wedi dod i law sy'n codi pryderon am arafwch y llif traffig trwy dref Aberwylan yn ystod yr haf. Yn eu plith, mae un gan bennaeth brigâd dân Penrhynsiriol, ac un arall gan bennaeth y gwasanaeth ambiwlans lleol. Mi welwch eu bod wedi darparu rhestr o ddyddiadau yn ystod mis Awst y llynedd, pan gafodd yr injan dân a'r ambiwlans drafferth i yrru allan o'r dref i ymateb i alwadau brys. Maen nhw am gael gw'bod sut effaith fysa cant yn ychwanegol o angorfeydd yn ei gael ar y llif traffig yn ardal Aberwylan."

Wrth gloi, dywedodd Erin Palladino, ei bod yn argymell gohirio unrhyw benderfyniad. Roedd hynny, meddai, er mwyn rhoi mwy o amser i Mr Alexander ddarparu'r wybodaeth angenrheidiol ar gyfer yr adran briffyrdd ac amgylchedd.

Diolchodd y cadeirydd iddi, ac yna estynnodd wahoddiad i'r Cynghorydd Tudwen Puw, yr aelod lleol dros Aberwylan, am ei sylwadau.

"Diolch, Mistar Cadeirydd. Mae yna ddiffyg gwybodaeth dychrynllyd yn elfennau o gais cynllunio Mr Alexander. Faswn i'n licio gweld asesiad o effaith y datblygiad ar yr iaith Gymraeg."

Eisteddai James Alexander yn yr oriel gyhoeddus, yn gwrando ar gyfieithiad o'r drafodaeth drwy glustffonau. Ac yntau'n awyddus i greu argraff ffafriol, roedd wedi gwisgo ei siwt orau a thei, yn hytrach na'r tei bô y byddai'n ei ffafrio fel rheol. Sylwodd Cerys fod golwg ddryslyd wedi ymddangos ar ei wyneb.

Ymhen hir a hwyr, fe ddaeth yn amser pleidleisio. Yn ôl yr arfer, roedd Helen Edwards wedi rhoi gorchymyn i bawb sut i bleidleisio. Ufuddhaodd pob aelod o Blaid y Bobol drwy ddatgan eu bod am wrthod y cais... pawb heblaw am un.

"Arhoswch funud," meddai Helen, efo osgo'n dangos mymryn o embaras. "Dyw'r Cynghorydd Buddug Morgan ddim eto'n deall sut mae pob dim yn gweithio. Buddug – mae isio i chi godi eich llaw efo'r gweddill ohonon ni."

"Dw i'n atal fy mhleidlais," meddai Buddug, a throdd pob llygaid i edrych o un ddynes i'r llall. "Gan mai newydd fy ethol ydw i," parhaodd Buddug, "dydw i ddim yn teimlo 'mod i'n ddigon cyfarwydd efo'r drefn gynllunio eto, nac wedi derbyn digon o wybodaeth am y cais er mwyn gwneud penderfyniad."

Clywodd Cerys sŵn sisial o gyfeiriad ambell gynghorydd. Gwyddai rhai fod Helen wedi edliw nad oedd gan Buddug unrhyw brofiad o systemau mewnol llywodraeth leol. Mewn gwirionedd, roedd hi'n dal dig am fod Buddug wedi bygwth sefyll yn erbyn ei mab, tasa Plaid y Bobol wedi ei ddewis o'n ymgeisydd yn is-etholiad Llanidwal.

Sylwodd Cerys fod James Alexander wedi codi ar ei draed a'i fod yn hel ei bethau i'w friffces cyn gadael. Cododd ac aeth ato.

"Mr Alexander, may I have a quick word, please?"

"Before you ask, I'm naturally very disappointed, Cerys. I had hoped for a more enlightened response... but never mind, I'm not short on ideas that will bring prosperity to this lovely neck of the woods. As for this language impact assessment thingie, well that's a new one for me! And frankly, I don't get it. What has the Welsh language to do with moorings in a marina? I'm baffled to be honest with you... Give my regards to your editor. Fine chap."

Safodd Cerys yn stond. Byddai ymateb di-hid James yn sicr o wylltio'r Heddlu Iaith, a byddai'n gallu godro'r stori am ddyddiau i ddod.

"Yr eitem nesaf ar yr agenda yw cais cynllunio gan Tomi Lee. Mae Mr Lee yn gofyn am ganiatâd i greu safle i chwe charafán ym Mhen Bryn, Llanidwal, ar gyfer aelodau'r gymuned Sipsiwn, Roma a Theithwyr."

Y munud hwnnw, agorwyd drws y siambr efo'r fath rym nes iddo daro'n galed yn erbyn cadair oedd yn dal pentwr o ffeiliau. Syrthiodd rhai i'r llawr, a rhuthrodd y Cynghorydd Trefor Roberts i mewn. Plastrwr ydoedd wrth ei waith bob dydd ac roedd gwawr frowngoch dros ei ddillad gwaith.

"Ym, ia," meddai'r cadeirydd, ei lais yn grynedig. "Dwi'n mynd i ofyn i Erin Palladino am safbwynt yr adran gynllunio, cyn i mi agor y drafodaeth. Ga i dawelwch, os gwelwch yn dda?"

"Diolch, Mr Cadeirydd. Cais ydi hwn gan ddyn lleol i greu safle i chwe charafán o fewn y ffin ddatblygu ym mhentref Llanidwal. Mae'r adran briffyrdd yn hapus efo'r mynediad i'r safle oddi ar y briffordd. Ac o ran y tirlun, mi fyddai Mr Lee yn plannu mwy o goed, fel na fydd hi'n bosib gweld y safle o'r ffordd fawr. Mae'r Bwrdd Dŵr a'r Bwrdd Bio-amrywiaeth yn hapus efo'r cynllun hefyd, felly, dydw i ddim yn gweld rheswm cynllunio dros wrthod y cais."

Cododd y Cynghorydd Trefor Roberts ei law cyn i Erin Palladino orffen siarad.

"Mae Mr Roberts am ddeud gair," meddai'r cadeirydd, gan

ddechrau anesmwytho. Un o natur wyllt a byrbwyll oedd Trefor ac roedd hi'n amlwg i bawb yn y siambr, fod ganddo asgwrn i'w grafu.

"Bora heddiw, ges i w'bod bod Ysgol Gynradd Porth Saint yn mynd i golli un athro! Sut ar wyneb y ddaear mai mewn garej betrol y ces i w'bod am hyn a finna'n aelod lleol dros Borth Saint?"

"Be sy gan hynny i'w neud efo'r cais cynllunio dan sylw, Trefor?" gofynnodd y cadeirydd.

"Llawer iawn. Tydi'r ardal yma'n frith o dai haf ac Airbnb. Dyna pam bod Ysgol Porth Saint yn colli athro!"

Dangosodd y cadeirydd gledr ei law, "Glynwch at yr agenda, Trefor. Rydan ni'n trafod cais cynllunio i greu safle i gadw chwech o garafannau ar gyfer y gymuned Sipsiwn, Roma a Theithwyr. Trafodwch hyn, neu eisteddwch, os gwelwch yn dda."

"Dim problem," meddai Trefor, efo gwên faleisus ar ei wyneb. "Dw i'n cefnogi'r cais i'r carn. A dwi'n gobeithio y bydd teuluoedd ifanc yn symud i fyw i Ben Bryn ac yn anfon eu plant i Ysgol Porth Saint."

Cododd y Cynghorydd Helen Edwards ei llaw. Dim ond yn lled ddiweddar y daeth Cerys i wybod pa mor anarferol oedd hi i arweinydd cyngor sir eistedd ar bwyllgor cynllunio. Er hynny, doedd hi ddim yn torri unrhyw reol.

"Mistar Cadeirydd, diolch i chi am gadw trefn," meddai'r arweinydd. "Mae sawl un wedi dod ata i, i wyntyllu eu pryderon am y cais cynllunio hwn. Dwi'n ofni nad dyma'r lle cywir ar gyfer safle o'r fath... Mae o'n llawer yn rhy agos at y ffordd fawr, yn enwedig o feddwl y gall plant bach ddod i fyw yno."

Cododd Trefor Roberts ar ei draed, "Paid â rhuo'r gloman

wirion! Mae'r adran briffyrdd wedi deud nad oes ganddyn nhw ddim math o wrthwynebiad. Pwy ddiawl wyt ti i ddeud yn wahanol?"

"Trefor!" gwaeddodd y cadeirydd, "Mi 'nes i'ch rhybuddio chi'n gynharach i gadw at y drefn. Dwi isio i chi adael y siambr heb yngan yr un gair arall os gwelwch yn dda. Does gen i ddim amheuaeth y bydd eich ymddygiad yma heddiw yn destun ymchwiliad."

Gadawodd Trefor y siambr efo'i wynt yn ei ddwrn.

"Y Cynghorydd Buddug Morgan yw'r aelod lleol dros Lanidwal. Gawn ni eich sylwadau ar y cais, os gwelwch yn dda?" meddai'r cadeirydd, gan ochneidio wrth dynnu ei law drwy'i wallt.

"Diolch, Mr Cadeirydd. Dw innau wedi derbyn nifer o alwadau ffôn yn gwrthwynebu'r cais – rhai ohonyn nhw'n ddienw. Dwi hefyd wedi cael sawl e-bost. Ond, gan nad oes yr un ohonyn nhw wedi cynnig rheswm cynllunio dros eu gwrthwynebiad, does gen i ddim dewis ond diystyru'r cwbl, gan mai ar sail rhagfarn y maen nhw'n gwrthwynebu'r cais."

Gan ddangos casineb pur, edrychodd Helen Edwards yn syn ar Buddug.

"Mae gen i gwestiwn i'r prif swyddog cynllunio," meddai Buddug, gan edrych i gyfeiriad Erin Palladino. "Beth yw'r drefn, o ran darparu safleoedd ar gyfer Sipsiwn, Roma a Theithwyr o fewn y sir?"

Gwyrodd Erin yn ei blaen fel bod y meicroffon yn dal pob gair. "Mae gan y cyngor sir ddyletswydd statudol i gynnal asesiad o anghenion lletty Sipsiwn, Roma a Theithwyr. Ar hyn o bryd, mae angen deg safle ar eu cyfer o fewn y sir."

"Gan fy mod i'n newydd, fedrwch chi egluro wrtha i, faint o safleoedd y mae'r cyngor sir wedi eu darparu a lle maen nhw?"

Pan oedd hi'n iau, roedd Erin Palladino wedi disgleirio wrth lefaru ar lwyfannau eisteddfodau bach a mawr. Ers iddi roi'r gorau i gystadlu, cyfrannu yn y siambr oedd yr unig gyfle a gâi i siarad yn gyhoeddus. Daeth golwg boenus dros ei hwyneb, ac efo peth gofid, atebodd: "Un yn unig."

Galwodd y cadeirydd am dawelwch a chafodd Erin wahoddiad i ymhelaethu.

"Mae yna un safle hanesyddol yng ngogledd y sir. Cafodd peth gwaith uwchraddio ei wneud ar y lle ddwy flynedd yn ôl, yn dilyn ymyrraeth gan Lywodraeth Cymru."

"Ymyrraeth?" prociodd Buddug.

"Ia," atebodd Erin. "Roedd Llywodraeth Cymru isio i'r cyngor sir wneud gwaith cynnal a chadw o ran atal llifogydd. Mi oedd yna broblemau hefyd efo'r gwaith carthffosiaeth."

Edrychai Buddug fel petai'n pwyso a mesur. Ond, mewn gwirionedd, roedd hi'n anelu at gau giât y gorlan ar y defaid oedd hi wedi eu hel.

"Dw i'n hapus i gymryd arweiniad y prif swyddog cynllunio, sy'n argymell rhoi caniatâd cynllunio i Mr Lee," meddai'n bwyllog gan gymryd cipolwg ar y ddogfen gynllunio o'i blaen. "Ond, dwi hefyd yn gwerthfawrogi bod gan rai aelodau bryderon. Felly, dwi'n cynnig ein bod ni'n gohirio'r penderfyniad ac yn trefnu i ymweld â'r safle."

"Mae gen i gynnig gan y Cynghorydd, Buddug Morgan, gawn ni bleidlais, os gwelwch yn dda?" gofynnodd y cadeirydd, gan gymryd manylion y bleidlais. "Dyna ni felly," meddai'r cadeirydd, "mae'r cynnig i ymweld â'r safle wedi ei basio."

Ar ei ffordd yn ôl i gyfeiriad y swyddfa daeth Cerys wyneb yn wyneb â Gruffudd Tyddyn Wisgi ac Olivia. Roedd y ddau'n cerdded law yn llaw heb ofid yn y byd. Cyfarchodd pawb ei gilydd, ac meddai Cerys: "Dwi newydd weld dy fam, Gruffudd.

Mae hi'n chwa o awyr iach yn y cyngor sir 'na. Roedd dy dad yno hefyd, Liv."

"O! Paid â sôn amdano fo. 'Dan ni wedi ffraeo, am ei fod o'n deud bod Gruffudd yn rhy hen i mi. Dim ond deng mlynedd o wahaniaeth oed sy 'na! Mae 'na wyth mlynedd rhwng Mam a Dad. Rhagrith ydi peth felly, yndê Cerys?"

"*No comment*, Liv," meddai, a chwarddodd y tri. Ceisiodd Cerys droi cyfeiriad y sgwrs. "Sut mae Grug? Dwi heb weld dy chwaer ers oes pys."

"*Champion*, diolch. Gafon ni haf andros o brysur efo fisitors – boncyrs braidd. Mae hi wedi ymestyn y caffi ac mae ganddi siop yn gwerthu 'nialwch, sori, swfenîyrs dwi'n feddwl. Wrth gwrs, mae hi 'di cau bob dim rŵan tan y Pasg."

"Wel, cofia fi ati," meddai Cerys, gan egluro bod rhaid iddi frysio'n ôl i'r swyddfa.

"Gafodd Dad ganiatâd cynllunio, ta be?" holodd Olivia.

"Naddo, dim heddiw, Liv."

"O na, mi fydd mewn hwylia drwg eto heno, felly. Ella fysa'n well i mi aros noson arall efo chdi, Gruffudd?" meddai gan roi gwên hyfryd i'w chariad.

"Syniad da," atebodd yntau wedi'i blesio a golwg wedi mopio ei ben yn llwyr arno.

Pennod 14

Pan gyrhaeddodd Cerys swyddfa'r *Herald* roedd Gerallt a Lora wrthi'n sibrwd yn y gegin. Cyfarchodd hi'r ddau gan sylwi bod golwg bryderus arnyn nhw.

"Be sy'n bod?" gofynnodd, gan edrych o'r naill i'r llall.

Rhoddodd Lora gipolwg nerfus i gyfeiriad y drws allanol, cyn holi mewn llais bach distaw, "Ti heb glywed?"

"Clywed be?"

"Deud wrthi, Gerallt. Chdi gafodd y stori."

"Am y cyrch ar y cyd rhwng yr Awdurdod Caethwasiaeth Fodern a Heddlu'r Gogledd. Ar Far Ewinedd Felin Wen?"

"Do, mi oedd o ar y bwletin newyddion pan o'n i'n gyrru i mewn i'r dre. 'Nath y cyflwynydd ddeud ei bod hi'n ymgyrch ar hyd arfordir y gogledd, ond dydw i ddim yn cofio iddo fanylu ar yr union lefydd, chwaith. Fuon nhw'n Felin Wen, do? Dim rhy bell o fama, felly. Diddorol."

Cymerodd Gerallt ei wynt ato, cyn egluro. "Dydi'r heddlu ddim wedi rhyddhau'r manylion yn llawn eto, mae pawb yn aros am gadarnhad swyddogol o'r lleoliadau, ac am y nifer o bobol sy 'di cael eu harestio. 'Sgen i'm syniad sut ydan ni'n mynd i adrodd y stori…" meddai Gerallt, gan roi ei law ar ei dalcen.

"Pam ti'n poeni?" holodd Cerys.

"'Nath Betsan o swyddfa wasg yr heddlu fy ffonio i roi gw'bod imi'n ddistaw bach fod Robin 'di cael ei ddal i fyny'r grisia."

"Be ti'n feddwl, 'i fyny'r grisia'?" holodd Cerys.

"I fyny'r grisia ym Mar Ewinedd Efail Wen!" meddai Lora, yn ddiamynedd.

"Be oedd o'n neud i fyny'r grisia?"

Edrychodd Lora tua'r nenfwd. "Cerys, mi oedd Robin i fyny'r grisia'n cael ei blesio."

"Paid â ffwcian!"

"Yn union," meddai Lora, gan ddechrau twt-twtian.

Cymerodd Cerys ennyd i ystyried y newyddion, cyn dechrau holi rhagor. "Ydi Robin wedi cael ei gyhuddo o rwbath, Gerallt?"

Rhoddodd yr is-olygydd ochenaid flinedig, cyn ateb. "Yn ôl Betsan, mae'n rhaid aros i'r cyfieithwyr gyrraedd cyn y gallan nhw holi'r merched. Mewn achosion fel hyn, medda hi, mi fydd y *gang masters* yn siŵr o ddeud 'na jyst gweithio mewn siopa harddwch maen nhw. Mi fyddan nhw'n dadla, bob tro, bod unrhyw weithred rywiol yn fargen breifat sy'n cael ei tharo rhwng y gweithiwr a'r cleient."

"Pa ieithoedd mae'r merched yma'n eu siarad?" gofynnodd Cerys.

"Ella Mandarin neu Gantonîs. Dyna mae'r heddlu'n gobeithio, gan ei bod yn weddol hawdd dod o hyd i gyfieithwyr ar gyfer y ddwy iaith yna, yn ôl Betsan."

"Dwi'n rhyfeddu bod Betsan wedi deud cymaint," meddai Cerys, heb guddio'r ffaith nad oedd hi'n hidio llawer amdani.

"Mae Betsan yn gyfnither imi, Cerys," meddai Gerallt, fymryn yn sych.

Daeth sŵn gweiddi o gyfeiriad y drws a brysiodd y tri i weld pwy oedd yno.

"Lle mae o?" arthiodd Glenda, gwraig Robin, gan luchio bag llawn dillad ar lawr y swyddfa. Doedd dim dwywaith ei bod hi'n gandryll.

"Sut fedra fo, Gerallt? Mi fydd pawb yn gw'bod cyn nos."

Daeth golwg boenus dros wyneb Gerallt. "Dowch rŵan, Glenda, mi 'na i banad i chi, a chewch ddeud wrtha i be 'dach chi 'di glywed, a gan bwy," meddai, gan ei hebrwng i'r gegin.

Edrychodd Cerys a Lora ar ei gilydd ac aeth y ddwy i eistedd wrth eu desgiau. Ymhen rhyw bum munud, cyrhaeddodd Robin, yn edrych fel rhywun oedd newydd gael ei lusgo drwy'r drain.

"Bore da," meddai'r ddwy, ond dim ond rhochian arnyn nhw wnaeth eu golygydd. Edrychodd yn hurt ar y bag dillad cyfarwydd ynghanol y llawr.

"O le ddoth hwn?" gofynnodd, gan edrych o'r naill i'r llall. Ond cafodd Cerys a Lora osgoi ei ateb, wrth i Glenda ddod o'r gegin.

"Y bastad budr!" meddai, gan feichio crio yn y fan a'r lle. Trodd pawb i edrych ar Robin wrth iddo gymryd cam gofalus yn nes at ei wraig. "Fedra i egluro bob dim i chdi, Glen. Camddealltwriaeth ydi hyn i gyd, dw i'n gaddo i chdi. Mi... mi... mi o'n i ar drywydd stori ti'n gweld, o'n i *undercover...*"

Edrychodd Glenda'n gegagored arno, "Dwi 'di clywed y blydi lot rŵan." Trodd i edrych ar bawb arall, gan ofyn, "Oes 'na unrhyw wirionedd yn be mae hwn yn 'i ddeud?"

"Dw i'n picio i nôl llefrith," meddai Cerys gan brysuro i godi ei bag a gwisgo ei chôt. Roedd hi wedi cael llond bol ar broblemau pobol eraill.

Camodd allan o'r swyddfa ac aeth i chwilio am anrheg ar gyfer parti ei ffrindiau, Gwawr a Nanw, a oedd yn dathlu eu bod yn symud i'w fflat newydd yn Aberwylan. Ei chyfrifoldeb hi oedd paratoi'r pwdin, ac roedd hi eisoes wedi pobi dwsin o gacennau canabis a siocled. Mwy na digon i bob un o'r gwahoddedigion, a rhai dros ben ar gyfer y mwyaf barus. Byddai Ifan yn cyrraedd tua chwech o'r gloch, efo'i gitâr, gan fod Gwawr a Nanw wedi gofyn i bawb oedd yn gallu chwarae offeryn ddod ag un efo nhw.

Aeth i mewn i'r Siop Lestri oedd ar un o strydoedd bach cefn Aberwylan. Tarodd ei llygaid yn syth ar gloc wedi ei wneud o lechen Gymreig â draig goch arni. Perffaith. Yna, er mwyn lladd amser, yn y gobaith y byddai Robin a Glenda wedi mynd adra i ffraeo, piciodd heibio swyddfa Tacsi i'r Tywyllwch.

"Ew, Lois Lane, myn diawl i!" meddai Anwen, a rhoddodd y tegell i ferwi. Pan fyddai'n wythnos go dlawd am straeon, byddai Cerys yn picio i'w gweld. Ar adegau, byddai rhai o'i chwsmeriaid yn llac iawn eu tafod, yn enwedig os oedden nhw wedi bod yn yfed yn o drwm.

Bwciodd Cerys lifft iddi hi ac Ifan am saith o'r gloch y noson honno. Yna, aeth i nôl llefrith ar gyfer y swyddfa. Erbyn iddi gyrraedd yn ôl, roedd Robin, Glenda a'r bag dillad wedi diflannu, a golwg wedi cael llond bol ar Gerallt a Lora. Roedd yr holl firi yn gynharach wedi lladd pob sgwrs a chafodd Cerys gyfle i fwrw ati efo'i gwaith.

*

Yn ôl ei arfer, cyrhaeddodd Ifan y *chalet* efo dwsin o rosod coch yn anrheg i Cerys. Cusanodd y ddau yn dyner, cyn i bethau ddechrau poethi rhyngddyn nhw.

"Mi fydd y tacsi yma mewn llai nag awr," sibrydodd Cerys yn ei glust. Ond roedd hi'n mwynhau gormod ar y cyffro rhwng ei choesau i dynnu ei hun o'i freichiau.

"Well i ni frysio felly," meddai yntau, gan ddechrau agor botymau ei jîns hi. Camodd hithau allan ohonyn nhw a rhoi cymorth iddo dynnu ei drowsus. Gwelodd ei fod bron â byrstio o'i drôns ac aeth yr ysfa rywiol a deimlai tuag ato'n drech na hi. Efo'i ddwy law, gafaelodd Ifan am ei phen ôl a'i rhoi i eistedd ar y bwrdd. Pan roddodd ei hun i mewn ynddi rhoddodd Cerys waedd o bleser. Yna, yn llawn gwylltineb, gafaelodd yn dynn ym mochau ei din a'i gymell i gyflymu, nes iddi gyrraedd ei phenllanw. Gwenodd y ddau a chusanodd Ifan hi'n dyner.

"Dyna groeso gwerth dod yr holl ffordd o Sir Fôn amdano," meddai gan edrych yn gariadus i fyw ei llygaid.

Neidiodd Cerys i'r gawod, ac erbyn iddi wisgo amdani a rhoi colur gallai glywed y gyrrwr tacsi yn canu corn tu allan. Brysiodd y ddau i mewn i'r car a chafodd Cerys syndod o weld Anwen ei hun wrth y llyw, yn gwisgo mwgwd am ei hwyneb.

"Haia, Anwen. O'n i'n disgw'l gweld Marius?"

"Mae 'na ryw feirws yn mynd o gwmpas a dydi Marius ddim hannar da. Dwi'n iawn, ond o'n i'n meddwl bydda'n well i mi wisgo mwgwd, jyst rhag ofn. Fysa chdi'n synnu faint o bobol sy'n canu yng nghefn y tacsi 'ma ar nos Wenar a nos Sadwrn."

Wrth nesáu at y bloc o fflatiau yn Ffordd Waldo, canodd Anwen ei chorn a chododd ei llaw ar Eifion y postmon. Roedd o'n llwythog gan neges, wrth geisio gwthio plentyn mewn cadair olwyn.

"Oeddat ti'n gw'bod bod Eifion am roi'r gora i'w waith er mwyn gofalu'n llawn amser am Iddon, ei fab?"

"Na wyddwn i. Pam?" holodd Cerys.

"Mi fydd yn rhaid iddo gario Iddon ar ei gefn rŵan yr holl ffordd i'r trydydd llawr. Tra bydd o yn yr ysgol, mi fydd Eifion yn treulio ei amser yn cadw'n ffit ac yn codi pwysa. Fel arall, mi fydda Iddon yn gaeth i'r fflat."

"Does yna ddim lifft?"

Rhoddodd Anwen chwerthiniad sych, "Yn Ffordd Waldo ydan ni rŵan cofia, dim promenâd Aberwylan."

Pwyntiodd Anwen at ddwy ffenest wedi'u gorchuddio'n wyn, ar lawr isaf y bloc o fflatiau.

"Be sy'n fy ngwylltio i ydi fod y fflat yna'n wag ers pan fuodd Jini Philips druan farw, fis Ebrill dwytha."

Diolchodd Cerys iddi a thalodd Anwen am y lifft.

"Aros am eiliad, i mi gael gair sydyn efo Eifion," meddai Cerys.

Wedi iddi sgwrsio efo fo a'i fab am ryw ddeg munud, gwelodd Ifan hi'n tynnu cerdyn allan o'i phwrs a'i roi iddo. Yna aeth ati i ysgrifennu rhywbeth yn frysiog ar ddarn o bapur, cyn ei stwffio i mewn i'w phoced.

Gwenodd Ifan arni, "Ti ddim yn gorfod gweithio ar nos Wenar, sdi."

"Dim jyst gwaith oedd hynna," atebodd Cerys, yn groendenau. "Weithia mae 'na gyfla i helpu pobol sy heb fawr o lais, cyfla i neud gwahaniaeth i fywyd pobol. Ta waeth, lle mae'r gwin, Ifan?"

"Damia! Mae o yng nghefn y tacsi."

"Ffycing hel!" meddai Cerys yn flin ac estyn am ei ffôn o'i phoced, "Mi fydd rhaid i mi ofyn i Anwen ddod yn ôl rŵan."

Edrychodd Ifan yn syn arni. Doedd o ddim wedi ei gweld hi mor flin o'r blaen, ac roedd hi wedi brifo ei deimladau.

"Pam 'nest di regi arna i, Cerys?"

"Be? O, sori, paid â chymryd sylw."

"Anodd peidio pan ti'n gweiddi fel'na."

"Wel paid â deud wrtha i sut i neud fy ngwaith, ta. Dim joban naw tan bump ydi bod yn riportar, sdi." Edrychodd y ddau ar ei gilydd, y tawelwch rhyngddyn nhw'n llethol.

127

Cyrhaeddodd Anwen yn ôl efo'r gwin a rhoddodd Cerys bum punt arall iddi, i gydnabod ei diolch. Gafaelodd yn llaw Ifan a rhoi cusan ar ei foch.

"Ty'd, mi fyddan nhw'n aros amdanon ni. Paid ag anghofio'r gitâr yna," meddai, mewn ymgais i fod yn ddoniol, ond ddaru Ifan ddim chwerthin.

Pan gyrhaeddon nhw'r fflat, roedd y dodrefn wedi eu symud yn erbyn y wal. Ynghanol yr ystafell fyw roedd dau fwrdd wedi cael eu gwthio at ei gilydd, ac i lawr y canol safai pedair cannwyll. O gwmpas y ffenest roedd goleuadau bach bob lliw yn wincio bob hyn a hyn, i gyfeiliant un o ganeuon Cowbois Rhos Botwnnog.

"Dyma nhw 'di cyrraedd – lle 'dach chi 'di bod?" holodd Gwawr.

"Sut wyt ti ers talwm, Ifan? Ti wedi cael trefn ar hon bellach?" gofynnodd Nanw. Ond dim ond gwenu'n swil wnaeth Ifan.

"Fues i'n siarad efo Eifion, un o'ch cymdogion. Mae o am roi'r gorau i'w waith er mwyn gofalu am Iddon yn llawn amser," meddai Cerys yn pysgota am fwy o wybodaeth.

"Do, mae Mari, ei wraig, yn mynd i weithio yn llawn amser yn Lidl," meddai Gwawr.

"Pam na chawn nhw symud i'r fflat gwaelod sy'n wag?"

"Dim syniad. O be dw i'n ei ddallt, ein fflat ni oedd y cyntaf i ddod ar werth yn y bloc. Felly, mae hi'n edrych yn debyg bod y gweddill yn dal yn perthyn i Gymdeithas Tai Siriol. Dowch drwodd i'r gegin, mae gynnon ni bob dim ar gyfer gneud coctels."

Prin oedd lle i droi yn y gegin fach ond gwasgodd Cerys ac Ifan i mewn wrth ochr Brychan a Ffion.

"Haia, Ffi. Dim ond chi'ch dau sydd yma?" gofynnodd Cerys gan gofleidio ei ffrind gorau.

"Ia, mae Sioned ac Elgan wedi mynd i weld ffilm yn y pictiwrs. Maen nhw fel rhyw gwpl hanner cant oed 'di mynd," meddai gan edrych i gyfeiriad y nenfwd.

Roedd y gegin yn gynnes braf am fod tatws yn eu crwyn yn y popty poeth. Rhoddodd Gwawr orchymyn i bawb basio powlenni o salad, colslo a chaws wedi'i falu'n fân o un i'r llall, nes cyrraedd y bwrdd.

Daeth cnoc arall ar y drws ac aeth Nanw draw i'w ateb. Cerddodd dwy o ferched i mewn, un yn cario drwm bach a'r llall yn gafael mewn cês ffidil.

"Dwi isio i chi gyfarfod Orla a Maeve oedd ar y cwrs nyrsio efo ni," meddai Gwawr ar ôl cofleidio'r ddwy. Sylwodd Cerys fod Ifan wedi llonni drwyddo, a'i fod yn dangos llawer o ddiddordeb yn offerynnau'r ddwy. Os mai dyna oedd yn mynd â'i fryd, meddai Cerys wrthi ei hun, gan sylwi fod Maeve yn edrych fel rhywun fyddai'n hollol gartrefol rhwng cloriau cylchgrawn harddwch. Roedd ganddi wallt hir coch a chyrliog a llygaid gwyrdd yn llawn direidi. Gwisgai ffrog werdd hir at ei thraed a chlustlysau crwn mawr. Un dywyll ei chroen oedd Orla, efo gwallt bach du wedi ei liwio'n goch yma ac acw. Gwisgai fodrwy yn ei thrwyn a sgarff o Balestina am ei gwddf.

Gorchmynnodd Nanw a Gwawr i bawb eistedd o gwmpas y bwrdd a dechrau bwyta. Llifodd y gwin a'r sgwrs yn esmwyth ac ni wrthodod neb y cacennau bach siocled a chanabis roedd Cerys wedi'u paratoi.

"Os ydi pawb wedi gorffan bwyta beth am glirio'r bwrdd i neud lle i'r cerddorion?" meddai Nanw. Rhoddodd Ifan ei hun i eistedd rhwng Maeve ac Orla a dechreuodd y tri diwnio eu hofferynnau.

"Pwy sy'n barod am 'chydig o jigs a rîls?" gofynnodd Maeve,

"'Chwi Fechgyn Glân Ffri' ydi hon," meddai gan wincio ar Ifan, ac ymunodd yntau efo'i gitâr ac Orla efo'i drwm bach.

"'Nei di ganu rwbath nesa plis, Maeve?" erfyniodd Gwawr gan droi at Cerys a Ffion. "Dwi wedi gweld dynion caled yn dechra crio pan fydd Maeve yn cychwyn ar y baledi."

Rhoddodd Cerys glec i wydraid arall o win coch a chododd i fynd i'r gegin i chwilio am botelaid arall.

"Ar lan hen afon Ddyfrdwy ddofn,
Eisteddai glân forwynig,
Gan ddistaw sisial wrthi'i hun,
Gadawyd fi yn unig..."

Dilynodd Ffion ei ffrind i'r gegin. "Ti'n iawn, Cer? Wyt ti'n flin am rwbath?"

"Na!" meddai'n amddiffynnol, cyn cydnabod bod Ifan wedi pwdu efo hi.

"Pam?"

"'Nes i weiddi arno fo, do. Bai fi," meddai gan dywallt gwydriad mawr arall o win coch iddi hi ei hun.

Troediodd Ffion yn ofalus, cyn cwestiynu. "Ti 'di dechra blino arno fo'n barod, ta be?"

"Be ti'n feddwl?"

"Wel, mae hi'n dri mis rŵan tydi, a does yna'r un dyn wedi para mwy na hanner blwyddyn ers i chdi ac Elgan orffen."

Gwgodd Cerys arni, "Ella, ella ddim," meddai'n bwdlyd, heb sylwi fod y gân 'di gorffen a bod Ifan yn pwyso ar ffrâm drws y gegin. Edrychodd arnyn nhw'n chwithig.

"Ym, dwi wedi cael fy hel i nôl mwy o win," meddai. Bachodd Ffion ar y cyfle i adael y ddau efo'i gilydd.

"Ifan!" meddai Cerys. "Jyst malu cachu o'n i."

"Os ti'n deud, Cerys," meddai gan droi ar ei sawdl.

"Fflat Huw Puw yn hwylio heno..."

Aeth pawb i ysbryd y parti heblaw Cerys oedd newydd sylwi ar y cacennau canabis a siocled oedd yn weddill. Bachodd un arall a'i stwffio i'w cheg. Y gwir amdani oedd fod Ffion yn llygad ei lle. Doedd Cerys ddim wedi bod mewn perthynas am gyfnod hir efo neb ers ei harddegau. Cafodd sawl cariad yn ystod ei chyfnod yn y brifysgol yng Nghaerdydd ond buan iawn y byddai'r cyffro a'r swyn yn cilio, ac yna'n troi'n garchar. Ar yr adegau hynny, byddai'n cicio yn erbyn y tresi nes cael ei thraed yn rhydd. Daeth cwmwl o dristwch drosti. Llenwodd ei gwydryn â mwy o win coch ac aeth i eistedd yng nghornel yr ystafell fyw.

"Cerys! Cerys! Deffra 'nei di, mi fydd y tacsi yma mewn deg munud," meddai Ifan. Cododd ar ei thraed yn sigledig a dechreuodd yr ystafell droi o'i chwmpas. Roedd ei chalon yn curo pymtheg i'r dwsin.

"Teimlo'n sâl..."

"Gwawr! Dos i nôl y bwcad 'na sydd o dan y sinc," gorchmynnodd Nanw, "mae hi'n chwys doman dail. Faint o win a chacenna mae hi 'di gael?"

"Eitha lot faswn i'n deud," meddai Ffion yn bryderus.

"Ti'n meddwl fysa'n well iddi aros yma heno i ni gael cadw llygad arni?" meddai Nanw wrth Gwawr.

"Be ti'n feddwl, Ifan?"

"Wel, ia, am wn i. Mae hi'n lwcus bod yma ddigon o nyrsys wrth law..." meddai gan sylwi fod Ffion a Brychan yn sibrwd efo'i gilydd.

"Mae Ffi yn mynd adra heno – mae hi isio helpu Sioned i bobi yn y becws ben bora. Pam na ddoi di adra efo fi, Ifan?" cynigiodd Brychan.

"Duw, ia... waeth i mi hynny ddim," atebodd yntau'n ddigalon.

Pennod 15

Eisteddodd Mair ar hen stôl odro am bum munud i gael ei gwynt ati. Roedd hi'n chwys laddar ar ôl gorffen carthu'r cwt gwartheg, ond eto roedd hi'n braf cael dianc rhag yr holl waith papur ar gyfer y Tribiwnlys Tir Amaeth.

Cafodd ei dychryn gan sŵn ergyd gwn, cyn iddi gofio ei bod yn dymor hela ffesantod. Bob blwyddyn, wrth i'r Nadolig nesáu, byddai'r Arglwydd Winston yn cynnal helfa ar benwythnosau gyda pherchennog Glan Gors yn talu arian parod i blant yr ardal i fynd drwy'r gwinllannoedd a'r caeau. Eu gwaith nhw oedd dychryn y ffesantod gan wneud iddyn nhw godi o'u cuddfannau a hedfan i gyfeiriad y saethwyr.

Cofiai Mair sut y byddai Emlyn yn gwneud esgusodion dros beidio â gadael i Elgan fynd i ganlyn yr helfa. Doedd gan ei diweddar ŵr fawr o amynedd efo'r bobol uchel ael yn eu gwisgoedd saethu drudfawr. Yn wahanol i'w dad, fyddai Emlyn byth yn cyffwrdd ei gap pan fyddai'n cyfarfod â'r Arglwydd. Gwenodd yn drist wrth gofio geiriau Emlyn, "Does yna fawr o sgil mewn saethu ffesantod dof sy 'di cael eu magu efo llaw." Ond glynu'n gryf wrth eu traddodiadau y byddai'r dosbarth uwch.

Efo hithau ac Elgan yn brwydro i gael aros yn denantiaid iddo, tybed a fyddai'r Arglwydd Winston yn rhoi cnoc ar ddrws Glan Gors eleni, fel y gwaeth y llynedd, meddyliodd.

"Merry Christmas to you and your family, Parry," fyddai cyfarchiad blynyddol yr Arglwydd, wrth i'r ciper gyflwyno brês o ffesantod yn anrheg Nadolig i'r teulu.

Canodd ei ffôn, a gwelodd enw Buddug ar y sgrin. "Sut wyt ti, Budd?" gofynnodd i'w ffrind. "Pa newydd?"

"Isio rhoi gw'bod i chdi 'mod i wedi deud ar ei ben wrth Jôs y cipar i beidio mynd yn agos at gaeau Tyddyn Wisgi i saethu eu blwmin ffesantod eleni."

"Do wir?"

"Do, mi fuodd yma'n ffalsio peth cynta bora heddiw ac mi gafodd hanas 'i nain gen i."

Chwarddodd Mair wrth feddwl am Buddug yn dwrdio Jôs y ciper. "Mae o'n gysur mawr i mi dy fod yn rhoi dŵr oer ar ben helfa 'Dolig yr Arglwydd Winston, Buddug."

"Geith o a'i debyg fynd i grafu, Mair. Yn wahanol i chdi a fi, tydi'r diawl yna 'rioed 'di gorfod gneud diwrnod o waith."

Yr Arglwydd oedd perchennog llawer iawn o'r ffermydd yn ochrau Llanidwal, a draw am Borth Saint. Byddai'r helfa'n dilyn y ffesantod o'r naill fferm i'r llall. Yn draddodiadol, roeddent wedi cael rhwydd hynt i gerdded ar draws tir Tyddyn Wisgi, er nad oedd y fferm yn eiddo i Ystâd Plas Llechi.

Ond eleni, gan fod yr Arglwydd Winston yn ceisio troi Mair ac Elgan o'u cartref, roedd Buddug wedi gwahardd yr helfa rhag troedio eu tir.

Ar ôl gorffen hel clecs efo'i ffrind dechreuodd Mair hel ei phethau. Roedd hi'n edrych ymlaen at gael paned boeth a thamaid i'w fwyta.

"Mam! Mam! Lle'r wyt ti?" galwodd Elgan a'i wynt yn ei ddwrn.

Camodd Mair allan o'r cwt, "Be sy?"

"Mae rhywun 'di cael damwain yn yr helfa ac mae'r

ambiwlans awyr ar ei ffordd. Mi fydd hi'n glanio yng nghae Bryngroes – dw i 'di symud y gwartheg i gae arall."

Ar y gair, clywodd y ddau sŵn hofrennydd uwch eu pennau.

"Be ti'n feddwl, damwain?" gofynnodd Mair yn araf.

"Dw i'n meddwl ella bod rhywun 'di cael ei saethu ar ddamwain."

"O! na..."

Edrychodd Elgan yn syn ar ei fam, gan ei bod yn edrych mor welw.

"Damwain arall yn Glan Gors," meddai Mair, fel tasa hi mewn breuddwyd. Yna, cerddodd heibio Elgan gan ymlwybro i gyfeiriad y tŷ.

Awr yn ddiweddarach, daeth Elgan o hyd i'w fam yn gorwedd yn llonydd ar ei gwely, yn syllu ar y nenfwd.

"Mam, be sy'n bod?" gofynnodd gan roi ei law ar ei thalcen poeth. Sylwodd ei bod yn crynu.

"Wyt ti'n sâl, Mam?"

"Stopia swnian, Elgan!" sgrechiodd ei fam arno.

Cymerodd ei mab gam yn ôl mewn syndod.

Fore trannoeth, curodd Elgan ar ddrws ystafell wely ei fam. Gwelodd ei bod yn dal i ddioddef, a wnaeth hi ddim yngan gair wrtho wedi iddo ei chyfarch. Gan ei fod yn bryderus, ffoniodd y feddygfa. Ymhen hir a hwyr, cafodd alwad ffôn gan Dr Ahmad, yn ei sicrhau y byddai'n galw heibio Glan Gors ar ei ffordd adra y noson honno.

Cadwodd Dr Ahmad at ei air a threuliodd chwarter awr yng nghwmni Mair, oedd yn dal yn ei gwely, cyn dod i'r gegin at Elgan.

"Be sy'n bod arni, Doctor?" gofynnodd yn bryderus.

"Dydw i ddim yn hollol siŵr, ond dwi'n ama'n gryf fod Mair

yn ail-fyw damwain dy dad. Rhyw fath o PTSD, neu orbryder, o bosib."

Edrychodd Elgan yn hurt arni. "O'n i'n meddwl 'na rwbath oedd soldiwrs yn ei gael oedd PTSD?"

"Ia, ti'n iawn, ond mae pobol, a phlant o ran hynny, yn medru cael PTSD os ydyn nhw wedi dioddef trawma yn eu bywydau. Sut mae hi wedi bod yn ddiweddar? Be mae hi wedi bod yn ei neud?"

Rhwbiodd Elgan ei ên, fel y byddai'n ei wneud bob tro wrth hel meddyliau. "Wel, mae llawer iawn o'i hamser yn mynd ar gyfarfodydd efo'r undeb amaeth a'r cyfreithwyr."

Pwyntiodd y dyn ifanc at y mynydd o waith papur oedd wedi hawlio ei le'n barhaol ar un ochr o fwrdd y gegin. "Rydan ni'n gorfod mynd â'r landlord i dribiwnlys er mwyn trio cael aros yn Glan Gors. Ac mae 'na ryw waith papur byth a beunydd yn ymwneud efo hynny."

Crychodd Dr Ahmad ei cheg yn flin. Gan ei bod yn byw yn Llanidwal, roedd hi'n ymwybodol o'r hanes.

"Felly o'n i'n clywed. Mae'n bosib ei bod hi'n ail-fyw'r trawma o golli dy dad, yn enwedig os ydi hi'n troi a throsi'r cyfan yn ei phen drwy'r amser. Yn sicr, tydi'r busnes tribiwnlys yma ddim yn llesol iddi hi."

Edrychodd Dr Ahmad ar Elgan, yn llawn cydymdeimlad. "Os dw i'n cofio'n iawn, mi fu'n rhaid i chdi saethu'r tarw ar ôl iddo ymosod ar dy dad, yn do, Elgan?"

"Do," meddai, gan wyro i fwytho pen Pero er mwyn ceisio celu'r deigryn yn ei lygad. Ysgydwodd yr hen gi ffyddlon ei gynffon.

"O'n i'n clywed bod rhywun wedi ei saethu ar ddamwain yn agos at yma ddoe?"

"Do! Pan 'nes i ddeud wrth Mam fod yr ambiwlans awyr ar

ei ffordd, mi edrychodd yn od arna i. 'Damwain arall yn Glan Gors' – dyna ddaru hi ddeud, Doctor!"

Rhoddodd Dr Ahmad ei llaw yn dyner ar ysgwydd y dyn ifanc. "Mae'r ddau ohonoch wedi bod trwy'r felin ac yn dal i fynd, o ran hynny. Dydw i'n synnu dim ei bod hi'n plygu o dan y fath straen. Rŵan ta, mae hi 'di cyfaddef nad ydi hi wedi bod yn cysgu'n dda."

"Wyddwn i ddim."

"Na wyddost, siŵr iawn. Dwi wedi gadael 'chydig o dabledi cysgu wrth ochr ei gwely a phresgripsiwn am fwy. Mae cwsg yn llesol, a dyna'r peth gorau iddi ar hyn o bryd. Dwi am neud apwyntiad iddi hi efo Nyrs Nanw, sy hefyd, erbyn hyn, yn gwnselydd. Be amdanat ti? Wyt ti angen siarad efo rhywun, yn gyfrinachol?"

"Nac ydw, dwi'n iawn, diolch, Doctor. Mae gen i rywun y galla i ymddiried ynddi."

"I'r dim," meddai Dr Ahmad wrth wisgo ei chôt. "Mi fydda i isio gweld Mair yn y feddygfa ymhen pythefnos. Mi 'neith rhywun ffonio i wneud apwyntiad iddi hi. Ond os bydd hi'n gwaethygu, neu os wyt ti'n poeni amdani, yna ffonia'r feddygfa."

"Diolch yn fawr i chi am bob dim, Doctor."

Eisteddodd Elgan yn y gadair freichiau wrth ymyl y stof a rhoddodd Pero ei ben ar ei lin. Dechreuodd y cloc mawr daro – roedd hi'n saith o'r gloch y nos, ac yn dywyll fel y fagddu tu allan. Trodd at ei ffôn.

*

Draw yn swyddfa'r *Herald* roedd pawb ond Cerys wedi mynd adra. Ers iddi feddwi'n dwll a bwyta gormod o gacennau canabis ym mharti Gwawr a Nanw, roedd ei pherthynas hi ac Ifan wedi bod o dan straen. Ond yn hytrach na siarad efo'i chariad, roedd wedi ymroi i ymgolli'n llwyr yn ei gwaith mewn ymgais i anghofio am ei phroblemau.

Clywodd sŵn a oedd yn dangos ei bod newydd gael neges destun ar ei ffôn. Edrychodd ar y neges roedd Elgan newydd ei hanfon ati.

Os ti'n rhydd heno fysa chdi'n gallu
picio heibio Glan Gors, plis, Cer?

Ew, rhyfedd, meddai wrthi ei hun, ffonio fyddai Elgan fel rheol, doedd o ddim yn un am anfon negeseuon.

Aeth ati i dwtio rhywfaint ar ei desg, yna aeth i'r gegin i olchi ei mŷg. Efallai fod gan Elgan fwy o fanylion iddi am y ddamwain a ddigwyddodd yn ystod yr helfa ddoe. Yr unig beth a ddywedodd y gwasanaethau brys oedd bod bachgen yn ei arddegau wedi cael ei gludo mewn ambiwlans awyr i'r ysbyty. Ychwanegodd nad oedd ei anafiadau yn peryglu ei fywyd.

Ar lawr gwlad, y gred oedd bod rhai o'r saethwyr wedi bod yn rhannu fflasg o wisgi yn rhy hael yn ystod yr helfa.

Anfonodd neges yn ôl at Elgan.

G'naf siŵr. Dw i'n gadael y swyddfa
rŵan ac mi ddo i draw yn syth xx

Gwisgodd ei chôt a'i chap gwlân cynnes a rhoi ei ffôn yn ei bag cyn mynd ati i gloi'r swyddfa ar ei hôl. Roedd hi'n noson oer a gwlyb y tu allan a rhedodd drwy'r glaw i gyfeiriad y mini bach coch.

Gyrrodd yn ofalus allan o Aberwylan, drwy Efailgledryd i

gyfeiriad Llanidwal. Doedd Elgan na hithau ddim wedi gweld fawr ar ei gilydd yn ddiweddar ac roedd hi'n edrych ymlaen at ei gwmni. Efallai câi hi wadd i aros am swpar, meddai wrthi ei hun, cyn teimlo'n euog am fod mor fachog.

Pan gyrhaeddodd yr iard, gwelodd fod Elgan wedi rhoi'r golau allan ymlaen iddi. Gwenodd, roedd o mor feddylgar.

Eisteddai Elgan yn llonydd yn y gegin, yn gwrando ar y gwynt yn rhuo tu allan a'r cloc mawr yn tic-tocian yn araf. Byddai sŵn y cloc yn llonyddu ei enaid, yn tawelu ei feddwl, ac yn gymorth iddo wneud penderfyniadau.

Rhoddodd Pero gyfarthiad bach tawel, codi ac anelu i gyfeiriad y drws canol.

"Oes 'na bobol?" galwodd Cerys wrth roi cnoc, cyn agor y glicied. Cododd Elgan i'w chroesawu a sylwodd hithau ar yr olwg dywyll oedd arno.

"Haia. Ti'n iawn, Elgan?" holodd.

"Dwi isio i chdi sgwennu am ein brwydr i gael aros yn Glan Gors."

Pennod 16

Pan gyrhaeddodd Cerys Aberwylan, toc wedi wyth o'r gloch y bore wedyn, roedd hi'n dechrau goleuo. Roedd strydoedd y dref yn dawel, heblaw am y gweithwyr mewn dillad melyn llachar yn paratoi at ddefnyddio craen bach efo'r bwriad o osod goleuadau'r Nadolig.

Suddodd ei chalon. Hwn fyddai'r Nadolig cyntaf heb i'w thad fod yn eistedd wrth y bwrdd bwyd. Efallai y gwnâi ofyn i'w mam os oedd arni awydd mynd allan am ginio eleni, er y byddai hynny'n costio ffortiwn.

Camodd i mewn i'r swyddfa gynnes a chafodd sioc o weld bod Robin, y golygydd, eisoes wrth ei ddesg. Nid yn unig hynny, ond roedd yn ymddangos fel petai'n fwy trwsiadus nag arfer.

"Bore da, Robin," meddai gan fynd ati i dynnu ei chôt a'i rhoi ar y bachyn.

"Bore da, Cerys," meddai gan roi clamp o wên iddi. "O'n i'n mynd i neud panad, os ti ffansi? Dois i â llefrith efo fi, ac mae Glenda wedi gneud cacan sbwnj i ni. Un dda am neud cacan ydi Glen, chwara teg iddi."

Rhythodd Cerys ar ei golygydd. Doedd hi ddim yn cofio iddo erioed fod mor glên, ac un digon cyndyn oedd o i fynd i'w boced i dalu am lefrith fel arfer.

Be ddiawl sy'n mynd 'mlaen? meddai wrthi ei hun. A thra oedd Robin yn gwneud paned, bachodd ar y cyfle i anfon neges desun at Gerallt a Lora.

Robin yn y swyddfa yn cynnig panad a chacan!
Oes 'na rwbath 'di digwydd???

"Dyma ni, coffi du i chdi a gwyn i mi. 'Dan ni fel ying a yang," meddai, gan roi rhyw chwerthiniad bach.

"Ym, ia, diolch i chi, Robin," meddai Cerys gan wneud pob ymdrech i osgoi chwerthin yn ei wyneb. "Sut mae Glenda?" gofynnodd i weld sut roedd y gwynt yn chwythu adra. Y tro diwethaf iddi hi, Lora a Gerallt weld ei wraig, roedd hi wedi ei alw'n 'fastad budur' yng ngŵydd y tri ohonyn nhw.

"Mae hi'n dda iawn, diolch i chdi am ofyn. Aethon ni i Landudno ddydd Sadwrn i neud rhywfaint o siopa 'Dolig."

"Ew, mae hi'n gynnar i neud siopa 'Dolig, dydi hi ddim, Robin?"

"Duw, na'di siŵr, mi fydd hi'n fis Rhagfyr wsnos nesa."

Cyrhaeddodd Lora a Gerallt y swyddfa a rhoddodd Cerys ochenaid dawel o ryddhad. Bu bron iddi â chwerthin yn uchel pan ofynnodd Robin i'r ddau oedden nhw awydd paned. Edrychai Lora mor ansicr â chwningen wedi ei dal yng ngolau car.

Ar ôl paned, dywedodd Robin ei fod eisiau gair sydyn efo pawb.

"Os ca i'ch sylw chi i gyd am bum munud bach, mae gen i rywfaint o newyddion i'w rannu. Mae *head office* wedi rhoi gw'bod y bydd rhywun o'r adran bersonél yn dod draw i'n gweld yn gynnar yn y flwyddyn newydd."

Edrychodd Cerys ar Gerallt, ac yna ar Lora. Fel hithau, roedd y ddau i'w gweld wedi eu synnu o glywed y newyddion. Dechreuodd Gerallt grafu ei ben, cyn dechrau holi.

"Pam felly, Robin? Oes yna unrhyw awgrym bod rwbath o'i le?"

"Fel be?" meddai gan droi yn fwy heriol na chyfeillgar.

"Wel, go brin eu bod nhw'n anfon rhywun yr holl ffordd yma i ddiolch i ni am ein gwaith calad. Beryg iddyn nhw fynd ar goll ar ôl pasio Merthyr," meddai Gerallt, mewn ymgais i dawelu'r dyfroedd. Chwarddodd Cerys a Lora yn uchel, ond dim ond rhyw "Hm" cynnil ddaeth o enau'r golygydd.

"Dwn i ddim, ond mi fydd y golygydd rhanbarthol newydd yn dod hefyd, pwy bynnag fydd hwnnw," meddai Robin, gan ymlwybro i eistedd tu ôl i'w ddesg.

"Neu honno," meddai Cerys, a throdd Robin gan edrych drwyddi.

Camodd Gerallt i mewn i hanfod y mater. "Tybad ydyn nhw'n mynd o gwmpas holl swyddfeydd y cwmni, yng Nghymru a thu hwnt, ella?" holodd, wrth geisio dyfalu beth oedd ar droed.

Edrychodd Lora yn bryderus, "Be sy gen ti dan sylw, Gerallt?"

"Wel, os byddan nhw'n mynd o gwmpas pob swyddfa, mae hynny'n awgrymu i mi eu bod nhw'n chwilio am arbedion. Ar-lein mae pob cyfarfod arall wedi bod ers blynyddoedd bellach. Mae cwmnïa newyddion mawr eraill yn cau swyddfeydd bach rhanbarthol."

"Ti'n iawn," cytunodd Lora, "fysan ni'n gallu gofyn i rywun yn swyddfa Wrecsam os oes rhywun o *head office* yn mynd yno i'w gweld nhw."

Tarodd Robin ei ddwrn ar y ddesg nes i Lora bron â neidio o'i chadair. "Gwrandwch! Dwi 'di rhannu pob dim dwi'n w'bod efo chi. Holi pobol eraill ydi'n gwaith ni, nid holi'n gilydd, wir Dduw."

Ac efo hynny, rhoddodd pawb eu meddwl ar waith, ac ar gadw'n dawel, rhag pechu Robin ymhellach. Yn dilyn dros awr o ddistawydd llethol, torrodd Lora ar y tawelwch, er mwyn llongyfarch Cerys.

"Wyt ti 'di gweld faint o sylwada sy'n ymateb i dy stori am achub Glan Gors? Dwi'n meddwl dy fod di wedi torri pob record efo hon, Cerys."

Aeth Cerys yn syth ar wefan yr *Herald* i'w darllen. Teimlodd don o falchder wrth ddarllen am y gefnogaeth yn gyhoeddus i achos Elgan a Mair. Ac roedd ambell un hefyd yn canmol yr *Herald*.

'O'n i bron â chrio wrth ddarllen am y teulu bach. Faint o ffermydd a thai sydd gan yr Arglwydd???' *Sosialydd-i'r-carn*

'Gobeithio y byddwch yn ennill eich achos yn y tribiwnlys. Pob lwc o Geredigion.' *A fo Ben bid bont*

'Dyle fod gan yr Arglwydd Winston gywilydd!' *Mrs Jones Drws Nesa*

'Mi fyddan ni i gyd wedi ein hel i'r môr yn y diwadd.' *Môn Mam Cymru*

'Fe godwn eto!' *Arfon*

Yn llawn edmygedd, edrychodd Gerallt ar Cerys, "Da iawn chdi, Cerys – dim ond bora 'ma aeth y stori'n fyw. Faswn i'n synnu dim tasa petha'n dechra gwella i'r teulu rŵan. Fydd yr Arglwydd Winston ddim yn licio bod pobol yn lladd arno fo fel hyn."

"Na fydd!" meddai Elen, "ac ella 'neith o dynnu'n ôl o'r tribiwnlys a deud bo nhw'n cael aros."

Clywodd y tri sŵn ochenaid o ddiflastod yn dod o gyfeiriad Robin. Edrychodd Cerys ar Gerallt ac edrychodd hwnnw i gyfeiriad y nenfwd. Synhwyrai pawb fod eu golygydd ar fin lluchio dŵr oer dros y cyfan.

"Mae 'na rai sylwada anaddas wedi eu cynnwys, rhai yn fygythiol tuag at yr Arglwydd Winston. Mi fydd rhaid i chdi a fi gadw llygad ar bob un ohonyn nhw cyn iddyn nhw gael eu cyhoeddi, Gerallt. Gei di anghofio am dy awr ginio heddiw."

Ond doedd Cerys ddim am adael i Robin ddifetha ei bore. "Peidiwch â phoeni, Robin. Dw i newydd orffen sgwennu'r stori ges i ddoe gan Eifion y dyn post," cyn ychwanegu'n sbeitlyd, "Siawns y bydd hanas 'i fab, druan, yn tynnu sylw oddi ar stori Glan Gors. Mi fydd hi efo chi cyn cinio."

Darllenodd Cerys drwy'r erthygl orffenedig unwaith eto, cyn ei hanfon i'w chyhoeddi.

Tad yn gorfod cario ei fab anabl i fyny'r grisiau mewn bloc o fflatiau heb lifft
Mae tad i blentyn 10 oed, sy'n gaeth i'w gadair olwyn, yn gorfod ei gario i fyny 30 o risiau concrid am nad oes lifft i'w gael yn y bloc o fflatiau lle mae'r teulu'n byw.

Dywedodd Eifion Kowlaski wrth yr *Herald* bod dros bedair blynedd ers i'r teulu gael eu cynnwys ar restr aros y Cyngor Sir am gartref fyddai'n fwy addas ar gyfer anableddau Iddon, ei fab. Dywedodd ei bartner Mari Lewis, fod Iddon wedi mynd yn rhy drwm iddi hi allu ei godi ers blynyddoedd bellach heb sôn am ei gario i fyny'r grisiau.

"Rydan ni'n byw ar y trydydd llawr mewn fflat sy'n perthyn i Gymdeithas Tai Siriol ar Ffordd Waldo, yn Aberwylan," meddai Mr Kowalski. "Be sy'n ein gwylltio ni yw bod yna fflat gwag ers mis Ebrill diwethaf, ar lawr gwaelod y bloc."

Mae Mr Kowlaski, sy'n bostmon, yn poeni y bydd yn rhaid iddo roi'r gorau i'w waith er mwyn gofalu'n llawn amser am Iddon.

"Mi gefais i godwm yn ddiweddar wrth gario Iddon i fyny'r grisiau. Ro'n i wedi blino ar ôl gweithio shifft hir, ac mi 'nes i faglu. Cafodd Iddon anaf i'w ysgwydd, ond diolch byth mae o wedi gwella erbyn hyn. Fydda fo wedi gallu brifo ei ben wrth i ni ddisgyn."

Yn ôl Mr Kowlaski, mae rhai plant wedi bod yn galw "babi" ar ei fab am ei fod yn gorfod cael ei gario i fyny ac i lawr y grisiau, a hynny sawl gwaith y diwrnod.

"Mae'r rhan fwyaf o blant yn garedig dros ben, ond mae yna wastad un neu ddau sy'n medru bod yn gas."

Fe ofynnodd yr *Herald* i Gymdeithas Tai Siriol pam na fuasai'r teulu yn cael symud i'r fflat gwag sydd ar lawr gwaelod y bloc.

Dywedodd llefarydd ar ran Cymdeithas Tai Siriol: "Oherwydd cyfrinachedd, dydyn ni ddim yn gallu trafod achosion unigol. Rydym yn anelu at sicrhau y bydd prosesau mwy gwydn yn eu lle ar gyfer ailosod eiddo gwag."

Y Cyngor Sir sy'n gyfrifol dros gadw rhestr gyfredol o anghenion pawb sy'n aros am dŷ, neu fflat cymdeithasol. Dywedodd llefarydd eu bod "yn gweithio'n galed i fynd i'r afael â'r argyfwng tai, ond bod prinder tai fforddiadwy yn broblem genedlaethol."

Ar ôl anfon ei stori at Robin, aeth Cerys i'r gegin i ffonio Elgan. Atebodd yn syth efo tinc o gyffro yn ei lais.

"Haia, Cer, ti 'di sgwennu clincar o stori, ac mae Mam wedi gorfod codi o'i gwely i siarad efo pawb sy'n ein ffonio i ddymuno'n dda i ni. Mae hi'n well o'r hannar, cofia, ac mae'r cyfreithiwr 'di deud 'mod i wedi gneud y peth iawn yn gofyn i chdi roi'r erthygl ar wefan yr *Herald*. Sori... mi ddylwn i fod wedi gofyn, sut wyt ti?"

Chwarddodd Cerys, roedd hi wrth ei bodd fod gwell hwyliau ar Elgan a'i fam gan ei bod hi wedi bod yn poeni'n arw amdanyn nhw.

"Dwi'n iawn, diolch i chdi. Ti 'di darllen y sylwada?"

"Do! Chwara teg iddyn nhw. Gwranda, dwi'n gorfod picio i'r dre i nôl presgripsiwn i Mam, oes gen ti amser am banad, neu ginio?"

"Oes tad, dwi ar lwgu. Lle ti isio cyfarfod?"

Aeth Elgan yn ddistaw, ac yna meddai, fymryn yn chwithig, "Ella fysa well i ni beidio mynd i gaffi Briwsion. Ym... mi fydd Sioned yn brysur a dwi heb ddeud wrthi fod yn rhaid i mi ddod i dre. Be am Gaffi Maes?"

"I'r dim, wela i chdi yno ymhen rhyw hanner awr, ballu?"

"Sbot on, Cer, a fi'n sy'n talu."

Efo gwên foddhaus aeth Cerys yn ôl at ei desg.

Pennod 17

Eisteddai Buddug Tyddyn Wisgi o flaen ei chyfrifiadur yn edrych ar ddelweddau o ddillad babanod newydd-anedig. Tridiau ynghynt, roedd ei mab, Gruffudd, a'i gariad Olivia, wedi datgelu wrth eu teuluoedd eu bod yn disgwyl babi. A hithau wedi bod yn cymryd pilsen atal cenhedlu mewn ymgais i sefydlogi ei mislif, roedd Olivia, fel pawb arall, wedi cael andros o sioc.

Gwenodd Buddug wrth feddwl cymaint oedd y ddau wedi gwirioni efo'r datblygiad annisgwyl. Gwgodd drachefn wrth feddwl am ymateb tad Olivia, James Alexander.

"You don't have to keep it you know..." meddai wrth ei ferch. Ond roedd Buddug wedi rhoi'r dyn yn ei le, ac wedi dweud wrtho ar ei ben nad oedd ganddo fo unrhyw hawl dros gorff neb arall. Cododd Ruth, mam Olivia, ei chalon serch hynny. Ymddiheurodd ar ran ei gŵr, ac fel Buddug, cefnogai benderfyniad y cwpl ifanc yn ddiamod. Roedd hi'n amlwg ei bod hi wedi dychryn wedi i Olivia symud i fyw i Dyddyn Wisgi, ar ôl ffraeo efo'i thad.

"Helô, Buddug. Ydach chi adra?" gwaeddodd Olivia o'r gegin.

"Dw i yn y stydi, Liv. Ty'd i weld," gwaeddodd Buddug gan droi yn ei chadair a gwenu i roi croeso iddi. Plygodd Olivia i edrych ar y sgrin, gan roi ei braich ar gefn cadair Buddug.

"Www! Am ddel, dwi'n licio melyn, a fysa hwnna'n siwtio hogyn neu hogan."

"'Nest ti gysgu'n iawn, Liv? holodd Buddug, "Gobeithio ei bod hi'n ddigon cynnes yn yr estyniad."

"Yndi, mae hi'n glyd braf yna, diolch."

Pan aeth ei diweddar ŵr yn wael, roedd Buddug wedi dweud na fyddai'n mynd i gartref nyrsio. Ac felly, roedd hi wedi comisiynu estyniad un llawr wrth ochr y tŷ ar ei gyfer. Dyna lle'r oedd cartref Gruffudd ac Olivia ar hyn o bryd.

"Diolch byth 'mod i wedi cael caniatâd cynllunio ar yr hen stabal 'na, cyn i mi gael fy ethol yn gynghorydd, Liv. Neu mi fysa 'na rai yn siŵr Dduw o bwyntio bys taswn i'n rhoi'r cais i mewn rŵan."

"Dyna lle'r aeth Gruffudd bore 'ma, i ofyn i Now Bildar fedrith o orffan pob dim."

"Go dda. Rŵan ta, mae rhaid i mi bicio i Glan Gors at Mair. Ti'n gw'bod lle mae bob dim, jyst helpa dy hun. Wyt ti 'di cael brecwast?"

Chwarddodd Olivia, roedd Buddug mor groesawgar, ac o fewn dim daeth y ddwy yn ffrindiau.

"Ges i salad ffrwytha a brechdan bacwn gan Gruffudd cyn iddo fynd, felly dw i'n iawn, diolch. A dw i a Mam am fynd i'r Llew Gwyn am ginio nes 'mlaen."

Cofleidiodd y ddwy ac aeth Buddug ati i wisgo ei chôt a chydio mewn ymbarél. Gafaelodd yn ei bag a rhedodd drwy'r glaw i gyfeiriad ei char. Gyrrodd o'r iard i gyfeiriad Glan Gors – ochr draw i Garn y Gwyddel. O fewn chwarter awr roedd hi wedi cyrraedd.

"Oes 'na bobol?" galwodd Buddug, wrth gamu drwy'r drws a dianc o'r glaw. Rhoddodd gnoc ar y drws canol a chlywodd ei ffrind yn galw arni i ddod i mewn. Tynnodd Buddug ei chôt a'i rhoi ar y bachyn yn y cyntedd, cyn agor y glicied a chamu i'r gegin.

"Sut wyt ti, Mair? 'Rargian, am dywydd," meddai, gan gofleidio ei ffrind. Yna, camodd yn ôl gan edrych i fyw ei llygaid, cyn nodio ei phen. "Da iawn. Ti'n edrych yn well o'r hannar. Ydi'r tabledi cysgu 'na yn dygymod efo chdi?"

Gwenodd Mair, roedd hi'n falch o'i gweld. Un am siarad yn blwmp ac yn blaen oedd ei ffrind, ac roedd hi'n gwerthfawrogi hynny'n fwy nag erioed, yn enwedig ar ôl iddi golli Emlyn. Byddai yntau hefyd yn mwynhau dweud ei ddweud o bryd i'w gilydd. Teimlai Mair ryddhad nad oedd hi'n gorfod cuddio ei phoen rhag Buddug gan ei bod hithau'n wraig weddw.

"Dwi'n cysgu fel twrch erbyn hyn, diolch byth. 'Stedda i ni gael panad a rhoi'r byd yn ei le."

"I'r dim, dwi'n falch o glywed. Rŵan ta, mae gen i 'chydig o newyddion i chdi. Dwi am fod yn nain! Mae Gruffudd ac Olivia'n mynd i gael babi."

Edrychodd Mair yn gegagored arni. "Wel wir! Llongyfarchiada mawr, Budd. Am newyddion da," meddai yn falch. Trodd i roi'r tegell i ferwi ar y stof, gan ddefnyddio'r esgus i guddio'i syndod.

Eisteddodd Buddug a mwytho pen Pero. Roedd yr hen gi defaid wedi straffaglu i godi ar ei draed er mwyn estyn croeso iddi.

"Ges i ddiawl o sioc cofia, ond dim hannar gymaint â be gafodd Gruffudd a Liv. Ond maen nhw i weld yn hapus iawn, er mai dim ond dechra dod i nabod 'i gilydd yn iawn mae'r ddau."

Pwyllodd Buddug, er mwyn dewis ei geiriau'n ofalus. "Mi fyddan nhw'n *champion*, dwi'n siŵr. Mae Olivia yn aeddfed iawn am ei hoed chwara teg iddi – hen ben ar 'sgwyddau ifanc."

Tywalltodd Mair ddŵr berwedig i'r tebot a'i adael i fwydo. Synhwyrodd Buddug fod rhywbeth yn pwyso ar feddwl ei ffrind.

"Oes yna unrhyw ddatblygiad o ran y tribiwnlys? Mi 'nes i ddarllen stori Cerys ar wefan yr *Herald*."

Rhoddodd Mair lefrith yng ngwaelod dau fŷg, ac meddai'n dawel, "Mae'r Arglwydd Winston yn cynnig gwerthu Glan Gors i ni. Mae o'n gynnig da – dipyn llai na be bydda fo'n 'i gael ar y farchnad agored, wrth ei fod o 'di cymryd i ystyriaeth ein bod eisoes yn denantiaid."

"Ond?" holodd Buddug, gan afael yn llaw ei ffrind oedd yn brwydro i reoli ei dagrau. Estynnodd hances o'i phoced ac er y câi Buddug hefyd drafferth i reoli ei dagrau, roedd hi'n benderfynol o fod yn gefn i'w ffrind.

"Ond… dydi'r banc ddim yn fodlon benthyg yr arian i ni. Fysa'n rhaid i ni gael celc go sylweddol tu cefn i ni – dros gan mil o flaendal er mwyn cael morgais."

"Wela i," meddai Buddug, ac eisteddodd y ddwy yn llonydd am ennyd, efo dim ond tic-tocian y cloc mawr yn tarfu ar dawelwch y gegin.

Rhoddodd Pero gyfarthiad bach, ac yna ysgydwodd ei gynffon wrth glywed Elgan yn dod i mewn i'r tŷ.

"Ydach chi'n o lew, Buddug?" gofynnodd yn siriol. "Llongyfarchiada! Mi stopiodd Gruffudd ar ei ffordd i weld Now Bildar bora 'ma."

Gwenodd Buddug yn llawn cynnwrf, "Diolch i chdi, Elgan," ac meddai, "Dwi'n falch o'r cyfla i gael gair efo'r ddau ohonoch chi, a bod yn onest… Mi fydd y 'Dolig yma'n gyfnod digon rhyfadd i chi yma. Meddwl o'n i y byddan ni'n medru

149

dal ati efo gwaith da Emlyn, ac agor y gegin gymunedol ar fora 'Dolig. Yna, gallwn ni ddod at ein gilydd hwyrach ymlaen i gael cinio 'Dolig yn Tyddyn Wisgi."

Yn llawn emosiwn, edrychodd Elgan ar ei fam. Roedd yn hynod o ddiolchgar i Buddug am ei chynnig hael, ac yntau wedi bod yn poeni'n ddistaw bach, sut byddai ei fam yn ymdopi heb ei dad â'i goron bapur a'i jôcs gwael.

Wrth wirfoddoli efo Mair ar foreau Gwener yn y banc bwyd yn festri eglwys Llanidwal, byddai'r diweddar Emlyn Parry yn dychryn wrth weld cymaint o ofyn oedd am y gwasanaeth yn yr ardal. Felly, pan etholwyd ef yn gynghorydd sir dros Lanidwal, penderfynodd agor cegin gymunedol ddydd Nadolig.

"Dwi'n cofio'r ddau ohonon ni'n dod adra ar ôl helpu yn y banc bwyd, y tro cynta," meddai Mair yn hel atgofion. "Ac Emlyn wedi sdyrbio'n lân gweld cymaint o dlodi yn ei gymuned. Ac unigrwydd hefyd o ran hynny."

Gan wenu drwy ei dagrau, gafaelodd Mair yn llaw Buddug a dweud pa mor falch y byddai Emlyn pe gwyddai ei bod hi wedi cymryd yr awenau ar ei ôl.

"Dydw i ddim mor ddoeth ag oedd Emlyn, gwaetha'r modd. Wn i ddim sut y llwyddodd i berswadio Trefor i'w helpu efo'r fenter, a chael caniatâd i ddefnyddio cegin Ysgol Porth Saint yn ystod y gwyliau."

Chwarddodd Elgan yn uchel wrth ddwyn i gof sgwrs gafodd efo'i dad am y cynghorydd sir dros Borth Saint. "Fydda Dad wastad yn deud bod Trefor Roberts yn gynghorydd da dros y bregus a'r gwan. Ond roedd o hefyd yn deud y bysa fo'n medru ffraeo efo'i gysgod 'i hun, petai neb arall ar gael."

Eglurodd Buddug y byddai'n casglu rhestr o wirfoddolwyr

at ei gilydd ac yna'n e-bostio pob un ohonyn nhw, gan gynnwys Mair, i drefnu cyfarfod.

"Mi fydd yna dipyn o waith rhwng pob dim, ond siawns y byddan ni wedi gorffan erbyn rhyw hannar awr 'di dau, ballu. Ac mae Gruffudd ar gael i roi lifft adra i chi o Dyddyn Wisgi noson 'Dolig, medda fo. Mae o wedi penderfynu mynd ar y wagan efo Liv nes y bydd hi'n amser glychu pen y babi. Rŵan ta, fysa'n well i mi ei throi hi, gyfeillion, diolch i chi am bob dim."

Llyncodd weddill ei phaned yn gyflym ac aeth â'i chwpan i'r sinc. Cofleidiodd Mair eto cyn diflannu drwy'r drws gan adael awel gynnes ar ei hôl yng nghegin Glan Gors. Roedd y glaw wedi cilio erbyn hyn ac roedd mymryn o haul yn sbecian yn ddigywilydd drwy'r cymylau llwyd.

Penderfynodd Buddug yrru am Efailgledryd i ymweld â chyfaill arall iddi, cyn ei throi hi am adra. Roedd hi'n benderfynol y byddai'n gwneud popeth o fewn ei gallu i ddod ag ysbryd yr ŵyl i fywydau Mair a Medwen dros y Nadolig.

Cnociodd ar ddrws cefn Pensarn gan weiddi, "Oes 'na bobol?"

Agorodd ei ffrind y drws yn syth. Edrychai'n falch o'i gweld, "Helô, Budd! O'n i'n meddwl 'na dy gar di o'n i'n weld drwy'r ffenast. Wel am syrpréis neis," meddai, gan ei harwain i'r gegin. "Ti awydd panad?"

"Na, dim diolch i chdi, Meds. Ges i un efo Mair cyn dod yma."

Hawliai peiriant gwnïo Medwen fwrdd y gegin, felly aeth y ddwy i'r parlwr a rhoddodd Medwen y gwres canolog ymlaen.

"Ydi Mair wedi sôn wrtha chdi am gynnig yr Arglwydd

Winston? Mae gen i ofn rhoi'n nhroed ynddi, gan 'i fod o'n fater mor bersonol."

Cadarnhaodd Medwen fod Cerys wedi dweud wrthi ar ôl iddi fod yn sgwrsio efo Elgan, ac felly treuliodd y ddwy beth amser yn trafod y cynnig, cyn i Buddug ddatgelu gwir fwriad ei hymweliad.

Roedd Buddug angen cymwynas. Roedd hi am i Cerys a Medwen wirfoddoli yn y gegin gymunedol ar fore dydd Nadolig. Ac yna, er mwyn dangos ei gwerthfawrogiad, estynnodd wahoddiad iddyn nhw i ddod draw am ginio Nadolig yn Nhyddyn Wisgi yn y prynhawn.

Chwarddodd Medwen yn gyfeillgar gan esgus dwrdio ei ffrind. "Gwirfoddoli wir! Ti ddim yn lluchio llwch i'n llygad i, Buddug Morgan. Rydan ni'n ffrindia ers gormod o amser."

"Be ti'n feddwl?" heriodd Buddug, gan gymryd arni na wyddai beth oedd ar feddwl Medwen.

"Ti'n un o fil, cofia. Dwi 'di bod yn poeni am sut 'Ddolig fydda hi ar Cerys. Tydi hi ddim yn siarad efo'i thad ar hyn o bryd, ond dwi'n gw'bod yn iawn 'i bod hi'n hiraethu amdano fo. Fues i ddim mor ddoeth â Mair a chditha wrth ddewis gŵr, ond mae o 'di bod yn dad da iddi."

Daeth golwg flin dros wyneb Buddug a methodd frathu ei thafod mewn da bryd. "Tad da? Ydi o'n dal i drio hawlio hannar y tŷ 'ma, ta be? Etifeddiaeth Cerys ydi fama i fod."

"Ydi...," atebodd Medwen, gan wyro ei phen. "'Nes i arwyddo'r papura ysgariad ddoe, digwydd bod."

"Mae'n rhaid i chdi g'ledu, Medwen, neu mi fyddi di'n ddynas dlawd rhwng Jac a'r twrneiod."

Rhoddodd Medwen ei phen yn ôl a chwarddodd dros y gegin, "Ti'n llygad dy le, wrth gwrs, Budd."

"Un digon powld fuodd Jac erioed. Paid â rhoi modfedd i'r

diawl drwg, neu mi gymrith y blydi lot, cofia di hynny. Ci a gerdda gaiff, meddan nhw, a does 'na ddim ci drain gwaeth na Jac 'di troedio'r penrhyn 'ma!"

"Ha, ha, ha! O paid, Buddug, wir Dduw! Ti'n chwa o awyr iach cofia."

A gyda hynny, bu'r ddwy'n giglan fel plant bach nes i Buddug dorri'r newydd ei bod am fod yn nain.

Pennod 18

Gadawodd Cerys siambr y cyngor sir yn hapus. Rhoddwyd hawl cynllunio i Tomi Lee i greu safle i chwe charafán ar gyfer aelodau'r gymuned Sipsiwn, Roma a Theithwyr, ar dir Pen Bryn yn Llanidwal.

Roedd pleidlais aelodau'r pwyllgor cynllunio yn un agos, efo saith o blaid a chwech yn erbyn. Digon tawedog oedd pawb, o gymharu â'r cyfarfod blaenorol pan alwodd y Cynghorydd Trefor Roberts y Cynghorydd Helen Edwards yn "hulpan" ac yn "gloman wirion".

Cosb Trefor am golli ei dymer oedd cael ei wahardd rhag mynychu cyfarfodydd y cyngor, heb gyflog, am fis. Ei ymateb oedd rhoi deufis arall o'i gyflog yn rhodd i elusen cŵn tywys, sef hoff elusen y Cynghorydd Tudwen Puw. Gwenodd Cerys, un craff oedd Trefor, ac mi dalodd hynny ar ei ganfed, gan i Tudwen, fel yntau, a Buddug Tyddyn Wisgi bleidleisio o blaid rhoi caniatâd cynllunio i Pen Bryn.

Un oedd yn absennol, 'oherwydd salwch', yn ôl y cadeirydd, oedd Helen Edwards. Doedd yna fawr o neb yn credu o ddifri bod unrhyw beth yn bod ar arweinydd Plaid y Bobol. Yn hytrach, roedd hi wedi sylweddoli sut roedd y gwynt yn chwythu, ac wedi gorfod derbyn nad oedd unrhyw reswm, o safbwynt cynllunio, dros wrthod cais Tomi Lee.

Daeth sŵn derbyn neges destun ar ei ffôn a gwelodd Cerys

mai Ifan ydoedd. Go dda, meddai wrthi ei hun, rhaid ei fod wedi rhoi'r gorau i bwdu.

> Haia, Cer. Dw i'n picio heibio Tyn Twll
> i weld Brychan. Ga i alw ar y ffor adra?

Safodd yn stond yn ei hunfan a darllenodd ei neges am yr eilwaith. Dim calon goch, na sws, na chais am gael aros dros nos efo hi yn y *chalet*. Wfftiodd, gan frasgamu i gyfeiriad y swyddfa. Fyddai hi ddim dau funud yn rhoi gwên ar ei wyneb, meddyliodd, a chamodd i mewn i ddrws siop er mwyn mochel rhag y glaw wrth ateb ei neges.

> Ty'd draw tua chwech o'r gloch heno
> ac mi fydd 'na rwbath poeth yn aros amdanat! xxx

Pan gyrhaeddodd y swyddfa, y cyfarchiad gafodd gan Lora oedd, "Mae dy ffôn di wedi bod yn canu trwy'r bora. Mae 'na ryw Eirlys Khol isio siarad efo chdi am stori Glan Gors."

Tynnodd Cerys ei chôt law a'i rhoi ar gefn cadair ger y gwresogydd i sychu, cyn eistedd wrth ei desg.

"Diolch, Lora, dwi ar dagu isio panad ond mi ro i ganiad yn ôl iddi'r funud 'ma. 'Nath hi ddeud rwbath arall?"

"Naddo, dim ond mynnu bod rhaid iddi gael siarad efo chdi heddiw, cyn iddi fynd ar 'i gwyliau i Tenerife am dair wsnos."

"Braf iawn," meddai Cerys gan godi'r ffôn a deialu'r rhif oedd Eirlys Khol wedi ei adael. Ugain munud yn ddiweddarach rhoddodd y ffôn yn ôl yn ei grud, ac edrychodd Cerys yn gegagored ar Elen.

"Mae Eirlys Khol yn wreiddiol o Benrhynsiriol, ac mae hi a'i gŵr wedi cychwyn *crowdfunder* er mwyn codi arian i achub Glan Gors! A gwranda ar hyn... maen nhw 'di rhoi £5,000 o'u pres eu hunain i mewn, a hynny ar ôl darllen y stori yn yr *Herald*! Ty'd yma i chdi gael gweld y gronfa ar-lein. Mi a'th hi'n fyw bora 'ma."

Aeth Lora draw at ddesg Cerys gan edrych ar sgrin y cyfrifiadur, "Chwara teg iddyn nhw, does 'na bobol dda yn y byd 'ma?"

"Oes wir. Gyda llaw, lle mae Robin a Gerallt?"

"Mi aeth Robin â Gerallt allan am banad, yn amlwg doedd o ddim am i mi glywed be oedd ganddo fo i'w ddeud. Crinc. Ond dwi'n siŵr y cawn ni w'bod gan Gerallt."

Chwarddodd Cerys a rhoddodd Lora winc iddi, "Mi 'na i banad i ni'n dwy er mwyn i chdi gael dechra sgwennu."

Gwenodd Cerys, "O, diolch, ond mae'n rhaid i mi ffonio Elgan gynta."

Pan atebodd Elgan yr alwad, sylwodd Cerys yn syth bod ei lais yn groch, "Haia, Cer. Ti'n iawn?"

"Yndw, wyt ti?"

"Mymryn o annwyd, dyna i gyd," meddai. "'Nes i wlychu at fy nghroen ddoe. Pa newydd?"

Adroddodd Cerys fanylion ei sgwrs efo Eirlys Khol a llonnodd Elgan drwyddo.

"Blydi hel, Cer, am ffeind. Waw! Rhaid i mi fynd i ddeud wrth Mam. Ti am alw ar ôl gwaith, ta be? Gei di swpar efo ni, os ti isio?"

"Www ia. Dacia, na, fedra i ddim dod heno," meddai gan gofio'n sydyn bod Ifan yn galw heibio. "Ond mi ddo i draw nos fory, os ydi hynny'n gyfleus? Dwi angen dyfyniad gen ti hefyd, cyn i chdi fynd,"

"Deud rwbath i'r perwyl fy mod i a Mam yn ofnadwy o ddiolchgar, 'nei di, Cer? Rydan ni'n boddi mewn bilia twrneiod ar hyn o bryd."

"I'r dim, ac mi 'na i anfon neges ata ti pan fydd y stori yn cael ei chyhoeddi. Cofia fi at Mair."

"Siŵr o neud," ac yna meddai'n dawel, "Diolch, Cer. Ti'n werth y byd. Wela i chdi nos fory."

Cychwyn Cronfa Achub Glan Gors

Mae dau o ddarllenwyr yr *Herald* wedi sefydlu cronfa ar-lein i godi arian er mwyn achub fferm deuluol.

Fe dderbyniodd Elgan Parry a'i fam, Mair Parry, o Glan Gors, Llanidwal, rybudd i adael eu fferm fis Medi gan yr Arglwydd Winston, perchennog Ystâd Plas Llechi.

Roedd Eirlys a Leo Khol, sy'n wreiddiol o Benrhynsiriol, wedi rhyfeddu bod yr Arglwydd Winston yn bygwth troi'r teulu lleol o'u cartref. Felly maen nhw wedi agor cronfa, trwy ddefnyddio *Crowdfunder*, i gefnogi teulu Glan Gors gan gyfrannu rhodd hael o £5,000.

"Pan 'nes i ddarllen eu bod wedi cael rhybudd i adael y fferm a hynny prin fis ar ôl claddu tad a gŵr, roedd fy nghalon i'n gwaedu drostynt. Rydan ni ar drothwy'r Nadolig – tymor ewyllys da, i fod," meddai Mrs Khol.

Dioddefodd Mr Parry anafiadau angheuol mewn damwain ar y fferm, ar ôl cael ei gornelu gan darw.

Dywedodd llefarydd ar ran swyddfa Ystâd Plas Llechi fod Glan Gors wedi cael ei gosod i'r teulu am dair cenhedlaeth a bod y denantiaeth wedi dod i ben efo marwolaeth Emlyn Parry.

"Mae Mair Parry ac Elgan Parry wedi cael cynnig i brynu'r fferm am bris teg ac maen nhw wedi gwrthod. Fyddwn ni ddim yn gwneud unrhyw sylw pellach gan fod proses gyfreithiol yn mynd rhagddi."

Cadarnhaodd Elgan Parry ei fod o a'i fam wedi gofyn i Dribiwnlys Tir Amaeth ymyrryd.

"Mae Glan Gors yn fwy na chartref, mae hi'n fywoliaeth ac yn ffordd o fyw. Rydan ni wedi buddsoddi pob ceiniog oedd gynnon ni yn y fferm. Ein gobaith ni yw y bydd y Tribiwnlys Tir Amaeth yn ein cefnogi a bydd tenantiaeth Glan Gors yn cael ei throsglwyddo i fi a Mam."

Ychwanegodd nad oedd y teulu yn gallu fforddio prynu'r fferm. "Rydan ni'n ddiolchgar dros ben i Eirlys a Leo Khol, ac mi fydd yr arian yn gymorth i dalu i'n twrneiod i ymladd ein hachos."

Dywedodd Eirlys Khol ei bod hi a'i gŵr wedi gadael Penrhynsiriol pan oedden nhw'n ifanc.

"Ein bwriad oedd mynd i ffwrdd i weithio a hel digon o arian i ddod yn ôl, prynu tŷ a gosod gwreiddiau. Ond roedden ni wedi cael blas ar ennill cyflogau da, yma yn Llundain. Er ein bod wedi ymddeol, ddown ni ddim yn ôl i Benrhynsiriol i fyw. Mae gennym wyrion ac wyresau yn byw gerllaw ac rydan am eu gweld nhw yn prifio."

Ychwanegodd Eirlys Khol ei bod o'r farn bod y frwydr dros dai i bobol leol wedi ei cholli mewn cymunedau Cymraeg fel Penrhynsiriol.

"Roedd hi'n ddigon anodd i bobol leol fforddio tŷ pan oeddan ni'n ifanc. Mae hi bron yn amhosib rŵan. Brwydr dros dir yw hi bellach a dwi'n mawr obeithio y bydd y gronfa yn gymorth i'r teulu bach Cymraeg yma gael aros yn Glan Gors."

Cyrhaeddodd Cerys adra toc wedi pump o'r gloch. Gwnaeth dân yn y stof goed ac aeth yn syth am gawod. Gwisgodd ei nicer bach efo'r bra yn cydweddu, cyn chwistrellu ei phersawr mwyaf drud yma ac acw ar hyd ei chorff. Gan hymian i gyfeiliant un o ganeuon Pys Melyn, gwisgodd siwmper hir gynnes a throwsus pyjama.

Aeth ati i gynnau canhwyllau a daeth cnoc ar y drws. "Ty'd i mewn," galwodd yn llawen a brysiodd i'w groesawu. Camodd Ifan i mewn i'r *chalet* yn chwithig, efo'r olwg swil yna roedd hi mor hoff ohono, ar ei wyneb. Taflodd ei breichiau amdano ac aeth ar flaenau ei thraed i'w gusanu, ond ar y funud olaf trodd ei wyneb a glaniodd ei chusan ar ei foch.

"Haia, Cerys. Ti'n iawn?"

Gwenodd arno gan grychu ei thalcen, "Yndw, wyt ti?"

Anesmwythodd Ifan drwyddo, "O'n i'n meddwl y dylan ni gael sgwrs."

"Www," meddai'n ddireidus. "Ti'n swnio'n ffurfiol braidd, Ifan. Fysat ti'n licio potelaid o Gwrw Llŷn?"

"Na, dim diolch. Dwi'n dreifio."

Edrychodd yn syn arno, "Ti ddim am aros, felly?"

"Ga i ista?"

"Ifan, be sy? Ydi pawb yn iawn yn Tyn Twll?"

Ceisiodd wenu arni a sylweddolodd Cerys ei fod bron yn ddagreuol. "Ty'd i ista... be sy 'di digwydd?"

Eisteddodd Ifan gan roi ei law ar ei dalcen. "Cer, ti'n gw'bod 'mod i'n dy garu di, yn dwyt?"

"O'n i'n amau," meddai gan roi pwniad bach chwareus iddo.

"Ond dwi ddim yn meddwl bod gen ti'r un teimlada tuag ata i."

"Be? Pam ti'n...?"

"Gad i mi orffen, plis. Mae hyn yn ddigon anodd heb i chdi ddechra fy nghroesholi. Dwi 'di deud wrth Brychan heddiw na fydda i'n dod i'w helpu efo'r wyna yn y gwanwyn. O'n i 'di bwriadu mynd i grwydro nes i mi dy weld di'r diwrnod hwnnw ar draeth Porth Saint. Dwi 'di bod yn hel fy mhres ers blynyddoedd. Mae hi'n freuddwyd gen i fynd i grwydro rhai o wledydd De America, ac ella Fietnam hefyd."

Plethodd Cerys ei dwylo yn amddiffynnol o flaen ei bron. "'Nest ti ddim sôn dim byd am fynd i grwydro wrtha i. Dyma'r tro cynta i chdi grybwyll mynd i deithio'r byd."

Edrychodd arni, ei wyneb yn boenus o drist. "Mi 'nes i fopio fy mhen efo chdi, ac mi oedd dod i helpu Brychan efo'r wyna yn ffordd o gael bod yn agosach ata ti a chael dy weld yn amlach. Ar un adeg, o'n i'n hannar gobeithio y bysa chdi'n dod efo fi i deithio. Ond dwi'n sylweddoli erbyn hyn pa mor bwysig ydi dy waith i chdi…"

"Ydw i'n cael gofyn am faint fyddi di i ffwrdd?" gofynnodd yn bwdlyd.

Rhoddodd Ifan ei ben i lawr. "Does gen i ddim syniad ar hyn o bryd, ella blwyddyn, ella mwy, wn i ddim. Cerys, dwi'n meddwl ein bod ni 'di colli ein ffordd…"

Edrychodd yn gegrwth arno, ac yna meddai'n bigog. "Be ti'n feddwl 'colli ein ffordd'? Dim mynd am dro oeddan ni, Ifan. Am beth i'w ddeud."

Disgynnodd tawelwch llethol rhyngddyn nhw a syllodd y ddau i mewn i fflamau'r tân. Dechreuodd ei gwefusau grynu a methodd Cerys yn ei hymgais i gadw'r dagrau draw. "Pam ti'n deud y petha 'ma, Ifan?" gofynnodd, ei llais yn grynedig. "Be dw i 'di 'i neud o'i le? Dwi 'di deud wrtha chdi 'mod i mor sori am y ffordd 'nes i ymddwyn yn y parti."

Llifodd y dagrau i lawr ei gruddiau a rhoddodd Ifan ei fraich amdani. "Y peth olaf dwi isio ei neud ydi dy frifo di, Cer. Ond nid fi ydi'r dyn i chdi, ac ym mêr dy esgyrn, ti'n gw'bod hynny, dwyt? A dwi ddim isio treulio'r gwanwyn yn llawn paranoia, fel Sioned."

Sychodd ei dagrau ac edrychodd arno'n flin. "Sioned? Be sy gan honno i neud efo hyn?"

Ochneidiodd Ifan, "Paid â deud dy fod di o bawb heb sylwi ei bod hi ar biga'r drain pan wyt ti ac Elgan o dan yr un to? Mae arni hi ofn drwy'i thin ac allan dy fod ti'n mynd i ddwyn 'i chariad hi."

Wrth glywed hynny, cafodd Cerys ei llorio'n llwyr a wyddai hi ddim sut i ymateb. Roedd ei meddwl chwim yn hollol ddryslyd. Ymhen hir a hwyr, dywedodd yn dawel. "Ti'n siarad drwy dy het rŵan, Ifan."

"Ydw i?" ac yna meddai'n dyner, "Dwi'n meddwl fod gan Sioned le i boeni fy hun. Dwi wedi deud wrtha chdi o'r blaen bod Elgan yn dal mewn cariad efo chdi – roedd hynny'n amlwg yn y Clwb Rygbi. Ond erbyn hyn, dwi'n meddwl dy fod titha, ella, yn dal mewn cariad efo fo hefyd."

Edrychodd arno drwy gornel ei llygaid, "Ti'n rhuo rŵan."

Gwenodd arni wrth godi ar ei draed gan ddatgan ei fod am ei throi am adra.

"Dw i isio i chdi aros..."

"Os 'na i aros heno mi fydd hi'n anoddach byth i mi adael bora fory. Dwi'n dymuno'r gora i chdi, Cer, ac mi fydd pwy bynnag 'nei di ei ddewis yn gymar oes i chdi yn ddyn lwcus iawn. Ond nid fi ydi'r dyn hwnnw, gwaetha'r modd."

Wedi iddo adael, gan gau'r drws yn dawel ar ei ôl, arhosodd Cerys ar y soffa yn syllu i'r tân. Bu felly am beth amser, yn methu gwneud pen na chynffon o'i theimladau. Yna, gafaelodd yn ei ffôn, gan sgrolio drwy'r enwau nes dod o hyd i rif ei thad.

"Dad," meddai gan sniffian, ei llais yn grynedig.

"Cerys, be sy'n bod 'mach i?"

"Ma Ifan 'di gorffan efo fi, Dad."

"Paid â phoeni, pwt. Fo sydd ar 'i golled. Ac os ydi o'n rhywfaint o gysur i chdi, mae Olwen newydd orffan efo finna hefyd."

"O, Dad..." meddai, gan roi rhyw hanner chwerthiniad, drwy ei dagrau.

"Dwi'n dy golli di, Dad. 'Nei di ddod draw, plis?"

"G'naf siŵr iawn, os ydi hynny'n iawn efo dy fam. Mae gen i waith cymodi efo'r ddwy ohonoch chi. Mi o'n i ar fai pan o'n i acw yn ddiweddar. Ond dwi'n mynd i neud yn iawn am hynny, mae'r ddwy ohonoch chi'n haeddu gwell."

"Dwi'n edrych 'mlaen at dy weld, Dad."

"A finna chditha, cariad bach. Chdi 'di cannwyll fy llygad, y peth gorau ddigwyddodd i mi 'rioed. Cofia di hynny."

"Diolch, Dad."

Pennod 19

A HITHAU'N NOSON canu carolau a goleuo'r goeden Nadolig, roedd mwy o drafodaeth nag arfer am y tywydd ar strydoedd Aberwylan. Y consenswg oedd y byddai'r glaw wedi cilio erbyn pump o'r gloch ac felly roedd yna hen edrych ymlaen.

Roedd Band Pres Penrhynsiriol wedi bod yn ymarfer ers wythnosau. Felly hefyd Côr Llanidwal a disgyblion ysgolion cynradd Aberwylan a Phorth Saint.

Draw yn swyddfa'r *Herald* roedd Gerallt, Lora a Cerys newydd orffen addurno'r swyddfa.

"Pwy sy'n goleuo'r goeden 'Dolig 'leni?" holodd Cerys.

"Y Cynghorydd Tudwen Puw. Mi ges i air efo hi'n gynharach," atebodd Lora.

"Mae'n siŵr bod y plantos yn edrych ymlaen?"

"Yndyn – dw i'n gw'bod pob gair o 'Dawel Nos' a 'Chlychau Santa Clôs' ers wythnosa," ychwanegodd Lora, gan edrych i gyfeiriad y nenfwd.

"Felly mae hi acw hefyd," meddai Gerallt, "Laa la la laa..."

Lluchiodd Lora belen bapur ato a phlygodd Gerallt yn ôl yn ei gadair, gan chwerthin llond ei fol.

"Ti am ddeud wrthon ni pam aeth Robin â chdi allan o'r swyddfa am banad a sgwrs wsnos dwytha, ta be?"

"Ia, ty'd 'laen."

Daeth golwg hunanfoddhaol dros wyneb Gerallt. "Mae

o ofn trwy 'i din ac allan y bydd bosys yr *head office* yn cael clywed am ei fistimanars yn Bar Ewinedd Efail Wen. Mae o'n trio deud fod y cops yn dallt ei fod yno ar drywydd stori."

Edrychodd y ddwy arall ar ei gilydd. "Lle mae'r stori anghredadwy yma ar gael i'w darllen felly?" meddai Lora, yn sbeitlyd.

Ochneidiodd Gerallt a chymryd llwnc o'i botel ddŵr. "Does yna ddim stori, siŵr Dduw, ond mae o 'di llyncu ei gelwydd 'i hun erbyn hyn. Mae fo a Glenda isio mynd â ni ein tri allan am ginio 'Dolig, medda fo."

Disgynnodd tawelwch dros y swyddfa am ennyd, wrth i'r ddwy geisio dychmygu'r ffars o wledda efo'r golygydd a'i wraig.

"Pam fysa cybydd fel Robin yn dewis talu am fwyd i ni'n tri?"

"Er mwyn diolch i ni am gau ein cega, ella?"

"Fydda i'n rhy brysur y noson honno. Ffycing crinc!" meddai Cerys gan godi o'i chadair a gwisgo ei chôt.

"A fi. Sglyfath budur," eiliodd Lora a chwarddodd y tri.

Rhoddodd Cerys wybod iddyn nhw ei bod yn mynd i gael cinio efo hen ffrind oedd â stondin yn y farchnad Nadolig awyr agored ar faes Aberwylan.

"Wela i chi nes 'mlaen," meddai, a chamodd allan o'r swyddfa. Dechreuodd hel meddyliau am Ifan yn syth a daeth ton o dristwch drosti. Doedd hi ddim yn derbyn ei ddadansoddiad o'i pherthynas hi ac Elgan. Ond, yn anad dim, roedd hi'n flin am iddi fethu â rhagweld bod Ifan am ddod â'u carwriaeth i ben.

Wrth iddi nesáu at y maes, gwelodd fod rhai o'r stondinau wedi eu haddurno â goleuadau bach, lliwgar. Ond stondin ei ffrind oedd yr harddaf, a hynny oherwydd ei symlrwydd.

Trimins wedi eu gwneud â llaw, o frigau a dail wedi crino'n aur, moch coed a chelyn efo aeron coch, oedd gan Enfys.

Magwyd ei ffrind mewn cymuned fechan oedd wedi dewis ffordd amgen o fyw. Roedd ei rhieni yn un o ryw ddwsin o oedolion a ymgartrefodd ger Trwyn Penrhynsiriol, oddeutu tri degawd yn ôl.

Hipis oedd wedi teithio'r byd yn ifanc cyn setlo er mwyn anfon eu plant i'r ysgol leol, oedden nhw. Ac am eu bod wedi gwneud yr ymdrech i ddysgu Cymraeg, roedd y gymuned leol wedi eu cofleidio.

"Haia!" meimiodd Cerys gan godi ei llaw ar Enfys wrth aros yn amyneddgar tu ôl i griw o ddisgyblion Ysgol Uwchradd Aberwylan. Roedden nhw'n ciwio i brynu uchelwydd, gan biffian chwerthin yn afreolus bob hyn a hyn, wrth drafod pwy fydden nhw'n ei dargedu er mwyn ceisio hawlio sws.

"Ty'd i ista yn fama, mae hi 'chydig yn gynhesach o dan y canopi," meddai Enfys gan gymryd taliad gan un o'i chwsmeriaid.

"Diolch," meddai Cerys wrth stwffio at ei ffrind y tu ôl i'w stondin. "Ti'n cael hwyl ar y gwerthu?"

"Wel, mae'r planhigion perlysiau, yn enwedig y saets, yn mynd yn dda 'radag yma o'r flwyddyn. A basgedi gwiail Mam, a mêl Dad, wrth gwrs. Ti awydd panad i g'nesu? Dwi 'di bod wrthi'n sychu llwyth o berlysiau a blodau, felly mae 'na ddewis da gen i. Neu be am banad efo mintys ffres?"

"Ww ia, dwi'n licio mintys."

Tarodd Cerys ei llygaid ar fasged wedi ei gwneud o helyg â handlen o froc môr arni. "Mae honna'n fasged hardd ac anarferol, ond be am hon?" gofynnodd gan bwyntio at un oedd yn crogi ar bolyn uwch ei phen.

Gafaelodd Enfys yn y polyn ac estyn y fasged er mwyn i Cerys gael ei gweld yn iawn. "Ti'n gallu rhoi honna ar dy gefn fel bod dy ddwylo di'n rhydd wrth fynd am dro. Mae gen i un fy hun ar gyfer hel priciau coed tân, madarch, moch coed ac ati."

"Handi. Mi gymera i hon felly, yn anrheg 'Dolig i mi fy hun am weithio mor galad."

Ar ôl paratoi'r te mintys a rhoi llond mỳg mawr ohono yn nwylo Cerys, eglurodd Enfys pam ei bod wedi gofyn iddi bicio draw. Fel nifer o drigolion yr ardal, roedd ganddi ddiddordeb yn y frwydr i achub Glan Gors, eglurodd.

"Mae gen i lawer o wybodaeth allai fod o fudd i Elgan. Ond mae'r 'Dolig yn gallu bod yn anodd weithia, felly o'n i isio dy gyngor."

"Sut fath o gyngor?"

"Dwi'n gweithio deuddydd yr wsnos i'r elusen Gwreiddiau Gwyrdd. Ella dy fod di wedi clywed amdanon ni?"

"Naddo, er mawr g'wilydd imi."

"Dydan ni ddim yn dda iawn am hyrwyddo ein gwaith, a bod yn onest. Yn y bôn, rhwydwaith byd-eang o werin bobol sy'n gweithio'r tir ydi Gwreiddiau Gwyrdd. Mae llawer o'n haelodau 'di sefydlu ffermydd cydweithredol, neu yn y broses o neud hynny. Wel, dwi'n deud ffermydd, ond mwy fel tyddynnod, neu hyd yn oed llain o dir. Dwi newydd ddod adra o Ddyffryn Aeron, lle bues i'n gweld menter gydweithredol Tyddyn Tirion, ffarm sy'n llai nag ugain erw."

Efo'r cyflwyniad syml hwnnw, roedd Enfys wedi llwyddo i hoelio sylw Cerys.

"Sut mae ffarmio ar ddim ond ugain erw?"

"Drwy dyfu llysiau, yn eu tymor, ar gyfer y farchnad fwyd lleol. Ffarmio law yn llaw efo natur a chwtogi ar y milltiroedd bwyd. Faint o deuluoedd ti'n meddwl mae Tyddyn Tirion yn eu bwydo bob wsnos?"

"Dim syniad, Enfys. *Townie* fydd Elgan yn fy ngalw i weithia."

Chwarddodd ei ffrind, "Ers faint ydach chi'n canlyn bellach?"

Edrychodd Cerys yn hurt arni, "Ym, dydan ni ddim yn canlyn..."

Cochodd Enfys at ei chlustiau a daeth atal dweud drosti, "Ymm, o, wel, o diar, sori... dwi 'di bod i ffwrdd a dw i'm yn un sy'n cymryd diddordeb ym mywydau personol ffrindia ar-lein."

Dangosodd Cerys gledr ei dwy law iddi, "Hidia befo. Tyddyn Tirion?"

"Ia, mae gan Tyddyn Tirion dros hanner cant o deuluoedd sy'n prynu eu bocsys llysiau organig, bob wsnos. Ac mae dwy siop leol, dau gaffi a gwesty crand yn prynu ganddyn nhw hefyd, i gyd o fewn dalgylch o ryw saith milltir, neu lai."

Edrychodd Cerys ar ei ffrind efo edmygedd, "Ar ddim ond ugain erw?"

"Wel, na, dwi wedi dy gamarwain di braidd, rhyw bum erw sy'n cael eu defnyddio ar gyfer tyfu llysiau. Dydyn nhw ddim yn ffarmio'r tir i gyd. Mae'r rhan fwyaf o'r ffarm yn cael ei gwarchod o ran bioamrywiaeth. Mewn twneli plastig maen nhw'n tyfu llawer o'u cynnyrch. Popeth heblaw tatws, bresych ac ati."

Gwyddai Cerys fod ganddi'r sylfaen am stori dda a chynhigiodd roi sylw i waith Enfys efo Gwreiddiau Gwyrdd ar wefan yr *Herald*.

"Grêt! Diolch. Felly, ti'n meddwl y byddai gan Elgan ddiddordeb?"

"Faswn i'n synnu dim, roedd o'n deud wrtha i'n ddiweddar y bydd rhaid iddo chwilio am ffyrdd gwahanol i ychwanegu at incwm y fferm, tasa fo'n cael aros yn Glan Gors."

Aeth Cerys i'w bag i nôl ei ffôn symudol, "Mi 'na i decstio rhif Elgan a rhif y tŷ i chdi."

"I'r dim. Rŵan ta, ti awydd rwbath i'w fwyta?" gofynnodd gan bwyntio at nifer o bastai o dan gromen wydr. "'Nes i bobi'r rhain fy hun am hanner awr 'di chwech bora 'ma. Efo blawd cyflawn, ac er na fi sy'n deud, maen nhw'n flasus ac yn faethlon. Pa un gymri di – pastai ffa sbeislyd, ta un efo cennin, tatws a chaws Cwm Hiraeth?"

Roedd Cerys yn glafoerio, "Mm, anodd. Un o bob un plis, Enfys."

*

Toc wedi pedwar o'r gloch y prynhawn roedd hi'n dechrau nosi wrth i Buddug yrru draw i gyfeiriad Glan Gors er mwyn rhoi llifft i Mair i'r noson garolau. Teimlai mor falch o weld bod ei ffrind wedi steilio ei gwallt. Arwydd, meddai wrthi ei hun, fod iechyd meddwl ei ffrind yn gwella.

"'Nei di ddim tecstio Medwen i ddeud ein bod ni ar ein ffordd ac y bydda i'n canu'r corn pan fyddan ni 'di cyrraedd?"

"Iawn, Budd. Dwi heb weld Meds ers tro byd. Mi fydda i'n gweld mwy o Cerys y dyddia yma, ers i'r cariad orffan efo hi."

Gan yrru'n ofalus, aeth y demtasiwn i fusnesu yn drech na Buddug. "Oes 'na gynnau tân ar hen aelwyd eto hi ac Elgan, ta be?"

"Duw a ŵyr. Dwi 'di dysgu peidio gofyn, ac mae Elgan yn dal i ganlyn Sioned. Mae hi a Ffion yn mynd i dreulio'r

'Dolig yn Sbaen, efo Morfudd ac Antoni, fel byddan nhw bob blwyddyn."

Canodd Buddug y corn tu allan i'r tŷ yn Efailgledryd a brysiodd Medwen allan i ymuno â nhw. "Helô, genod! Pa hwyl?" holodd yn llawen gan gymryd ei lle yn sedd gefn y car.

"Reit dda, Meds, mae gen ti goeden 'Dolig hardd iawn yn ffenast."

"Oes, Mair. Dwi'n licio ogla coeden 'Dolig go iawn, ac ella na 'leni fydd y flwyddyn olaf i mi gael ffenast sy'n ddigon mawr i'w dangos yn iawn."

Crychodd Buddug ei thrwyn wrth feddwl am Jac. "Cythraul mewn croen," meddai o dan ei gwynt, ond yn ddigon uchel i'w ffrindiau glywed, serch hynny.

"Weeel, ella ddim. Mi ddoth draw pnawn 'ma i ddeud 'i fod o isio rhoi ei hanner o'r tŷ i Cerys. Mae'r Olwen fach 'na wedi gorffan efo fo ac mae hi 'di cyfaddef na dim Jac ydi tad y babi!"

Yn dilyn eiliad o dawelwch tra bu Buddug a Mair yn ystyried y wybodaeth syfrdanol hon, chwarddodd y ddwy yn uchel.

"Wel ar fy ngwir, mae'r coblyn drwg wedi cael dos o'i ffisig 'i hun o'r diwadd," meddai Buddug, a chwarddodd y tair drachefn.

"'Nes i ddeud wrtho fo y byddwn i'n 'i goelio fo pan fyddwn i'n gweld ar ddu a gwyn bod Cerys yn cael hanner y tŷ."

"Mi 'nest ti'n iawn. Ond sut mae o'n medru bod mor siŵr nad fo ydi tad y babi? Mi fydd rhaid iddo fo gael prawf gwaed, siawns?"

Dechreuodd Medwen giglan. "Ddylwn i ddim chwerthin, ond mae o 'di deud y bydd y babi yn cyrraedd cyn diwedd y flwyddyn, a dim ond ers llai na chwe mis mae o wedi bod efo hi! Rhyw foi o'r enw Ryan ydi'r tad, a fo ydi tad y plentyn arall hefyd."

"Blydi hel, mae Jac yn licio drama, yn tydi?"

"Mae 'na fwy!" meddai Medwen o gefn y car. "Mi roddodd y Ryan 'ma uffarn o gweir iddo fo, ac mae o 'di dychryn cymaint, mae o'n sôn am symud i Ganada i weithio."

"Canada?"

"Ia, Canada. Dyna lle aeth Malcom ei frawd. Mae o'n gneud pres da yn torri coed, yn ôl Jac."

"Aros funud, lle mae Jac rŵan?" holodd Buddug yn ddrwgdybus.

"Mae o 'di mynd â Cerys am swpar i'r Llew Gwyn – fano mae o'n aros. Paid â phoeni Budd, does 'na ddim croeso iddo fo acw. Mae o'n mynd am Lundain ddydd Llun i sortio petha fel fisa a thrwydded gwaith."

"Gwynt teg," meddai Buddug, wrth fynd ati i barcio'r car ar un o strydoedd cefn Aberwylan.

Roedd y dref yn llawn cynnwrf, a'r goleuadau Nadolig yn pefrio o dan flanced o sêr ar noson oer a chlir. Ceisiai athrawon a rhieni gorlannu'r plant oedd yn aros eu tro i fynd ar y chwyrligwgan, er mwyn eu hebrwng i ganu carolau.

Ymhen hir a hwyr tawelodd y gerddoriaeth a ddeuai o dryc Siôn Corn a chychwynnodd y plant ganu. Funud yn ddiweddarach dechreuodd nifer o gŵn udo, ac roedd rhaid ailddechrau am fod cymaint o blant wedi dechrau giglan o blith ei gilydd. Yna, tro Band Pres Penrhynsiriol oedd hi i ddiddanu'r gynulleidfa.

"O'n i'n clywed bod 'na stondin Gluhwein yma, neu win cynnes i chi a fi. Ti'n gêm Mair?" gwaeddodd Medwen yn ei chlust.

"Ew, syniad da – mi 'neith hynny ein c'nesu ni."

Yna, gofynnodd i Buddug os oedd hi eisiau gwin cynnes.

"Well i mi beidio, rhag ofn bod blas mwy arno fo. Ond mae hi'n edrych yn debyg bod 'na ddiawl o giw."

Daeth cân gyntaf y band pres i ben a chlywodd Medwen rywun yn galw ei henw. Trodd ei phen a gweld Tomi Lee yn gwenu fel giât arni. Roedd o'n drydydd yn y ciw am y gwin cynnes, "Faint?" gwaeddodd, a gwgodd y ddynes flin oedd yn sefyll tu ôl iddo.

"Dau plis," gwaeddodd Medwen yn ôl, a sylwodd y ddwy arall ei bod wedi llonni drwyddi. Doedd dim dadl bod Tomi yn ddyn golygus.

"Mae 'na rwbath reit secsi am ddyn sy'n gwisgo ei wallt fymryn yn llaes. Fysa chdi'n cytuno, Mair?" meddai Buddug gan roi winc bryfoclyd tu ôl i gefn Medwen.

"Stopiwch y ddwy ohonoch chi! Dydach chi ddim ffit. Faint ydi'ch oed chi?"

Erbyn i Tomi wthio ei hun drwy'r dorf efo llond dwy gwpan bapur o win cynnes roedd rhyw swildod yn perthyn iddo.

"Helô, ferched," meddai, ond dim ond ar Medwen yr edrychai. "Pwy sy'n cael gwin?"

"Ym, fi a Mair. Diolch i chdi Tomi, ond lle mae dy un di?"

"O, dim ots. O'n i 'di cael un yn barod, sdi. Mae o'n neis iawn."

Rhoddodd Buddug bwniad sydyn i Mair, "Mae'r ddwy ohonan ni'n mynd i chwilio am dŷ bach, welwn ni chdi wrth y car ar ôl seremoni goleuo'r goeden, Meds," a throdd y ddwy ar eu sodlau, cyn i'w ffrind gael amser i'w hateb.

Edrychodd Medwen ar Tomi gan feddwl pa mor swanc yr edrychai yn ei gôt croen dafad. "Rownd fi ydi hi a does yna fawr o giw rŵan – ti awydd rhyw win cynnes bach arall, Tomi?"

"Fydda hynny'n hyfryd, Medwen," meddai, gan roi ei ben i lawr i geisio cuddio'r ffaith ei fod wrth ei fodd efo'i chynnig syml.

Ar y ffordd adra, cafodd Medwen ei holi'n dwll amdani hi a Tomi Lee tra syllai'n freuddwydiol drwy ffenest gefn y car. Ar y dechrau, roedd hi'n gyndyn o rannu unrhyw wybodaeth, ond yn amlwg roedd Buddug a Mair yn torri eu boliau eisiau gwybod beth oedd ar droed.

"Ocê ta, mae Tomi am ddod draw acw wsnos nesa i fynd â fi am dro yn y Morris Minor. Mi 'nath o brynu sgerbwd o gar bymtheg mlynedd yn ôl ac mae o wedi ei roi'n ôl at ei gilydd fesul darn. Mae'r car fel newydd rŵan, medda fo."

"Ti'n meddwl y gweli di fwy na'i Forris Minor o, Meds?"

"Buddug!" gwaeddodd, ond cafodd ei boddi gan sŵn chwerthin ei ffrindiau.

Pennod 20

Paratoi tuag at ei hymweliad â Glan Gors roedd Enfys, pan ddaeth ei mam o hyd iddi yn y pantri yn sglaffio darn o fara wrth ffrio wyau i frecwast. Wedi ymweliad Cerys â marchnad y ffermwyr roedd hi wedi cysylltu ag Elgan i gynnig gwybodaeth iddo am Gwreiddiau Gwyrdd.

"Dyma fi wedi dod o hyd i chdi," meddai Manon, gan roi un o'r basgedi roedd hi wedi ei gwneud â llaw i eistedd ar yr hen fwrdd llechen.

"Dwi am ei throi hi'n o fuan, faswn i'n licio dod adra cyn iddi nosi gan ei bod hi'n gaddo storm arall at gyda'r nos. Ti 'di clywed gan Dad?"

"Do, mae o newydd gyrraedd yn saff, ond mi oedd rhaid iddo aros yn hir ar y naw yn Dubai am awyren i Kolcota. Ar ôl cyrraedd fano, gafodd o hediad yn syth i Sylhet."

"Cyn i mi anghofio, dim ond rhyw chwarter tanc o betrol sy 'na yn y fan. Ella bysa'n syniad i chdi ei llenwi hi ar y ffordd adra. Oes gen ti ddigon o bres?"

"Oes, Mam, dwi'n hogan fawr rŵan," atebodd ei merch gan dynnu stumiau, cyn rhoi cusan iddi ar ei boch.

Byddai'n cymryd o leiaf dri chwarter awr i Enfys gyrraedd Llanidwal o Drwyn Penrhynsiriol. Ar ôl pwyso a mesur, penderfynodd y byddai'n gwau trwy ganol y penrhyn am newid bach. Yn amlach na pheidio, byddai yn cymryd un o'r ddwy lôn ar hyd yr arfordir.

Ond y diwrnod hwnnw, mi gymerodd y daith bron i awr a hanner. Pan oedd hi ar gyrion Rhyd y Werin, camodd hen ŵr yn ei gwman allan i'r lôn gan chwifio ei ddwylo arni. Arafodd hithau'r fan ac agor ei ffenest, "Bore da. Ydach chi'n iawn?"

"Fedrwch chi ddim mynd ddim pellach – mae'r afon wedi llifo dros 'i glannau. Y peth gora fedrwch chi neud fydda troi'n ôl yn yr iard," meddai gan bwyntio tu cefn iddo, "a mynd heibio Ogof y Meirw."

"O diar. Wel, diolch yn fawr i chi, neu mae beryg y byddwn i wedi mynd yn styc."

Gwenodd arni, cyn dechrau ei holi'n dwll. "I le ydach chi'n mynd felly? Un o'r pen yma ydach chi?"

Ddeng munud yn ddiweddarach, daeth y sgwrs i ben. Dyna un o'r pethau roedd Enfys yn ei garu am Benrhynsiriol. Wrth fod yn siaradwr Cymraeg, roedd hi'n bosib taro ar ddieithryn a chael sgwrs fel hen gyfeillion.

Draw yn Glan Gors, roedd Elgan newydd orffen clirio'r cwteri o gwmpas yr iard a'r tŷ yn dilyn dilyw dros nos. Edrychodd i gyfeiriad y tŷ gwair pan glywodd sŵn cerbyd a gwelodd fan fawr felyn yn tagu dod i lawr o geg y lôn i'r iard. Gwelodd mai Enfys oedd wrth y llyw.

"Enfys!" meddai'n llawen gan agor drws y fan iddi. Yna aeth fymryn yn swil. Doedd o ddim wedi ei gweld ers pan oedden nhw'n yr ysgol uwchradd, lle byddai hi wastad mewn trafferth am ychwanegu tipyn o liw i'w hiwnifform dywyll. O'i flaen, safai dynes ifanc hardd efo gwallt hir fel y fagddu a chanddi nifer o glustdlysau. Gwisgai siaced wlân streipiog amryliw, ac am eiliad, roedd Elgan wedi colli ei dafod.

"Lle ti 'di bod ers talwm?" gofynnodd, gan straffaglu i ddewis ei eiriau.

Chwarddodd hithau. "Mi es i deithio am sbel go hir. Mae o yn y gwaed mae gen i ofn!"

"Lle fuost ti?" meddai, cyn sylweddoli pa mor oer oedd hi allan ar yr iard. "Sori, mae'r gwynt yma'n fain heddiw. Ty'd i'r tŷ i chdi gael c'nesu. Mae Mam wedi gorfod picio i Borth Saint, felly dim ond y fi sy 'ma."

Neidiodd Enfys yn ysgafn droed allan o'r fan a rhyfeddodd Elgan ar y gwahaniaeth rhyngddyn nhw o ran taldra. Rhaid ei bod tipyn yn llai na phum troedfedd, meddai wrtho ei hun. Yng nghegin gynnes Glan Gors adroddodd Enfys rywfaint o'i hanesion yn crwydro'r byd.

"Mi es i fyw at deulu Dad i Bangladesh am flwyddyn, ond ges i drafferth setlo ar ôl dod adra. Felly mi es i aros efo teulu Mam yn Ffrainc, a ges i waith ar ffarm gydweithredol. Mi 'nes i ddysgu lot yno."

Eglurodd Elgan fod llygedyn o obaith ganddo fo a Mair gael aros yn Glan Gors pe baent yn ennill y dydd yn Nhribiwnlys y Tir Amaeth.

"Does gynnon ni ddim dyddiad eto, ond er gwaetha'r ansicrwydd mae rhaid i ni edrych i'r dyfodol. Rydan ni angen cynllun busnes, sy'n golygu tipyn o arallgyfeirio. Fedra i ddim dibynnu ar grantiau, fel ers talwm, pan oedden ni'n aelodau o'r Undeb Ewropeaidd."

Llowciodd Enfys weddill ei phaned a mwytho pen Pero â'i llaw arall. Er nad oedd yr hen gi defaid erioed wedi ei gweld o'r blaen, roedd wedi gosod ei ben ar ei glin, y munud yr eisteddodd hi yn y gadair.

"Mae 'na rywfaint o grantiau ar gael o hyd, sdi, Elgan i brosiectau sy'n parchu'r amgylchedd naturiol. Dwi ddim yn sôn am arian mawr – rhyw 'chydig o filoedd ar y mwya. Ond dwi'n hapus i dy roi di ar ben ffordd."

Ers sgwrsio efo Enfys dros y ffôn wythnos ynghynt, roedd Elgan wedi darllen ac ailddarllen pob mymryn o wybodaeth roedd hi wedi ei anfon ato, yn rhinwedd ei swydd efo Gwreiddiau Gwyrdd.

"Dwi'n licio'r syniad yma o dyfu llysiau, cael bwyd yn 'i dymor felly a bwydo'r gymuned," meddai Elgan gan fwytho ei ên yn ansicr.

"Ond?"

"Wel, mae hi'n ddigon hawdd plannu, ond mi fyddan ni angen sawl pâr o ddwylo i'w tynnu o'r pridd, bob wsnos, ac i ddosbarthu'r bocsys llysiau ac ati. Dydw i ddim yn gweld sut byddwn i a Mam yn gallu gneud hynny ar ben bob dim arall, rhywsut."

Cododd Enfys ar ei thraed yn llawn egni. "Be am fynd am dro? Dwi'n medru meddwl yn well allan yn yr awyr agored. Dechra yn fach, Elgan, nes i chi gael eich traed tanoch. Camau bach, nid camau cawr. Cychwyn efo stondin, neu gwt gwerthu llysiau yng ngiât y lôn, efo bocs i bawb roi eu pres ynddo fo. Mae'r rhan fwya o bobol yn onest. Pan fydd gen ti well syniad o dy farchnad, a phwy ydi dy gwsmeriaid, wedyn medri di ddechrau meddwl am gynllun bocsys llysiau wythnosol."

Roedd cath frech wedi neidio ar fonet gynnes y fan ac aeth Enfys ati'n syth i'w mwytho. Rhwbiodd ei phen nes ei bod yn canu grwndi'n uchel wrth i Elgan ryfeddu at yr olygfa.

"Dyna i chdi'r tro cynta i mi weld Dewi yn hel mwytha efo neb diarth, Enfys. Ti'n un am dy anifeiliaid, yn amlwg."

"Yndw," meddai, gan lusgo ei hun oddi wrth y gath. "Mae 'na andros o lot o gytia cerrig braf yn yr iard yma, Elgan. Be ti'n gadw ynddyn nhw?"

Cyfaddefodd fod llawer o'r cytiau'n wag ac nad oedd neb wedi gwneud defnydd ohonyn nhw ers degawdau, heblaw'r cathod a'r cŵn. Pwyntiodd i'r chwith. "Cwt tatws oedd hwnna ers talwm ond pan aeth Taid i ormod o oed mi roddodd o'r gora i dyfu tatws a moron ac ati. Ac mi oedd fy rhieni yn rhy brysur efo'r gwartheg a'r defaid. Drws nesa mae'r cytiau moch, a cyn i chdi ofyn," meddai gan wenu'n swil arni, "does 'na ddim mochyn 'di byw ynddyn nhw ers cau lladd-dy Aberwylan."

"Ty'd," meddai Enfys, gan arwain Elgan i gyfeiriad ceg y lôn er mwyn holi am hanes y grisiau bach cerrig oedd yn rhedeg i fyny un ochr adeilad sylweddol ei faint.

"Grisia i Lofft yr Hogia ydi hwnna. Dyna lle'r oedd y gweision yn cysgu ers talwm. Ond dydi llawr yr adeilad ddim yn saff rŵan a fyddwn ni ddim yn mynd yno o gwbl bellach. Mae o'n llawn nialwch a bod yn onest..."

Cerddodd Enfys o gwmpas yr adeilad, gan stopio i syllu yma ac acw. "Does 'na ddim byd yn bod efo'i do fo a tydi gosod llawr pren mewn cwt ddim yn joban fawr. Fysa'r pren ddim hyd yn oed yn gorfod bod yn newydd."

Aeth Elgan â hi i weld y stabl a'r cwt ieir a phan ofynnodd iddo'n gellweirus lle'r oedd y ceffylau a'r ieir, bu'n rhaid iddo chwerthin.

"Na, does gynnon ni ddim ceffylau na ieir, Enfys. Ond dwi wedi bod yn meddwl am ddechrau cadw gwyddau a thyrcwn at 'Dolig nesa, os byddan ni'n dal yma. Mae 'na bres da i'w neud, yn ddistaw bach felly, wrth eu gwerthu nhw'n lleol."

Buan iawn yr aeth yr amser heibio a bu'n rhaid i Enfys droi am adra. Y noson honno roedd bron pob gair a ddeuai o geg Elgan wedi dod yn wreiddiol oddi wrth Enfys. Roedd Mair wrth ei bodd ei fod wedi cael ei ysbrydoli ganddi, ac roedd hi'n gyndyn o dorri ei grib.

"Mae Enfys yn deud y bydda'r stabal yn berffaith ar gyfer

pacio'r bocsys llysiau, Mam. Mae hi'n bechod fod y lle'n wag, yn tydi?"

"Mae tyfu llysia yn waith caled, Elgan. Mi fydda'n rhaid cael pobol i'n helpu ni," meddai Mair yn gwneud ei gorau glas i gadw tinc bositif yn ei llais.

"Yn ôl Enfys, mae 'na ddigonedd o bobol fydda'n licio treulio'r haf ar Benrhynsiriol yn ein helpu efo'r gwaith. Os 'nawn ni barchu ecoleg y pridd mi fydd tir Glan Gors yn ffrwythlon a byddwn ni'n gallu bwydo'r gymuned."

"Dwi ddim yn amau bod Enfys yn llygad 'i lle. Ond lle fyddai'r bobol yma'n byw dros yr haf, Elgan?"

"Mae Enfys yn deud y byddai'n bosib troi Llofft yr Hogia yn lle i bobol gysgu."

Agorodd Mair ddrws y dresel ac estynnodd botelaid o win coch. Byddai'n mynd yn dda efo'r stiw cig eidion oedd wedi bod yn coginio'n araf ers oriau. Roedd hi wedi cadw at y drefn oedd ganddi hi ac Emlyn o groesawu'r penwythnos efo photelaid o win ar nos Wener. Sylwodd ei bod wedi estyn tri gwydryn, ac yn ei brys i roi un yn ôl cyn i Elgan weld, gollyngodd y gwydr ar lawr y gegin gan chwalu yn deilchion.

"Mam! Ti'n iawn?"

"Yndw, heblaw 'mod i'n drwsgl braidd. A dwi wedi anghofio rhoi'r tatws yn y popty. Fyddai reis yn gneud y tro, Elgan?"

"Paid â gneud trafferth i chdi dy hun, Mam. Mae 'na ddigonedd o'r dorth surdoes ar ôl, honno ddoth Sioned o'r becws. Fydda i ddim chwinciad yn tostio tafell bob un i ni efo menyn garlleg arnyn nhw. Eistedda di i lawr am funud a mi 'na i dywallt gwin i ni."

"Diolch i chdi. Dwyt ti a Sioned ddim am fynd allan yn nes 'mlaen heno?"

"Nac ydan, mae'r becws 'di cael llawer iawn o ordors munud

olaf cyn iddi hi a Ffion fynd am Sbaen i aros efo'i rhieni dros 'Dolig. Ond mae criw ohonan ni am fynd i'r Llew Gwyn am swpar cynnar nos fory."

Eisteddodd Mair gan gymryd blas o'r gwin tra gwnaeth Elgan osod y bwrdd. Treiddiodd aroglau'r stiw cig eidion drwy'r gegin pan dynnodd gaead y caserol.

"Wyddost ti be arall ddeudodd Enfys, Mam? Roedd teulu ar ochr ei thad wedi dod draw i aros atyn nhw o Fangladesh rai blynyddoedd yn ôl. Y peth cynta ofynnon nhw ar ôl cyrraedd oedd lle'r aeth y coed ffrwytha i gyd? Doeddan nhw heb weld yr un berllan ers cyrraedd Cymru, medda nhw. Mae bron â bod pawb sy'n byw allan yn y wlad yno yn cadw mochyn, ac mae ganddyn nhw berllan a gardd lysiau."

Gwenodd ar ei mab oedd yn eistedd gyferbyn â hi wrth y bwrdd bwyd. "Mi fyddi'n deud wrtha i nesa dy fod am droi'r ardd yn ôl i fod yn berllan. Dyna sut oedd hi pan oedd dy daid yn hogyn bach," meddai Mair.

Pan gododd ei phen i edrych arno, mi sylweddolodd mai dyna'n union oedd ar feddwl Elgan.

"Mae 'na alw mawr am ffrwythau fel cyrens duon a gwsberis ac ati hefyd, nid jyst 'fala. Yn ôl Enfys..."

Ar ôl clirio a sychu'r bwrdd a rhoi'r llestri i'w golchi yn y peiriant, dywedodd Elgan ei fod am fynd i daro golwg sydyn ar y cytiau a'r beudai, gan ei bod yn noson stormus.

Mewn gwirionedd, roedd eisiau hel ei feddyliau, gan ei fod wedi gadael un manylyn bach o'i sgwrs efo Enfys allan. Cynigiodd fynd ag ef yn y gwanwyn i ymweld â Thyddyn Tirion yn Nyffryn Aeron. Yno byddai'n gallu gweld sut yr aethon nhw ati i sefydlu a thyfu busnes llysiau llewyrchus. Roedd yn torri ei fol eisiau mynd, a chafodd ei sicrhau gan Enfys y byddai Gwreiddiau Gwyrdd yn talu'r treuliau. Ond roedd yn gyndyn o adael Mair ar ei phen ei hun, gan y byddai'n rhaid aros dros nos.

Erbyn iddo ddychwelyd i'r tŷ, roedd wedi penderfynu y byddai'n ffonio Cerys am gyngor.

Pennod 21

Edrychodd Buddug i gyfeiriad y cloc mawr am y trydydd tro mewn hanner awr. Dylai Gruffudd ac Olivia fod ar eu ffordd adra o'r ysbyty erbyn hyn, meddai wrthi ei hun. Yna cofiodd fod y ffyrdd yn brysur efo cymaint yn brysio yma ac acw i wneud eu siopa Nadolig ar y funud olaf.

Pan oedd hi'n fam ifanc roedd hi'n methu dirnad pam bod pobol mewn oed yn gwirioni cymaint ar fabanod newydd-anedig. Ond â threigl amser, roedd hi wedi dod i ddeall yn iawn. Ac i ychwanegu at ei chynnwrf, roedd Olivia wedi dweud y byddai'n gofyn pa ryw oedd y babi yn ystod y sgan. Ac yn ôl ei harfer, roedd Gruffudd yn fwy na hapus i gyd-fynd efo dymuniadau ei gariad.

Pan welodd hi landrofer Gruffudd yn cyrraedd yr iard, roedd hi ar bigau'r drain. Bu'n hel atgofion am ei diweddar ŵr, a byddai'n rhoi'r byd am iddyn nhw gael edrych ar lun o sgan eu hŵyr neu wyres gyntaf, efo'i gilydd.

Gwelodd Gruffudd yn brysio i agor drws y landrofer i Olivia. Ond rhoddodd Buddug y gorau i'w gwylio pan ddechreuodd y ddau rannu cusan hir yn oerfel y gaeaf.

"Helô, Mam, 'dan ni adra," gwaeddodd Gruffudd wrth iddyn nhw ddod i mewn i'r tŷ.

"Sut wyt ti, Olivia? Ydi pob dim yn iawn?"

"Ydi diolch, Buddug," meddai wrth rwbio ei bol yn falch. "Ydach chi isio gweld y sgan?" gofynnodd gan chwerthin yn ddireidus.

Rhoddodd Buddug ei sbectol ddarllen ar ei thrwyn ac yna gafaelodd yn y ddelwedd o'r sgan efo'i dwy law. Cododd ei phen yn sydyn gan edrych ar Olivia, yna ar Gruffudd.

"Ma… mae 'na lun dau fabi yn hwn!"

"Oes, Mam. Dau o hogia. Gwell i chdi ddechra gwau."

Llenwodd llygaid Buddug â dagrau, "O diar, wn i ddim pam dwi'n crio. Dyma i chi'r presant 'Dolig gorau gefais i erioed."

Pasiodd Gruffudd hances bapur i'w fam a rhoi ei fraich am ei hysgwyddau. "Bechod na fydda Dad yma i weld yndê, Mam?" Yna trodd i edrych ar ei gariad. "Wyt ti am ddeud wrthi, Liv?"

"Mi a'th Gruffudd a fi am banad cyn dod adra. Roeddan ni isio trafod enwau. Rydan ni am alw un o'r hogia yn Ned ar ôl tad Gruffudd a'r llall yn Iago, ar ôl Dad."

Gwenodd Buddug drwy'i dagrau gan edrych yn ddiolchgar ar y ddau. "Mae hynny'n swnio'n hyfryd i mi. Wyt ti 'di deud wrth dy rieni, Liv?"

"Na, rydan ni am bicio heibio i ddeud wrthyn nhw heno, ar y ffordd i'r Llew Gwyn. Mi oedd gan Jia un bwrdd i ddau ar ôl, ac mi o'n i ffansi stêc i swpar. Dwi am fynd am gawod rŵan. Mi wela i chi yn nes ymlaen."

Rhoddodd Buddug ei llaw yn llaw Olivia, ac meddai, "Dwi mor falch dy fod di wedi dod yn rhan o'n bywydau ni, Liv. Ti'n werth y byd. Wyt ti 'di meddwl mwy am roi gwadd i James a Ruth yma am ginio 'Dolig?"

"Do, ond maen nhw'n mynd i'r Llew Gwyn, medda Mam, a dwi ddim isio i bawb deimlo bod rhaid iddyn nhw droi i siarad Saesneg dros ginio 'Dolig. Ond ella 'na i ofyn iddyn nhw ddod am wydriad o rwbath bach at gyda'r nos. Gawn ni weld sut bydd y gwynt yn chwythu pan ydan ni'n galw heibio heno."

★

Roedd Ffion a Sioned newydd orffen golchi lloriau'r becws a'r caffi am y tro olaf cyn y flwyddyn newydd. Edrychai'r ddwy ymlaen at deithio i Sbaen at eu rhieni, Morfudd ac Antoni, drannoeth, ac yn enwedig am y dathliadau Nadolig drennydd. Ar noswyl Nadolig byddai'r Sbaenwyr yn dathlu ac roedd nifer o deulu estynedig hefyd yn dod.

"'Nath Mam ddeud faint ohonon ni fydd yn dathlu Nochebuena efo'n gilydd 'leni, Ffion?" holodd Sioned yn eiddgar.

"Tua dwsin dwi'n meddwl ac mae hi 'di gwadd teulu drws nesa hefyd gan fod Senora Gabriela newydd ddod o'r ysbyty. Lle wyt ti isio i Brychan dy nôl di fory, o Glan Gors? Rhaid i ni fod yn Lerpwl erbyn deg o'r gloch bora, cofia."

"Na, dwi ddim isio llusgo fy nghês i Glan Gors, dwi am aros yma heno," meddai gan gyfeirio at y fflat uwchben y becws a'r caffi, sef cartref y ddwy.

"Grêt, mae Brychan am aros yma hefyd, felly gawn ni gychwyn efo'n gilydd. Mi fydd hynny'n haws o lawer."

Ar ôl i'r ddwy orffen y gwaith glanhau aethon nhw i'r fflat i baratoi at fynd allan i'r Llew Gwyn am swper cynnar. Heno fyddai'r cyfle olaf iddyn nhw ddathlu'r Nadolig efo'u cariadon a'u ffrindiau cyn ei gwadnu hi am Sbaen.

Cafodd Ffion alwad ffôn gan Gwawr yn dweud ei bod hi a Nanw yn aros amdanyn nhw yn y tacsi tu allan. Ar ôl iddynt alw heibio Efailgledryd i nôl Cerys, cafodd y pump ohonyn nhw eu gollwng ym maes parcio'r Llew Gwyn. Brysiodd pawb i mewn i'r dafarn i ganol sgwrsio a chwerthin. Yn y cefndir roedd Meic Stevens i'w glywed yn canu am 'Noson Oer Nadolig'. Wrth y bar roedd Brychan ac Elgan yn aros tra'r oedd casgen newydd o Gwrw Llŷn yn cael ei gosod.

"Helô, genod. Wel, wel, Cerys, dwyt ti'r un ffunud â dy fam

pan oedd hi'n 'fengach. Dwi'n ei chofio hitha yn troi penna mewn ffrog goch grand hefyd. Ti'n werth dy weld."

"Diolch i chi, Mrs Wang. Mae hi'n andros o brysur yma, dwi'n gweld. Sut mae pawb efo chi?"

"Dim yn ddrwg o gwbl ac mae hi'n hen bryd i chdi 'ngalw i'n Jia," meddai gan rybuddio pawb mai dim ond llond llaw o hwyaid oedd ganddi ar ôl.

"Maen nhw'n hedfan allan o'r gegin," meddai, gan chwerthin ar ben ei jôc ei hun. Roedd dull Jia Wang o goginio hwyaid yn enwog ar lawr gwlad, a deuai pobol o bob cwr o Benrhynsiriol i'w bwyta.

Arweiniodd hi bawb at eu bwrdd a chafon nhw'r pleser o weld bod Gruffudd ac Olivia yn eistedd ar fwrdd cyfagos. O fewn dim, roedden nhw wedi gwthio'r byrddau at ei gilydd ac roedd y ddau wedi rhannu eu newyddion.

"Llongyfarchiada mawr!" meddai un ar ôl y llall, ac er nad oedd y ddau'n yfed archebodd Sioned ddwy botel o win pefriog i ddathlu beichiogrwydd Olivia.

Erbyn i bawb orffen eu prif gwrs roedd Gruffudd wedi dechrau holi Elgan am Gronfa Achub Glan Gors. "Mi 'nest ti'r peth iawn yn rhoi'r hanas yn yr *Herald* – mae isio i bobol wybod sut mae'r Arglwydd Winston yn trin 'i denantiaid."

Cytunodd pawb a phan ofynnodd Olivia i Elgan faint o arian oedd wedi ei godi ar y dudalen *Crowdfunder*, estynnodd ei ffôn o'i boced i edrych.

"Fydda i ddim yn sbio arno fo bob diwrnod, dydw i ddim isio cymryd dim byd yn ganiataol, ond mae pobol 'di bod tu hwnt o hael. Mi oedd o newydd fynd heibio'r pedwar deg mil o bunnoedd yn ddiweddar. Aros am funud i mi gael gweld faint o addewidion sy 'na erbyn hyn... ffycin hel!"

Cododd Elgan ei drwyn o'r ffôn ac edrychodd yn gegrwth

ar ei ffrindiau. Yna trodd i edrych ar Cerys, ac meddai, "Mae 'na saith deg mil yna rŵan, bron â bod. Fedra i ddim coelio'r peth, Cer!" Cododd hithau ar ei thraed ac aeth i edrych dros ei ysgwydd. "Blydi hel!" meddai.

"Chdi sy 'di dechra hyn i gyd," meddai Elgan gan godi a'i chofleidio am yn hir yn y fan a'r lle, cyn sylweddoli fod pawb wedi ymdawelu. Edrychai Ffion yn anesmwyth ond dangosodd Sioned i bawb ei bod hi'n gandryll wrth eu gweld ym mreichiau ei gilydd.

"Gobeithio nad ydach chi am siarad siop drwy'r nos," meddai'n sych, gan ymestyn ei llaw i afael yn y botel o win pefriog. "Mae hon yn wag, rownd pwy ydi hi?"

"Fi!" meddai Elgan. "Be fysa chdi'n licio, Sionsi?" a rhoddodd winc arni gan achub y sefyllfa.

"Pwy sydd am gael pwdin?" gofynnodd Brychan. "Neu gaws?" a dechreuodd y gweddill furmur eu brwdfrydedd.

Mynnodd Gwawr a Nanw bod rhaid cael gwydryn o bort efo'r cwrs caws. "Waeth i ni brynu potel ddim, gan fod 'na saith ohonan ni'n yfad," meddai Nanw, ac felly y bu. Am naw o'r gloch aeth Gruffudd ac Olivia adra ac aeth y gweddill i gysgodi wrth y drws allan i aros am dacsi.

"Do'n i ddim yn sylwi 'mod i'n benysgafn nes i'r gwynt 'ma 'nharo i," meddai Elgan gan afael yn llaw Sioned. "Mae gen i rwbath bach arall i chdi agor bora 'Dolig," meddai, gan estyn pecyn bach wedi ei lapio mewn papur amryliw o'i boced. Ar y gair, cyrhaeddodd y Cynghorydd Trefor Roberts, braidd yn sigledig, "Be ti'n neud yn fama?" gofynnodd wrth Elgan, ei dafod yn dew. "Gwario'r pres mae pawb 'di godi i chdi a dy fam?"

Cyn iddo gael gair arall, rhoddodd Sioned glustan iddo nes ei fod yn troi. Ar ôl ennyd o dawelwch, dechreuodd pawb ond Trefor chwerthin. Ond roedd Trefor yn wallgo.

"Ti 'di ymosod arna i!" meddai. "Dw i'n mynd i dy riportio i'r heddlu, yr hulpan feddw."

Camodd Elgan o'i flaen nes bod ei drwyn bron â chyffwrdd yn nhalcen Trefor. "Pa ymosodiad?" holodd yn filain drwy'i ddannedd.

"Ia, pa ymosodiad?" gofynnodd Brychan a chamodd yntau yn nes at Trefor. "Welais i ddim byd, wel'och chi, genod?"

"Naddo," meddai pawb, a phan ddechreuodd Sioned igian, dechreuodd pawb ond Trefor chwerthin drachefn.

"'Na i ddim anghofio hyn, i chi gael dallt," gwaeddodd ar eu holau wrth iddyn nhw gerdded i gyfeiriad y tacsi.

"Nadolig Llawen i chdi, Trefor," gwaeddodd Elgan yn ôl arno.

Pennod 22

Stwffiodd Buddug y daten rost olaf i'w cheg a thynnodd ei ffedog yn fodlon ei byd. Diolch iddi hi a'r gwirfoddolwyr eraill, roedd pobol a phlant mewn pedwar deg o aelwydydd tlawd yn Llanidwal a Phorth Saint bellach wrthi'n mwynhau'r cinio Nadolig roedden nhw wedi ei baratoi yn y gegin gymunedol.

"Dyna ni am flwyddyn arall," meddai wrth Mair a Medwen. "Gawn ni ei throi hi'r munud bydd y dreifars wedi cyrraedd yn ôl. 'Nath rhywun heblaw fi sylwi fod Trefor â'i ben yn ei blu heddiw?"

Eglurodd Mair am y glustan roddodd Sioned iddo y tu allan i'r Llew Gwyn, ddeuddydd ynghynt. "Wel, mae taw yn agos at ei geg o, dyna oll ddeuda i," meddai Buddug.

"Digon gwir," cytunodd Mair. "Roedd o'n un digon parod efo'i ddyrna pan oedd o'n ifanc. Fedrith o ddim cwyno bod dynas wedi rhoi clustan iddo fo."

Gwelodd Buddug gar Cerys a fan Trefor yn parcio o dan ffenest y gegin. "Dyma nhw 'di cyrraedd. Dowch wir Dduw, dwi'n barod am ryw sheri bach. Awn ni heibio Glan Gors i nôl Elgan. Be ti am neud, Cerys, gadael dy gar yn Glan Gors a dod efo ni?"

"Ia, os ydi hynny'n iawn efo chi, Mair? Ddo i i'w nôl o fory, rhyw ben."

"Yndi tad."

Pan gyrhaeddon nhw Dyddyn Wisgi, roedd pawb wedi rhyfeddu pa mor hardd yr edrychai'r bwrdd bwyd. Efo cymorth Grug, chwaer Gruffudd, oedd bellach wedi mynd i dreulio'r diwrnod efo rhieni ei chariad, roedd Olivia wedi bod yn hynod greadigol. O dan orchudd o liain bwrdd les, hen ffasiwn, safai canwyllbrennau efydd â chanhwyllau coch, tal ynddynt. Yn gwau o gwmpas y canwyllbrennau a rhyngddynt roedd garlant o wyrddni, ac arnynt roedd clychau bach efydd a rhubanau coch.

Estynnodd Gruffudd botelaid o siampên o'r oergell a gwirionodd pawb efo'r sŵn pop ddaeth wrth iddo ryddhau'r corcyn. Tywalltodd ddŵr pefriog iddo fo ac i Olivia a dymunodd pawb Nadolig Llawen i'w gilydd.

Cyn cinio aethon nhw i'r parlwr i yfed y siampên, ac eisteddodd Elgan ar y soffa wrth ymyl Cerys. "Mae gen i bresant bach i chdi i ddiolch am yr holl gefnogaeth ti 'di roi i mi a Mam ers i ni golli Dad," meddai, a gwasgodd Medwen law Mair tra edrychai'r ddwy ar eu plant.

"O, Elgan. Ond dwi heb gael dim byd i chdi!" meddai gan rwygo'r papur lapio yn eiddgar. "Grêt! Llyfr Adar Iolo Williams, dwi 'di bod isio hwn ers talwm. A llyfr ar sut i nabod a hel madarch a ffwng hefyd. Diolch, Elgan," meddai gan ei gofleidio'n hapus.

"'Nest ti sôn dy fod wedi prynu basgiad i'w rhoi ar dy gefn, ac o'n i'n meddwl y bysa chdi'n gallu rhoi'r llyfra ynddi pan fyddi di'n mynd am dro i hel madarch."

Edrychodd i fyw ei lygaid gan geisio, a methu, gwneud pen na chynffon o'i theimladau, wrth iddi deimlo ar ben ei digon yng nghwmni Elgan ar ddydd Nadolig. Edrychai mor smart a golygus yn ei siwmper newydd, meddyliodd.

"Cyn bo chdi'n sôn am fynd am dro, Elgan. 'Nes i ddarllen

datganiad i'r wasg gan y Gymdeithas Awyr Dywyll sy'n deud os awn ni i rwla anghysbell heb lawer o olau, mi fydd 'na wledd o sêr i'w gweld rhwng rŵan a'r flwyddyn newydd. Be am i ni fynd i ben Carn y Gwyddel?"

Chwarddodd Elgan a chytunodd fod hynny'n syniad ardderchog.

"Pam ti'n chwerthin ta?" meddai gan roi pwniad direidus iddo.

"Pan o'n i'n prynu'r llyfrau yna i chdi, mi 'nes i brynu llyfr am y sêr a'r planedau i fi fy hun. O'n i isio rwbath i 'nghadw i'n effro yn y sied wyna pan fydda i ar y shifft nos yn y gwanwyn. Ond, ia, Carn y Gwyddel ar noson glir amdani."

Efo'r ddau wedi ymgolli yn eu sgwrs, doedden nhw heb sylwi mai nhw yn unig oedd ar ôl yn y parlwr. Cafodd pawb orchymyn gan Gruffudd i eistedd wrth y bwrdd lle'r oedd gwledd yn aros amdanyn nhw. Roedd yr ŵydd yn rhy fawr i'w rhoi ar y bwrdd, felly roedd Olivia ac yntau wedi ei thorri'n sleisiau a'i gweini ar blatiau pawb. Mewn powlenni arian roedd dewis o sawsiau afal, bara a llugaeron, ac roedd dwy jwg yn llawn grefi bob pen i'r bwrdd.

"Helpwch eich hunain i lysiau, tatws rhost a thatws hufennog," meddai Olivia, gan ychwanegu eu bod wedi dewis peidio â phrynu craceri eleni. "Maen nhw'n llawn 'nialwch plastig ac mae 'na ddigon ohono fo yn y môr yn barod." Rhoddodd Buddug gipolwg i gyfeiriad ei mab, gan wenu wrth sylwi sut roedd o'n dotio ar bob gair ddeuai o'i cheg bron. Llifodd y sgwrs a'r gwin, ac ar ôl mymryn o seibiant roedd pawb yn barod am bwdin.

"Mae 'na bwdin 'Dolig efo menyn melys neu mae 'na gacan gaws efo siocled gwyn a mafon," meddai Olivia. "Mi 'nes i ddwy gacan gaws am fod Dad wrth 'i fodd efo hi ac mae o a Mam am bicio heibio'n sydyn heno."

Ar ôl gorffen bwyta, aeth Gruffudd ac Elgan ati i glirio'r bwrdd a golchi'r llestri ac aeth y merched i'r parlwr. Gofynnodd Olivia i Cerys ei helpu i wneud jig-so. "O'n i wrth fy modd yn gneud jig-so yn blentyn ac mi o'n i isio rwbath i'w neud yn lle yfed," eglurodd.

Y noson honno, ar ôl i Gruffudd roi lifft adra i'w gwesteion, daeth cnoc ar ddrws Tyddyn Wisgi. Yno'n sefyll, â photelaid o wisgi Penderyn yn anrheg i Buddug, roedd rhieni Olivia, James a Ruth Alexander.

"Nadolig Llawen!" meddai'r ddau mewn Cymraeg bratiog.

"Nadolig Llawen i chitha," meddai Buddug gan eu gwahodd i'r tŷ.

"Ni dysgu Cwmrâg," meddai James, gan droi i'r Saesneg i egluro ei fod o a Ruth wedi archebu llefydd ar gwrs nos oedd yn cychwyn yn y flwyddyn newydd. Yn ogystal, roedden nhw wedi archebu cwrs preswyl wythnos yng nghanolfan iaith Nant Gwrtheyrn dros y Pasg.

"We are so touched that you have decided to name one of the boys Iago, that we decided to learn Welsh," eglurodd Ruth, fymryn yn emosiynol wrth y pâr hapus.

"I had no idea that Iago was Welsh for James until my lovely Liv told me," ychwanegodd James gan edrych yn dyner i gyfeiriad ei ferch.

Ar ôl gwahodd teulu Tyddyn Wisgi draw atyn nhw am ginio ar Ddydd Gŵyl San Steffan, cyhoeddodd Ruth y byddai'r tacsi yn dychwelyd i'w nôl ymhen pum munud a chofleidiodd pawb ei gilydd wrth ddymuno nos da.

*

Tywalltodd Cerys y ddiod siocled poeth i mewn i'r fflasg a'i rhoi yn ei basged efo'i 'sbienddrych, potel o ddŵr a fflapjacs. Yna gwisgodd esgidiau cerdded a chôt law ysgafn ar ben y ddwy haen o'i dillad mynydda. Tarodd heibio'r tŷ i ddweud nos da wrth ei mam, cyn gyrru i gyfeiriad Glan Gors. Pan gyrhaeddodd, daeth wyneb yn wyneb â Brychan Tyn Twll oedd yn dod allan o'r tŷ.

"Haia, Brychan. Do'n i ddim yn disgw'l dy weld di yma heno. Ti 'di clywed gan Ffion a Sioned? Gafon nhw 'Ddolig neis?"

"Ym, do, do wir. Wel, mae rhaid i mi fynd rŵan, Cerys. Dwi'n falch iawn bod gan Elgan gwmni heno a hitha'n flwyddyn newydd. Pob hwyl ar ben Carn y Gwyddel – mae hi'n noson serennog iawn, beth bynnag. Wela i di'n fuan."

Dymunodd y ddau flwyddyn newydd dda i'w gilydd pan ddeuai ac aeth Cerys i'r tŷ. Digon tawedog oedd Elgan pan ddaeth o hyd iddo'n gwneud dwy frechdan gaws a nionyn yn y gegin gefn.

"Grêt, dyna'n union be o'n i 'di fwriadu ei neud, ond mi 'nes i fwyta'r caws i gyd neithiwr," meddai, ond dim ond gwenu a wnaeth Elgan.

Ar ôl hel popeth at ei gilydd, cychwynnodd y ddau drwy'r caeau nes daethon nhw at droed Carn y Gwyddel. O'r fan yno, byddai'n cymryd awr dda i gerdded y mil o droedfeddi i'r copa.

"Ti'n dawel heno, Elgan. Ydi bob dim yn iawn?" holodd Cerys. Safodd yntau yn stond yn ei unfan, cyn troi ac edrych arni.

"Yndi. Dwi'n fodlon iawn fy myd yn fama efo chdi, ar drothwy blwyddyn newydd," ac estynnodd dortsh o'i boced a'i gwisgo hi ar ben ei gap.

"Damia! O'n i'n gw'bod mod i wedi anghofio rwbath," meddai hithau, gan egluro iddi anghofio ei thortsh. Gwyddai'r ddau y byddai'n dywyll mewn llefydd, wrth i'r llwybr gulhau a gwau drwy'r coed.

"Hidia befo, gei di gydio yn fy llaw i," meddai'n bryfoclyd, a rhoddodd hithau bwniad iddo. Oddeutu hanner ffordd, cymerodd y ddau bum munud o seibiant gan eistedd yn llonydd i wrando ar dawelwch y nos o'u cwmpas. Cymerodd Cerys lwnc o'i photel ddŵr cyn ei phasio i Elgan.

"Diolch. Ty'd, well i ni symud. Mae hi'n ddigon oer yng nghysgod y coed 'ma. Tua'r goleuni!" meddai gan wneud lol a gafaelodd yn ei llaw i'w thynnu ar ei ôl dros goeden oedd wedi disgyn ar draws y llwybr cul.

Ar ôl ambell lithriad wrth iddyn nhw fustachu i'r copa, anelodd y ddau tuag at un o'r cytiau crynion mwyaf, un o lawer oedd yn dal yno ar ben yr hen gaer fynydd. Eisteddodd y ddau ac estynnodd Cerys y fflasg yn llawn diod siocled poeth.

"Meddylia mewn difri calon. Mi oedd 'na rywun yn byw yn yr union gwt Gwyddel yma yn Oes yr Haearn Cynnar," meddai gan basio llond cwpan o'r siocled poeth iddo. Agorodd yntau'r pecyn o frechdanau gan gynnig un iddi hi yn gyntaf.

"Mm, diolch. Dwi wrth fy modd efo brechdan gaws a nionyn," meddai gan gymryd brathiad awchus ohoni. Ar ôl ei gorffen, rhoddodd ei breichiau tu ôl i'w phen a syllu ar y sêr. Yn dilyn cyfnod o dawelwch bodlon, cofiodd yn sydyn am eiriau Brychan.

"Mi 'nath Brychan ddeud 'i fod o'n falch bod gen ti gwmni heno. Pam 'nath o ddeud peth felly, Elgan?" meddai gan droi ac edrych arno. Anwybyddodd yntau ei chwestiwn a phwyntio i gyfeiriad y nen. "Weli di Orion yn fana, Cer?"

Syllodd hithau'n hir ar awyr y nos, cyn ateb, "Na wela i..."

"Ty'd â dy law yma," meddai ac arweiniodd ei llaw fymryn i'r dde cyn dod i stop. "Y tair seren ddisglair yna mewn rhes, yn agos at ei gilydd, ydi belt Orion yr Heliwr."

Yna symudodd eu dwy law yn is i lawr, "Ei gleddyf ydi'r darn gwyn yna o dan ei felt." Yna arweiniodd ei llaw gan amlinellu clwstwr o sêr oedd yn amgylchynu Orion yn ei holl ogoniant.

"O ia, wela i rŵan. Wel am cŵl!"

Gollyngodd ei llaw ac edrych arni, "I ateb dy gwestiwn, mi ddoth Brychan draw i ddeud wrtha i fod gan Sioned ei chwmni ei hun heno. Wel, ers dyddiau lawer, medda fo. Mae Sionsi wedi cael cariad newydd – un sy'n rhoi'r sylw y mae hi'n ei haeddu iddi."

"Ffycing hel!"

"Ia. Mae hi allan bob nos tan berfeddion efo mab dynas drws nesa, un mae hi'n ei nabod ers blynyddoedd, cofia, wrth fynd yno bob 'Dolig. Pablo, dwi'n meddwl ddaru Brychan ei alw fo. Y ddau 'di gwirioni efo'i gilydd, yn ôl Ffion."

"Pwy fysa'n meddwl?" meddai Cerys, gan sylweddoli ei bod wrth ei bodd efo'r newyddion.

"Wel ia, ond chwara teg iddi, mae hi'n haeddu gwell na fi, Cer. Dwi 'di bod yn teimlo'n euog iawn yn ddiweddar wrth iddi siarad lot am fabis. Mi ddeudodd hi wrtha i sawl gwaith ei bod hi'n fy ngharu, ond fedrwn i yn fy myw â deud hynny wrthi hi. Doedd o jyst ddim yn wir, a doedd gen i ddim digon o asgwrn cefn i orffan efo hi cyn 'Dolig."

Drwy gil ei llygaid, roedd Cerys wedi bod yn syllu ar wyneb Elgan wrth iddo adrodd yr hanes. Edrychai'n falch fod Sioned yn hapus o'r diwedd.

"Fedra i ddallt be sy gen ti, yn iawn. O'n inna'n meddwl y byd o Ifan, ac yn cael llawer o bleser yn 'i gwmni, ond do'n i ddim yn ei garu fo chwaith."

Syllodd yn hir ar y sêr unwaith eto, ac efo rhyw hanner chwerthiniad, gofynnodd iddo, "Be ddiawl sy'n bod arnon ni, Elgan?"

Edrychodd arni, fel tasa hi'n ddwl. "Wel, rydan ni wedi bod dros ein pen a'n clustiau mewn cariad unwaith, yn do, Cer? A pan ti'n gw'bod sut deimlad ydi peth felly, mae hi'n anodd setlo am lai. Dyna be dw i'n feddwl, beth bynnag."

Edrychodd Cerys arno, yn syfrdan, gan fod popeth yn dechrau disgyn i'w le. Oedd hi wedi bod yn ddall i'w theimladau ei hun? Oedd hi wedi bod yn ddall i'r cariad roedd Elgan wedi ei warchod yn ei galon dros yr holl flynyddoedd?

Ond, ar y foment honno, cafodd y ddau eu hysgwyd gan sŵn taranu, clecian a chwibanu. Neidiodd Cerys ac Elgan ar eu traed i edrych ar y sioe orau o dân gwyllt a welodd y ddau erioed. O ben Carn y Gwyddel roedd ganddynt olygfa o Benrhynsiriol gyfan ac roedd trigolion Porth Saint, Aberwylan a draw am y Trwyn, oll yn croesawu'r flwyddyn newydd.

Trodd y ddau i wynebu ei gilydd. "Blwyddyn Newydd Dda, Elgan," meddai Cerys gan fynd ar flaenau ei thraed. Cymerodd hi yn ei freichiau ac roedd y gusan yn un hir a thyner.

Sgrialodd y ddau i lawr o ben Carn y Gwyddel nes eu bod allan o wynt. "Mae gen i bigyn yn f'ochor," cwynodd Cerys, cyn cael gorchymyn i dewi gan Elgan.

"Be 'di'r sŵn 'na?" sibrydodd drachefn.

"Sŵn defaid yn brefu a phobol yn siarad," a gwrandawodd y ddau'n astud. "Mae 'na sŵn injan rŵan hefyd. Dyna od, 'radeg yma o'r nos. O gyfeiriad Felin Isa ddoth o."

"Blydi hel! Ti'n meddwl bod rhywun yn dwyn defaid?"

holodd Cerys, ac estynnodd Elgan ei ffôn o'i boced, gan nodio ei ben i gytuno.

"Dwi'n mynd i ffonio Mabon a Sera, ffonia ditha'r cops, Cerys. Does yna ddiawl o neb yn ei iawn bwyll yn symud defaid am hanner awr 'di dau o'r gloch y bora ar ddiwrnod cynta'r flwyddyn."

Pennod 23

Arestio tri ar amheuaeth o ddwyn defaid
Mae'r heddlu wedi arestio dau ddyn ac un ddynes ar amheuaeth o ddwyn defaid o fferm yn Llanidwal, Penrhynsiriol.

Cafodd y ddynes, oedd yn dreifio lori wartheg, a'r dau ddyn oedd efo hi, eu harestio ar gyrion tref Aberwylan, yn ystod oriau mân y bore heddiw, Ionawr 1. Mae'r tri yn cael eu cadw yn y ddalfa dan amheuaeth o gynllwynio i fwrglera, tra bod ymholiadau'r heddlu yn parhau.

Mae'r *Herald* ar ddeall fod y tri pherson gafodd eu harestio yn dod o ardal yr Amwythig.

Dywedodd llefarydd ar ran Tîm Troseddau Gwledig Heddlu'r Gogledd, "Mewn cydweithrediad â Heddlu'r Amwythig, rydyn wedi dod o hyd i nifer o dda byw, tri chi defaid a deg beic cwad mewn cyfeiriad yn yr Amwythig. Rydyn yn amau bod y cyfan o'r eiddo yma wedi cael eu dwyn ac, ar hyn o bryd, rydan ni'n ceisio dod o hyd i'w perchnogion."

Mae hon yn stori sy'n torri a bydd *yr Herald* yn eich diweddaru maes o law.

Anfonodd Cerys y stori at Gerallt i'w chyhoeddi pan fyddai yn cychwyn ar ei shifft am ddau o'r gloch y prynhawn hwnnw. Er nad oedd hi'n swyddogol yn gweithio, teimlai ddyletswydd i gyhoeddi'r stori mor fuan â phosib, a hynny er mwyn achub enw da Tomi Lee a gweddill teulu Penbryn.

Gwyddai y byddai Lora yn dychwelyd o'i hawr ginio

unrhyw funud ac aeth i'r tŷ bach i roi colur ar ei hwyneb cyn iddi gychwyn am Glan Gors, at Elgan.

Pan ddaeth allan, clywodd leisiau yn giglan ac yna'n sibrwd yn ddireidus. Agorodd ddrws yr ystafell newyddion a chael andros o sioc, ond nid cymaint ag a gafodd Lora a Gerallt, oedd wrthi'n cusanu'n nwydus.

"Ym, sori..." meddai Cerys.

Edrychai Gerallt yn euog, fel ci lladd defaid, a dechreuodd fwmian. "Do'n i'm yn, ym, disgw'l dy weld di yma heddiw, Cerys," meddai wrth faglu dros ei eiriau.

"Shit," meddai Lora gan roi ei llaw ar ei thalcen cyn mynd i eistedd tu ôl i'w desg.

"Gwrandwch, rhyngoch chi a'ch petha. Tydi hyn ddim o fy musnas i. 'Nes i jyst picio yma i ffeilio stori fod y lladron defaid 'di cael eu dal, dyna oll. Mi 'nes i ei hanfon hi ata ti ddeng munud yn ôl, Gerallt."

Estynnodd Cerys ei bag gan sylwi fod golwg druenus ar y ddau, ac meddai wrthynt, "Ylwch, fydd dim sôn pellach am hyn. Welais i ffyc ôl, iawn? Blwyddyn Newydd Dda i'r ddau ohonoch chi a wela i chi fory. Hwyl rŵan."

Y munud aeth Cerys allan o'r swyddfa bu'n rhaid iddi ganolbwyntio'n gryf ar beidio â chwerthin yn uchel. Wel, wel, meddai wrthi ei hun, Lora o bawb! Ond doedd hi ddim yn synnu fod Gerallt yn mocha, gan iddi ei ddal, droeon, yn bwrw llygaid edmygus ar ei chorff a'i choesau.

Ond buan iawn yr anghofiodd am helyntion ei chydweithwyr priod, gan ei bod yn torri ei bol eisiau gweld Elgan. Pan gyrhaeddodd hi iard Glan Gors llamodd ei chalon pan welodd Elgan yn cerdded o gyfeiriad y beudai. Rhedodd i'w chyfarfod a gafaelodd ynddi gan ei throi mewn cylch nes ei bod yn chwerthin ac yn erfyn arno i roi'r gorau iddi.

"Haia," meddai gan serennu arno nes iddo wyro ei ben a rhoi clamp o sws iddi. "Ty'd," meddai gan roi ei fraich o gwmpas ei hysgwydd a rhoddodd hithau ei braich am ei ganol.

"Dwi'n tagu isio panad. Gest ti ginio?"

"Naddo."

"Na finna. Mi 'na i rwbath sydyn inni rŵan, cyn i ni fynd am dro."

"Ydan ni'n mynd am dro?"

"Yndan. Mae 'na betha da yn digwydd pan ydan ni'n mynd am dro, does, Cer? Ac mae hi'n anarferol o fwyn heddiw, digwydd bod."

Brasgamodd y ddau'n hapus i gyfeiriad y tŷ, ac ar ôl tamaid i'w fwyta a sgwrs fer efo Mair, cychwynnodd y ddau, law yn llaw, am dro o gwmpas y fferm. Bob hyn a hyn byddent yn edrych ar ei gilydd, gan naill ai wenu, neu chwerthin.

"Dwi mor hapus."

"A finna," meddai Elgan wrth agor giât Cae Winllan. "'Nest ti sgwennu am y lladron defaid 'na?"

"Do. Es i mewn i'r swyddfa amser cinio, a ges i lonydd am dipyn. Be o'n i ddim yn medru ei sgwennu oedd bod y cops yn deud fod y tri gafodd eu dal yn canu fel caneris ac y byddan nhw'n arestio mwy o'r gang yn o fuan."

"Da iawn. Ond sut oeddan nhw'n nabod ffermydd y pen yma?"

"Wel, mae'n debyg fod un ohonyn nhw wedi bod yn dreifio lori i ryw gwmni disel am sbel. Mi fydd 'na achos llys ac mi gawn ni w'bod mwy bryd hynny. Ella bydd rhaid i ni roi tystiolaeth."

Cerddodd y ddau ar hyd terfyn Cae Weirglodd nes clywodd Cerys sŵn siffrwd yn y canghennau uwchben. Pan edrychodd am i fyny, cafodd sioc o weld wiwer goch yn neidio o un goeden i'r llall.

"Drycha!" meddai gan bwyntio ati. "O'n i'n meddwl bod wiwerod yn cysgu dros y gaeaf?"

"Na, swatio maen nhw er mwyn cadw nerth at y gwanwyn. Ond mae hi 'di dod allan i fusnesu gan fod y tywydd mor fwyn. Dwi heb weld wiwer goch ers pan o'n i'n blentyn. Ro'n i'n meddwl bod y wiwerod llwyd wedi dwyn eu tiriogaeth nhw i gyd."

Gwenodd Elgan wrth hel meddyliau, "Fydda Dad yn deud wrtha i am beidio â bwyta'r cnau, 'am fod y wiwer goch fwy o'u hangen nhw na chdi'."

"Mi oedd o'n iawn, felly doedd? Maen nhw'n dal yma. Mae'r wiwerod coch yn dal eu tir yn union fel wyt ti a Mair yn 'i neud."

Daeth tinc o gynnwrf i'w llais, ac meddai, "'Nes i edrych ar y *crowdfunder* cyn dod yma, ac mae 'na dros gant o filoedd ynddo fo erbyn hyn. Mwy na digon ar gyfer y blaendal ydach chi ei angen i gael morgais amaethyddol i brynu Glan Gors."

Aeth Elgan yn dawel wrth iddo hel ei feddyliau a magu digon o blwc i siarad yn onest am ei deimladau. "Ro'n i'n gweld. Dwi 'di bod yn meddwl am hynny drwy'r bora."

Rhoddodd gledr ei law yn addfwyn ar ei boch ac meddai, "Fedra i ddim dychmygu dyfodol yma, yng Nglan Gors, hebdda chdi wrth f'ochor, Cerys."

Daeth ton o emosiwn drosti a brwydrodd i yngan y geiriau roedd hi'n ysu am gael eu dweud wrtho. "Dw i'n dy garu, Elgan, a dwi ddim isio i ni fod ar wahân byth eto," meddai'n dawel bach.

Gafaelodd ynddi'n dynn a theimlodd hithau ei ddagrau'n boeth ar ei thalcen.

"Ond y peth olaf dwi isio ei neud ydi dy ddal di'n ôl, Cer.

199

Dwi'n gw'bod faint o bleser ti'n ei gael o dy waith ac ella rhyw ddydd y byddi di'n blino ar yr *Herald* ac y byddi..."

Tynnodd ei hun yn ôl o'i freichiau ac edrychodd arno.

"'Sdim isio mynd o flaen gofid. Mi 'nawn ni groesi pob pont efo'n gilydd o hyn ymlaen."

Yna chwarddodd, cyn dweud. "Dwi 'di byw yng Nghaerdydd am dair blynadd pan o'n i yn y coleg a dydi o ddim yn lle faswn i'n dewis gosod gwreiddiau. A phaid â sôn am y blydi A470 'na..."

"Mi fydd rhaid i mi stopio dy alw'n *townie* felly?"

"Bydd, hogan o'r wlad ydw i, Elgan, ac yma efo chdi, yn fy nghynefin, dwi isio bod."

Hefyd o'r Lolfa:

ANGHARAD PRICE

NELAN A BO

£9.99

DIM OND UN

Does dim dianc.

'Gafaelgar a llawn dirgelwch.'
Alun Davies

MELERI WYN JAMES

£9.99

OEDOLYN (ISH!)

Y GWERSI DWI WEDI EU DYSGU FEL NAD OES RHAID I CHI WNEUD

MELANIE OWEN

y olfa

£10.99

FFERMIO AR Y DIBYN

Meinir Howells

£11.99

PEN-BLWYDD HAPUS?

FFION EMLYN

'Antur sy'n llawn dirgelwch a hiwmor cynnes.'
CATRIN MARA

£9.99

SGEN I'M SYNIAD

SNOGS, SECS, SENS

GWENLLIAN ELLIS

y Lolfa

£9.99

Holwch am bris argraffu!
www.ylolfa.com